Über die Autorin

Clare Darcy (Pseudonym), geboren in Ohio, hat Sprachen und Musik studiert und unterrichtet. Sie schrieb sehr erfolgreiche historische Romane, in denen es ihr vor allem darum geht, «zu unterhalten und zu amüsieren und ein Zeitalter der Eleganz wieder aufleben zu lassen, in dem Menschen trotz der napoleonischen Kriege und der Unsicherheiten ihre Würde und Lebenslust bewahrten».

In der Reihe der rororo-Taschenbücher liegen von ihr vor: «Cecily und der Herzensbrecher» (Nr. 4328), «Lydia – Das Mädchen aus Louisiana» (Nr. 4416), «Pamela und der eigenwillige Lord» (Nr. 4695), «Allegra und der Heiratsantrag» (Nr. 4859), «Victoire und der leichtsinnige Marquis» (Nr. 5056), «Eliza und der Gentleman aus Indien» (Nr. 5169) und «Regina und das verschwundene Halsband» (Nr. 5273).

Clare Darcy

EUGENIA

und der verfolgte Vetter

Aus dem Amerikanischen
von Lydia L. Dewiel

rororo

Rowohlt

Veröffentlicht im Rowohlt Taschenbuch Verlag GmbH,
Reinbek bei Hamburg, Februar 1986
Die Originalausgabe erschien im Verlag Walker and Company
unter dem Titel «Eugenia»

Lizenzausgabe mit Genehmigung des Schneekluth Verlages
Umschlagentwurf Eva Kausche-Kongsbak
Gesamtherstellung Clausen & Bosse, Leck
Printed in Germany
580-ISBN 3 499 15688 1

1

An einem strahlenden Frühlingsmorgen des Jahres 1811 fuhr eine elegante Reisekutsche, an deren Türe ein Wappen angebracht war, vor Miß Bascoms Select Academy für junge Damen am Queen Square der Stadt Bath vor. Die Kutsche, die dem bedeutenden Peer und Staatsmann Earl of Chandross gehörte, war hier wohlbekannt. Sie war in den vergangenen drei Jahren immer dann erschienen, wenn die junge Nichte des Earls, Miß Eugenia Liddiard, die zugleich sein Mündel war, abgeholt wurde, um ihre Ferien in Mere Court, dem Hauptsitz des Earls in Essex, zu verbringen. Nun jedoch war die Kutsche zum letzten Mal hier, und daher hatte sich Miß Bascom selbst herabgelassen, Miß Liddiard an die Türe zu begleiten.

Es muß jedoch festgestellt werden, daß dies nicht eine höfliche Geste Miß Liddiard gegenüber war. Diese stellte, wie Miß Bascom genau wußte, ein sehr unbedeutendes Glied in der langen Kette der Interessen des Earls dar, und obwohl das Pensionsgeld für sie immer pünktlich bezahlt worden war, hatte Seine Lordschaft nicht die geringste Anteilnahme für sie gezeigt. Miß Bascom nahm an, daß sie vor allen Dingen deswegen zu ihr geschickt worden war, weil es weder in Mere Court noch in dem glanzvollen Stadthaus Seiner Lordschaft eine Nische gab, in die man ein so eigenwilliges und unberechenbares Wesen, wie die Nichte des Earls nun einmal war, hätte stellen können. Und leider mußte sich Miß Bascom eingestehen, daß sie es nach dreijährigen unablässigen Bemühungen nicht geschafft hatte, Miß Liddiard zu einer jungen Dame zu machen, die in einer dieser Nischen hätte Aufnahme finden können. Man konnte also nur hoffen, so dachte sich Miß Bascom, während Miß Liddiards schlanke Gestalt die Stufen der Select Academy herabkam, daß im Laufe der nächsten Londoner Gesellschaftssaison ein Wunder geschehen werde. Es könnte ja immerhin sein, daß während dieser Saison – in der Lady Chandross die junge Debütantin zu chaperonieren hatte – von irgendwoher ein geeigneter Mann auftauchen und sie auf der Stelle heiraten würde. Dies wäre sehr zu wünschen, denn die junge Miß Liddiard war in keiner Weise geeignet, als armes Familienmitglied in dem großen Haus ihrer vornehmen Verwandten zu wohnen.

Miß Liddiard selbst jedoch, die gerade dabei war, sich von ihrer liebsten Freundin, Miß Amelia Rowntree – genannt »Muffet« –, zu verabschieden, schien sich im Augenblick nicht die geringsten Gedanken über ihr eigenes Versagen zu machen. Ganz im Gegenteil, sie war außerordentlich vergnügt, und ihr lebhaftes, hübsches Gesicht, das von einer dunklen Haarsträhne umrahmt wurde, glühte vor Eifer, während sie sich mit Miß Rowntree über ein baldiges Wiedersehen in London unterhielt. Muffet, ein kleines, blondes, ziemlich pummeliges Mädchen, war eine Freundin aus glücklicheren Tagen, als Eugenia noch mit ihrem Vater in Kent auf einem kleinen, jedoch sehr schönen Besitz, genannt Coverts, lebte. Ihre Ländereien hatten an die des Squire Rowntree gegrenzt, und sie und Muffet und deren älterer Bruder Tom waren damals so unzertrennlich gewesen wie junge Hunde.

Muffet, die weniger unternehmungslustig war als ihre Freundin, die sie immer mit einer Art schwärmerischer Verehrung betrachtet hatte – was sich noch vestärkte, als Eugenia nach dem Tod ihres Vaters vor drei Jahren nach Mere Court zog –, war dann bei Miß Bascom wieder mit ihr zusammengekommen und genoß es, sich über all das berichten zu lassen, was sich in dem prächtigen Schloß des Earls ereignete. Prinny (wie man scherzhaft den Prince of Wales nannte, der jetzt Prinzregent geworden war) hatte ebenso zu den erlauchten Besuchern von Mere Court gehört wie Lady Jersey, Lord Alvanley, »Cupid« Palmerston und die Seftons. Und bei einer denkwürdigen Gelegenheit war sie auch auf einem der Korridore mit Mr. Brummel, dem berühmten Beau, zusammengestoßen und wurde von ihm mit unnachahmlicher Arroganz gemustert.

Dies war für Muffet – zu deren größten Erlebnissen ein Besuch in Canterbury gehörte und ihre Reisen zu und von Miß Bascoms Academy in Bath – eine unerhörte Seligkeit, doch Eugenia nahm es alles sehr gelassen und sagte, sie würde es jederzeit sofort aufgeben, wenn sie wieder nach Kent zurückkehren und in Coverts leben könnte. Dies war jedoch sehr unwahrscheinlich, da Coverts nun im Besitz des Vetters ihres Vaters war, Cedric Liddiard, eines sehr gelehrten Geistlichen und überzeugten Junggesellen, der auch, nachdem er das Gut geerbt hatte, weiterhin in der Nähe der Kathedrale von Canterbury lebte und Coverts der Obhut eines Verwalters übergab. Eugenia und Muffet hatten vor kurzem einen Plan ausgeheckt, der vorsah, daß Eugenia Muffets Bruder Tom heiraten sollte, so daß sie alle zusammen in Kent leben könnten. Natürlich hatte Tom, der Eugenia zwar nett fand, sich aber mit neunzehn Jahren viel mehr für Reiten und Jagen interessierte, noch nichts von diesen Plänen gehört, und es war zu befürchten, daß er letztlich doch einige Einwände haben könnte. Dies spielte jedoch für Eugenia keine Rolle, da Hindernisse in ihren Augen nur dazu da waren, um überwunden zu werden. Sie hatte daher Muffet in der vergangenen Nacht mitgeteilt, daß sie Tom sofort von der bevorstehenden Heirat unterrichten solle, und wenn sie es nicht täte, würde sie es selbst erledigen.

»Aber das kannst du nicht tun!« hatte Muffet entsetzt gesagt, die auf Eugenias Bett saß, die Beine untergeschlagen, angetan mit einem hochgeschlossenen, ziemlich verknitterten Nachthemd und einem Nachthäubchen aus feinem Musselin.

»Warum nicht?« hatte Eugenia gefragt.

»Es – es wäre nicht anständig! Einem Gentleman die Ehe anzutragen –«

»Puh! Das ist doch kein Gentleman! Das ist doch nur Tom!«

»Ja, aber –«, hatte Muffet protestiert, wobei sie Eugenias Kopfkissen an ihre junge und magere Brust drückte, als ob sie sich vor den direkten Attacken ihrer Freundin schützen wollte in einer Angelegenheit, die doch, wie man sie gelehrt hatte, äußerste mädchenhafte Zurückhaltung gebot.

»Und außerdem«, hatte Eugenia gesagt, um das Entsetzen noch zu erhöhen, »kann er auch später, wenn wir verheiratet sind, alles tun, was er gern möchte. Gussie (dies war, wie Muffet wußte, Lady Augusta Chandross, die sie aufs höchste bewunderte, seitdem sie anläßlich eines gemeinsamen Besuchs im Drury Lane Theater in ihrer Loge in einem durchsichtigen Kleid erschienen war, das wie eine enge Hülle ihre schlanke Gestalt umgab, so daß man jede Rippe hätte zählen können), »Gussie«, fuhr Eugenia fort, »sagt, daß es sehr wenig fortschrittlich für eine Frau sei, wenn sie sich in die petits plaisirs

ihres Mannes einmischt, und ich habe sicherlich nicht die Absicht, dies zu tun.«
»Oh, Eugenia«, sagte Muffet, die vor soviel erwachsener Frivolität errötete. »Aber Tom würde das niemals tun. Er ist doch kein Schürzenjäger! Ich glaube sogar, er möchte am liebsten gar nicht heiraten, nicht einmal dich!«
Diese Feststellung veranlaßte Eugenia dazu, in höchst unerwachsener Weise zu bemerken, daß es doch für ihn keine Rolle spielen dürfe, ob er verheiratet sei oder nicht, und wenn er sich gegen ihren Vorschlag sperre, müsse sie eben selbst versuchen, irgendwie nach Kent zu kommen, um sich darüber mit ihm zu unterhalten.
Die Sache war dann jedoch offengeblieben, und da man sich nun in Gegenwart von Miß Bascom und der Zofe, die Lady Chandross zur Begleitung Eugenias mitgeschickt hatte, nicht mehr richtig verständigen konnte, mußte Eugenia abreisen, ohne zu wissen, was sie arrangieren sollte, um Mrs. Thomas Rowntree zu werden.
Nachdem das Trittbrett hochgezogen und die Türe von dem livrierten Postillion geschlossen worden war, rollte die Kutsche endlich davon, was Miß Bascom dazu veranlaßte, insgeheim ein »Gott sei Dank!« zu äußern. Muffet jedoch, die sonst nicht besonders sentimental war, mußte heftig dagegen ankämpfen, nicht loszuweinen, da sie wußte, daß das Leben nun ohne ihre muntere Freundin sehr viel langweiliger werden würde. Was Eugenia selbst betraf, so machte sie es sich auf den tiefroten Samtpolstern der Kutsche an der Seite der ältlichen Zofe namens Trimmer bequem und war fest entschlossen, die ganze lange Reise von über hundert Meilen in vollen Zügen zu genießen.
Unglücklicherweise bewölkte sich der Himmel jedoch schon an der Grenze zur Grafschaft Wiltshire, gerade als die Kutsche begann, die Anhöhe von Box Hill zu bezwingen. Obwohl es innerhalb weniger Minuten schüttete, war Eugenia, immer Optimistin, fest davon überzeugt, daß die Sonne wieder scheinen würde, wenn sie Calnex erreichten. Als sie am Beckhampton Inn hielten, um sich mit Garnelen, Bohnen und Apfeltörtchen zu stärken, rann jedoch der Regen immer noch an den Fenstern herab. Am späten Nachmittag, als Trimmers Nerven wegen der düsteren Prophezeiung des Postillions, er rechne mit einer Überschwemmung, dem Zerreißen nahe waren, gab

Eugenia nach und erklärte sich einverstanden, dem Vorschlag der Zofe zu folgen und im »King's Head« in Thatcham zu übernachten. Eigentlich war vorgesehen, im vornehmeren »Pelican« in Speenhamland abzusteigen, doch Eugenia, die das King's Head nicht kannte, versprach sich eine unterhaltsame Abwechslung. Allerdings, so konnte sie es nicht unterlassen zu bemerken, sei es dumm, vor dem bißchen Regen zurückzuschrecken.

Diese Beschreibung des Unwetters, das nun über der Landschaft zu toben begann, war allerdings etwas untertrieben, doch dachte Eugenia nicht daran, sich davon beeindrucken zu lassen. Im Gegenteil, als die Kutsche vor der Tür des »King's Head« hielt, stieg sie sofort aus und rannte durch den Regen, wobei sie den Wirt nicht beachtete, der mit dem Regenschirm bereitstand, um seine Gäste zu empfangen. Als sie im Gasthaus angelangt war, schüttelte sie die Nässe von ihrem Reisecape und schaute sich sehr zufrieden um.

Tatsächlich war der Anblick des blitzenden Messinggeschirrs, eines großen Eichensessels, auf dem ein schwarzweißes Kätzchen schnurrte, und einer dichtgefüllten Gästestube angenehm genug, um das Herz eines jeden Reisenden zu erfreuen. Eugenia, die vom Wirt gefragt wurde, was er für sie tun könne, erklärte ihm daher ohne Zögern, daß sie für sich ein Schlafzimmer brauche und daneben eines für ihre Zofe.

»Ein gutes Federbett, wenn Sie eines haben, und Berge von Essen, ich bin fürchterlich hungrig«, fügte sie hinzu. Worauf der Wirt, der das Wappen, die elegante Kutsche und die Zofe wohl bemerkt hatte und daher bereit war, den verdrückten Hut dieses Schulmädchens und seine totale Formlosigkeit zu übersehen, sofort versprach, sein bestes Schlafzimmer herzurichten. Darüber hinaus könne er einen privaten Salon zur Verfügung stellen, in dem in Bälde ein exzellentes Abendessen serviert würde, das die Wirtin selbst zubereite.

Eugenia, die gern neue Erfahrungen jeder Art sammelte, blickte bedauernd auf den gefüllten Gästeraum, der ihr mehr Unterhaltung versprach als der private Salon, noch dazu in Begleitung von Trimmer. Sie entschloß sich jedoch, ihren Wunsch zurückzustellen, da sie wußte, daß man ihr nur von allen Seiten Schwierigkeiten machen würde. Das wäre – so dachte sie sich – ein weiterer Vorzug einer Ehe mit Tom. Niemand außer dem eigenen Mann könnte einem vorschreiben,

was man zu tun hatte, und sie zweifelte nicht daran, daß Tom sie immer das tun lassen würde, was sie wollte.
Trimmer war nun auch im Gasthof angelangt, begleitet von den Burschen, die die Koffer hereintrugen, und sie wollte gerade Eugenia folgen, die mit dem Wirt vor der Treppe stand, als drei Reisende das Haus betraten, die mit der Kutsche der Bristol and Bath Accommodation gekommen waren.
Die drei waren völlig durchnäßt, und der Regen tropfte von den Hutkrempen, was dem Wirt, der sie als arme Passagiere einstufte, die nicht im Innern der Kutsche Platz nehmen konnten, zu mißfallen schien.
Eugenia, die gerade die Treppe hinaufgehen wollte, blickte sich um und sah sich die Leute interessiert an. Die Gesellschaft bestand aus einem Mann mittleren Alters, der einen etwas deprimierten Eindruck machte und wie ein Kanzlist aussah, einem stämmigen Bauern in schweren, derben Stiefeln und einem Mantel mit Messingknöpfen, und der dritte Reisende war ein junger Mann von etwa Mitte Zwanzig in einem etwas schäbigen olivgrünen Mantel, der jedoch so arrogant in die Welt blickte, daß man annehmen mußte, er sei ein Gentleman, der einst bessere Tage erlebt hatte.
»Gerry!« rief Eugenia erfreut, die in diesem Mann sofort ihren Vetter Gerald Liddiard, wie sie ein Schützling von Lord Chandross, erkannt hatte. Da er etwa neun Jahre älter war als sie, hatte er ein noch dringenderes Bedürfnis nach neuen Erlebnissen, und da er den Vorteil hatte, männlichen Geschlechts zu sein, hatte er dem Earl bedeutend mehr Unannehmlichkeiten gemacht als sie. Eugenia drehte sich heftig um, so daß Trimmer, die dicht hinter ihr stand, erschrocken zurückprallte.
Die drei Neuankömmlinge blickten sie überrascht an, denn keiner schien sich von ihrem Ruf angesprochen zu fühlen, vor allem nicht der junge Mann selbst, der einen völlig uninteressierten Eindruck machte. Er war braungebrannt und verfügte über die geschmeidigen, leichten Bewegungen eines Menschen, der viel Zeit im Freien verbracht hat. Im Augenblick wirkte er allerdings etwas mitgenommen und hatte die glänzenden Augen eines Fieberkranken.
»Gerry!« sagte Eugenia noch einmal ungeduldig, und diesmal war es allen Anwesenden klar, daß sie den jungen Mann im olivgrünen Mantel meinte. »Kennst du mich denn nicht mehr? Ich bin Eugenia –«

Der junge Mann sah sie immer noch völlig uninteressiert an, zuckte die Schultern und wollte in die Gaststube gehen. Eugenia blickte ihm erstaunt nach. Sie hatte ihren Vetter fast drei Jahre nicht gesehen, da er nach seiner Zeit in Oxford ein ziemlich abenteuerliches Leben führte. Wenn seine Verwandten von ihm hörten, so nur dann, wenn es galt, dringende Schulden zu bezahlen. Eugenia, die immer noch ratlos am Fuß der Treppe stand, wußte, daß sie sich in den letzten drei Jahren sehr verändert hatte, doch fand sie es unerhört, daß ihr Vetter, der so oft in Coverts zu Gast gewesen war, sie nicht mehr erkannte. Sie ging nun auf ihn zu und legte ihm, um ihn zurückzuhalten, die Hand auf den Arm.

»Aber Gerry«, sagte sie, »wie kannst du nur so komisch sein! Ich weiß, daß es jetzt drei Jahre her ist, aber immerhin –«

Inzwischen hatte Trimmer sich auch wieder gefaßt, und da sie mit dem Familienstammbaum nicht vertraut war – denn sie war erst vor zwei Wochen von Lady Chandross engagiert worden –, ging sie entschlossen auf Eugenia zu und versuchte, sie mit einem entsetzten »Ich bitte Sie, Miß!« zurückzuziehen. Lady Chandross hatte sie schon gewarnt und ihr gesagt, daß ihr Schützling ein sehr ungestümes und unberechenbares Mädchen sei, doch in ihren kühnsten Träumen hätte sie nicht erwartet, daß Miß Liddiard sich an einen völlig uninteressierten jungen Mann heranmachen könnte, der sie offenbar noch nie in seinem Leben gesehen hatte.

»Aber Miß, wirklich –« rief sie aus. »Sie dürfen wirklich nicht –«

»O Trimmer, seien Sie doch ruhig!« sagte Eugenia ungehalten und hielt den jungen Mann immer noch am Arm fest. »Es ist alles völlig in Ordnung, er ist mein Vetter, den ich schon als kleines Kind gekannt habe. Und wenn du nicht einmal mit mir sprechen willst«, fuhr sie fort, sich wieder an den jungen Mann wendend, »dann bitte! Wahrscheinlich hältst du es für einen Spaß –«

Der junge Mann, dem jetzt ein Licht aufzugehen schien, als er hörte, was sie zu Trimmer sagte, erklärte endlich: »Es tut mir leid, aber ich glaube, Sie irren sich. Ich bin nicht Ihr Vetter.«

Eugenia blickte ihn ungläubig an und zog die Brauen zusammen.

»Aber Sie sind es. Sie müssen es sein«, entgegnete sie. »Ich kann mich nicht so irren!«

»Trotzdem fürchte ich, daß Sie es tun«, sagte der junge Mann freundlich, aber bestimmt, und ging auf die Tür der Gaststube zu.
Eugenia blickte ihm mißbilligend nach.
»Oh!« sagte sie. »Das ist doch typisch Gerry, mich so zum Narren zu halten. Ich wette, daß er in einer halben Stunde an meine Tür klopft und sich halbtot lacht!«
»Aber, meine liebe Miß Liddiard«, sagte Trimmer erregt und blickte verlegen zu dem Bauern, dem Kanzlisten und dem Wirt, die die Szene mit größtem Interesse und aufgesperrten Mäulern verfolgten. »Sind Sie denn ganz sicher? Immerhin, wenn es schon eine Weile her ist, daß Sie Ihren Vetter gesehen haben –«
Eugenia erklärte mit Bestimmtheit, daß sie sich völlig sicher sei, raffte ihren Umhang und wollte zum zweitenmal den Versuch machen, die Treppe hinaufzugehen, als sie von einem plötzlichen Stimmengewirr, das aus der Richtung der Gaststube kam, daran gehindert wurde. Ohne zu zögern drehte sie sich um, ging in die Gaststube und erblickte dort zwei erschrockene Kellner, die sich über den jungen Mann im olivgrünen Mantel beugten, der bewußtlos auf dem Boden lag.
»Das habe ich mir gedacht«, sagte sie schnell. »Er wird Fieber haben.« Sie wandte sich an den Wirt, der ihr in die Gaststube gefolgt war. »Dies ist mein Vetter, Mr. Gerald Liddiard«, sagte sie. »Ich nehme an, er ist krank gewesen, und nun ist er ohnmächtig geworden, wie Sie sehen. Können Sie ihn bitte in ein Schlafzimmer tragen lassen und sofort einen Arzt benachrichtigen?«
Der Wirt, der es nicht gewohnt war, von Schulmädchen Befehle entgegenzunehmen, blickte zweifelnd zu Trimmer. Diese blickte ebenso zweifelnd zurück, doch da Eugenia nun schon dabei war, die beiden Kellner zu beaufsichtigen, die versuchten, den Bewußtlosen hinauszutragen, schien es nicht mehr von Bedeutung, ob sie einverstanden war oder nicht. So zogen sie alle hinter den beiden wankenden Kellnern her, und am Ende der Treppe öffnete der Wirt – Eugenias gebieterischem Blick folgend – eine Türe und führte die kleine Prozession in ein kleines Zimmer.
»Ihr könnt ihn dort hinlegen«, sagte er ziemlich mürrisch zu den Kellnern, da er daran zweifelte, daß Miß Liddiards Reisekasse schwer genug war, um die Kosten für einen Arzt und ein

zusätzliches Schlafzimmer zu bezahlen, und da der windige Mantel des jungen Mannes auch nicht auf große Reichtümer schließen ließ.

Weil Eugenia ihn jedoch mit ihren grünen Augen sehr kühl anblickte, wagte er es nicht, sein Mißfallen laut zu äußern, und trollte sich davon, nicht ohne jedoch etwas von einer »verrückten Gesellschaft« vor sich hin zu murmeln. Dann schickte er einen Boten los, um den Arzt holen zu lassen, und wies das Zimmermädchen an, etwas Hirschhornsalz zu bringen, wie Eugenia dies befohlen hatte.

Nachdem Eugenia den Kellnern gesagt hatte, dem jungen Mann den Mantel und die Stiefel auszuziehen, lockerte sie ihm selbst die Krawatte und betupfte seine Stirn mit ihrem Taschentuch, das sie zuvor in der gelben Wasserkanne des Waschtisches angefeuchtet hatte. Dann nahm sie eine seiner Hände, rieb sie zwischen ihren eigenen und wies Trimmer an, dasselbe zu tun.

»Aber meine liebe Miß Liddiard, sind Sie denn ganz sicher, daß es wirklich Ihr Vetter ist?« begann Trimmer noch einmal und nahm seine braungebrannte Hand, die schlaff auf der Bettdecke lag, mehr als zimperlich in ihre Hände. »Bitte bedenken Sie doch, wie furchtbar es wäre, wenn er es nicht ist! Ein vollkommen fremder junger Mann! Ich weiß wirklich nicht, was Lady Chandross denken wird, daß ich Ihnen erlaubt habe, das Schlafzimmer eines fremden Mannes zu betreten –«

»Sie wird sich gar nichts denken, wenn Sie es ihr nicht sagen«, erklärte ihr Eugenia sachlich. »Außerdem ist es Gerry, da bin ich mir ganz sicher. Ich glaube, wir werden ihn nach Mere mitnehmen müssen, denn es sieht so aus, als hätte er kein Geld mehr in der Tasche, und er ist bestimmt ziemlich krank gewesen. Ich frage mich nur, was er getan hat, um soweit zu kommen. Es ist sicher ein Jahr her, daß jemand von ihm gehört hat, und damals steckte er in Cheltenham in einer Klemme, weil er versucht hat, mit einem reichen Mädchen durchzubrennen.«

Trimmer schauderte es bei diesem Gedanken, und sie ließ schnell die Hand los, die sie gerieben hatte.

»Oh, keine Sorge, es ist ihm nicht geglückt«, sagte Eugenia freundlich. »Obwohl es wirklich schade ist, denn er hat überhaupt kein Geld, abgesehen von dem, was Lord Chandross ihm gibt, und es wäre für ihn alles sehr viel einfacher geworden. Außerdem hat er eine Menge Charme, so hätte sie wirklich etwas für ihr Geld gehabt.« Sie blickte den jungen Mann besorgt an und sah, daß sein bleiches Gesicht sich leicht zu röten begann. »Ich glaube, er kommt zu sich«, sagte sie. »Bitte, Trimmer, sehen Sie nach, ob Sie das bestellte Hirschhornsalz holen können. Oder, noch besser, gehen Sie und holen Ihr eigenes. Sicher haben Sie welches mitgenommen.«

Trimmer, die durch Eugenias sichere Art, mit dem Patienten umzugehen, beeindruckt war, verließ das Zimmer. Sie konnte nicht wissen, daß Eugenia es lange Jahre hindurch – seit dem Tod ihrer Mutter – gewohnt war, den Dienstboten ihre Anweisungen zu geben, denn nur so hatte sie ihrem ziemlich hilflosen Vater beistehen können. Eugenia rieb dem jungen Mann weiter die Hände, und nach wenigen Augenblicken wurde sie belohnt, denn er öffnete langsam die Augen und blickte sie benommen an.

»Du warst bewußtlos«, erklärte sie ihm. »Ich nehme an, du bist krank. Fieber?«

»Ja«, sagte er automatisch. »Doch jetzt geht es mir wieder gut.«

»Es wird dir wieder ganz gutgehen, wenn du richtig auf dich aufpaßt«, sagte Eugenia sachlich. »Ich weiß nicht, was du jetzt vorhast, Gerry, doch wenn du nur ein bißchen vernünftig bist, kommst du mit mir nach Mere, damit sich jemand um dich kümmern kann.«

Der junge Mann, der offenbar den Versuch machte, sich wieder zu orientieren, blickte sie fragend an.

»Ich habe wirklich keine Ahnung, wer Sie sind«, sagte er nach einer Weile und versuchte sich hochzusetzen, was Eugenia jedoch sofort verhinderte, indem sie ihm leicht die Hand auf die Brust legte.

»Oh, Gerry, jetzt fang doch nicht wieder davon an«, sagte sie ungeduldig, unterbrach sich dann aber, als sie den Mann genauer ansah. »Ich bin Eugenia – Eugenia Liddiard natürlich«, fügte sie zögernd und etwas unsicher hinzu. »Deine Cousine –«

Sie machte nochmal eine Pause, weil sie sah, wie merkwürdig sie der junge Mann anblickte, als sie ihren Namen nannte.

»Liddiard«, sagte er langsam. »Ja, ich glaube, das erklärt alles.«

»Erklärt was?«

»Daß Sie glauben, mit mir verwandt zu sein. Tatsächlich bin ich es auch in gewisser Weise. Das heißt, wenn ein Mann namens Charles Liddiard auch Ihr Verwandter war.«

»Charles Liddiard?« Eugenia blickte ihn erstaunt an. »Charles Liddiard? Ja, warum? Er war ein Vetter meines Vaters, doch er ist schon lange tot. Er starb noch bevor ich geboren wurde. Was hat das zu sagen?«
»Ich bin sein Sohn. Richard Liddiard.«
»Oh!« Eugenia, die auf dem Bett gesessen hatte, stand auf und wich leicht zurück. »Aber Charles Liddiard«, sagte sie, »war niemals –« Sie wurde rot und sprach den Satz nicht zu Ende.
»Er war niemals verheiratet, und daher habe ich kein Recht auf seinen Namen!« sagte der junge Mann belustigt. »Das hat man Ihnen wahrscheinlich so gesagt – Chandross, Ihr Vater und alle anderen Liddiards –«
Jetzt setzte er sich energisch hoch und machte den Versuch aufzustehen, doch Eugenia, die sich wieder gefaßt hatte, sagte in bestimmtem Ton: »Sie sollten sich besser wieder hinlegen, denn sonst werden Sie nur wieder ohnmächtig.«
Er blickte sie unter seinen dunklen Brauen schnell und fragend an.
»Nun«, sagte Eugenia vernünftig, da sie sich denken konnte, weshalb er sie so anschaute, »wenn Sie Onkel Charles' Sohn sind, dann sind Sie ebenso mein Vetter wie Gerry, nicht wahr? Ganz gleich, ob Onkel Charles verheiratet war oder nicht. Daher werde ich jetzt hierbleiben und zusehen, daß Sie gut versorgt werden.«
»Ihre Verwandten«, bemerkte der junge Mann trocken, »würden wahrscheinlich Ihre Besorgnis nicht teilen.«
»Nein, wahrscheinlich nicht. Denen wäre es auch gleich, was Gerry passierte, solang er dem Namen Liddiard keine Schande macht. Sie sehen ihm wirklich außerordentlich ähnlich«, fügte sie hinzu und betrachtete sein dunkles Gesicht mit den kräftigen schwarzen Brauen, dem eingekerbten Kinn und dem arroganten Ausdruck. »Ich wundere mich, daß Sie noch nie mit ihm verwechselt wurden. Haben Sie in England gelebt?«
»Nein. In Irland.«
»Das ist wahrscheinlich die Erklärung. Ich glaube, Gerry war noch nie in Irland – obwohl man das natürlich nicht genau weiß, denn er scheint ziemlich herumzukommen.«
»Ist er ein schlimmer Bursche?«
»Ja, das sagt man allgemein. Cecil – das ist mein Vetter, Lord Chandross – hält ihn natürlich dafür, doch ich glaube nicht, daß er jemals etwas wirklich Schändliches getan hat, wenn

man Spielen, Raufen und derlei nicht dazuzählt. Natürlich gibt er eine Menge Geld aus. Sie können sich nicht vorstellen, was er Cecil schon gekostet hat.«

»Oh, das kann ich mir schon vorstellen«, sagte der junge Mann voll Bitterkeit. »Ich weiß ja, welch stattliche Summe er meiner Mutter zahlen wollte, damit Sie vergäße, daß sie Charles Liddiards Frau war, und damit Sie sich und ihr Balg nicht bemerkbar machte. Die Liddiards scheinen sich ihren unehelichen Sprößlingen gegenüber sehr großzügig zu verhalten, habe ich gehört, doch wenn es um eine Mesalliance geht, sind sie weniger milde gestimmt.«

Eugenia dachte darüber nach. »Nein, ich glaube nicht«, sagte sie nach einer Weile. »Meinen Sie, daß Charles Liddiard wirklich ihre Mutter geheiratet hat und daß Cecil es nur vorzieht zu denken, daß sie es nicht tat? Aber können Sie nicht beweisen –«

»Nein«, sagte der junge Mann unumwunden. »Meine Mutter hat meine Geburt nur ein paar Monate überlebt, und Charles Liddiard ist einige Monate davor gestorben. Er hatte sie auf den Kontinent mitgenommen, und nach ihrem Tod sind die Papiere verlorengegangen. Ein englischer Geistlicher namens Castle hat sich um mich gekümmert und mich aufgezogen. Er kannte weder Charles Liddiard noch meine Mutter, und alles, was er von mir wußte, waren diese wenigen Informationen, die meine Mutter kurz vor ihrem Tod hinterließ.«

Eugenia dachte gründlich über diese Worte nach, und wenn der junge Mann sie beobachtet hätte – was er nicht tun konnte, da er die Augen wieder geschlossen hielt und sich offenbar nicht wohl fühlte –, wäre ihm in ihren Augen eine gewisse Entschlossenheit nicht entgangen, die Miß Bascom außerordentlich beunruhigt hätte. Die junge Miß Liddiard war, wie Miß Bascom zu ihrem Leidwesen erfahren hatte, jederzeit bereit, sich für eine Sache zu engagieren, die ihr Interesse geweckt hatte – ganz gleich, wie suspekt sie war. Kein noch so gutes Zureden hatte sie davon überzeugen können, daß junge Damen solche Dinge Älteren überlassen sollten – oder noch besser offiziellen Stellen, wie im Fall von streunenden Katzen oder schlechtbehandelten Pferden, was sich anläßlich zweier denkwürdiger Gelegenheiten am Queen Square als vorteilhafter erwiesen hätte.

2

Das gleichzeitige Eintreffen Trimmers mit dem Hirschhornsalz und eines grauhaarigen, väterlich wirkenden Arztes machte jedoch allen Plänen Eugenias ein Ende, sich sofort weiter mit der Lebensgeschichte ihres neuentdeckten Vetters zu befassen. Sie wurde in ihr eigenes Schlafzimmer verbannt, während Dr. McCarey den Patienten untersuchte, ließ jedoch, während sie sich umzog und ihr Haar bürstete, die Tür leicht angelehnt, und als sie hörte, wie der Arzt das Zimmer verließ, lief sie schnell hinaus auf den Gang.

»Hat er Sie bezahlt?« fragte sie ohne lange Umschweife. Die Brauen des Doktors hoben sich in leichter Überraschung. »Hat er Ihr Honorar bezahlt?« wiederholte Eugenia geduldig. »Ich glaube nicht, daß er viel Geld hat, und immerhin war ich es ja, die Sie hat rufen lassen, daher ist es nur gerecht, wenn ich dafür aufkomme.«

Sie öffnete ihr Ridikül, doch der Arzt versicherte ihr leicht belustigt, daß sein Patient bereits alles erledigt habe.

»Ein Verwandter von Ihnen, Miß –«

»Liddiard«, ergänzte sie bereitwillig. »Ja, er ist mein Vetter. Ist er sehr krank?«

Dr. McCarey erklärte ihr in aller Offenheit, daß sein Patient, soweit er es beurteilen könne, die Gesundheit eines Ochsen habe, daß jedoch sogar ein Ochse nach einer sechsstündigen Fahrt im strömenden Regen einige Schwierigkeiten hätte, gesund zu bleiben, vor allem nach einer fieberhaften Krankheit.

»Ein paar Wochen Erholung und eine ruhige Umgebung, und alles ist wieder in schönster Ordnung«, sagte er. »Doch wenn er nochmal so eine Torheit begeht, würde ich eine Lungenentzündung nicht ausschließen. Leben seine Eltern hier in der Nähe? Sie sollten sie vielleicht benachrichtigen, damit sie sich um ihn kümmern. Sie reisen nicht mit ihm zusammen, soweit ich gehört habe?«

»Nein«, sagte Eugenia. »Doch ich sehe zu, daß jemand sich um ihn kümmert. Ich danke Ihnen vielmals.«
»Eine Terrine heiße Hühnerbrühe und etwas Pfeilwurzgelee«, empfahl der Arzt. »Und sehen Sie zu, daß er nicht hinausgeht, bevor dieses Unwetter vorbei ist«, sagte er noch und wandte sich der Treppe zu.
Eugenia verabschiedete sich von ihm und stand einen Augenblick nachdenklich im Gang, bevor sie an Richard Liddiards Türe klopfte.
»Kommen Sie nur herein«, sagte eine angenehme, etwas träge Stimme, die der ihres Vetters sehr ähnlich war, jedoch einen tieferen Klang hatte. Allerdings, so dachte sie, hatte Geralds Stimme sich inzwischen sicher auch verändert und war nicht mehr so jungenhaft, wie sie sie in Erinnerung hatte. Denn jetzt würde er auch ungefähr in dem Alter wie dieser junge Mann sein, etwa Mitte Zwanzig.
Sie öffnete die Türe und ging ins Zimmer.
Richard Liddiard lag immer noch auf dem Bett, doch als sie hereinkam, setzte er sich auf.
»Nein, stehen Sie nicht auf«, sagte sie, ging zu ihm und stellte sich neben das Bett. »Ich bin nur gekommen, um Ihnen zu sagen, daß ich mit dem Arzt gesprochen habe, und er sagt, Sie sollen Hühnerbouillon und Pfeilwurzgelee essen, und dann müssen Sie sich erholen und einige Wochen ruhig leben. Können Sie das tun?« Sie blickte etwas zweifelnd auf den schäbigen olivgrünen Mantel, der auf einem Stuhl neben dem Bett lag. »Sie sehen nicht aus, als seien Sie sehr vermögend«, sagte sie. Er blickte sie an, und zum erstenmal, seit sie ihn kennengelernt hatte, lächelte er.
»Sie halten wohl nicht viel von gesellschaftlichen Formen, nicht wahr?« fragte er.
»Nein. Das ist doch wohl ziemlich sinnlos, nicht? Ich meine, es ist blöd, taktvoll zu sein, wenn man unbedingt etwas wissen möchte.«
»Und was wollen Sie über mich wissen, Miß Liddiard?«
»Sie können mich ruhig Eugenia nennen, denn immerhin sind wir ja miteinander verwandt. Zwar nicht sehr nahe, aber ich habe Gerry auch immer Gerry genannt, und er ist mit mir ebensowenig nahe verwandt wie Sie. Sein Vater war auch ein Vetter von Papa.« Sie legte den Mantel aufs Bett und setzte sich auf den Stuhl. »Was ich wissen möchte«, sagte sie, »ist, ob Sie je-

manden haben, der sich um Sie kümmert, bis Sie wieder in Ordnung sind. Sie sind nicht verheiratet, nicht wahr?«

»Nein.«

»Das habe ich mir gedacht. Sie sehen nicht verheiratet aus. Und Sie können auch keine Brüder oder Schwestern haben, da ja Ihre beiden Eltern so früh gestorben sind. Doch es könnte ja jemand anders da sein – vielleicht Freunde in England?«

»Nein. Ich bin seit zehn Jahren nicht in England gewesen. Der einzige Freund, den ich hier habe, ist ein Mann namens Ned Trice, der in Yorkshire lebt. Er war ein Jockei, ist dann aber heruntergekommen und ist nun Besitzer einer sehr verrufenen Taverne in Tothill Fields. Aber wirklich, Miß Eugenia Liddiard, das kann ganz und gar nicht Ihre Sache sein –«

»Nun, das wäre es auch nicht, wenn ich jemand anderen finden könnte, dessen Sache es wäre«, sagte Eugenia sachlich. »Doch ich kann ja nicht einfach fortgehen und Sie hier an Lungenentzündung oder etwas ähnlich Scheußlichem sterben lassen.«

»Ich habe nicht die Absicht, eine Lungenentzündung zu bekommen. Oder an irgend etwas zu sterben – wenn Sie das beruhigt.«

»Ja, aber Sie hatten auch nicht die Absicht, unten ohnmächtig zu werden, und sind es doch geworden«, sagte Eugenia nicht ohne Logik. »Ich kann es auch nicht ausstehen, krank zu sein, doch als ich zwölf war, hatte ich Scharlach und war hinterher fast einen Monat lang scheußlich schwach.« Sie blickte ihn zweifelnd an. »Ich glaube nicht, daß sie jetzt kräftig genug sind zu arbeiten«, sagte sie. »Sie müssen doch arbeiten, nehme ich an?«

»Ja. Ich bin auf dem Weg nach Newton Chase, dem Besitz von Sir Harry Pyatt in Oxfordshire. Er braucht jemanden, der sich um seine Ställe kümmert, habe ich gehört.«

Eugenia blickte ihn mit wachsendem Interesse an. »Oh, können Sie mit Pferden umgehen?« fragte sie. »Papa hatte in Coverts – das war unser Gut in Kent – ein kleines Gestüt, doch als mein Onkel Cedric es erbte, hat er alle Pferde verkauft. Er ist nämlich ein Geistlicher und lebt in Canterbury.« Plötzlich kam ihr ein Gedanke. »Wissen Sie«, fügte sie eifrig hinzu, »wenn Sie wirklich der Sohn von Onkel Charles sind – ich meine, sein wirklicher Sohn, ganz legal –, dann müßte Coverts Ihnen gehören. Denn Onkel Charles war Onkel Cedrics älterer Bruder, und daher wäre er der Erbe, wenn er noch gelebt hätte, und natürlich nach seinem Tod auch sein Sohn –«

»Das klingt alles ziemlich kompliziert«, sagte der junge Mann uninteressiert. »Und außerdem hat es jetzt wenig Sinn, darüber nachzudenken, oder?«

»Doch, es hätte einen Sinn«, sagte Eugenia, die nicht so leicht aufgab, »wenn Sie beweisen könnten –«

»Nun, das kann ich eben nicht«, sagte Richard Liddiard abwehrend. »Diese Hochzeit hat vor einem Vierteljahrhundert stattgefunden, und der Geistliche, der mich aufgezogen hat, stellte alle nur möglichen Nachforschungen an, und das nur zwölf Monate später. Doch er hatte keinen Erfolg –«

Eugenia sagte, daß ihrer Meinung nach Geistliche nicht gerade sehr unternehmend seien, doch als sie sah, daß ihr Vetter wieder sehr erschöpft war, beharrte sie nicht weiter auf der Sache, sondern brachte das Gespräch wieder auf das Problem seiner unmittelbaren Zukunft.

»Wenn ich Sie wäre«, sagte sie ihm, »dann würde ich nicht nach Newton Chase gehen. Ich habe Sir Harry kennengelernt, er ist wirklich ein schrecklicher Mann. Papa hat gesagt, er habe versucht, Frank Buckle zu bestechen, damit er das Rennen in Newmarket verliert, doch natürlich hat man das nicht beweisen können. Er hat jede Woche neue Stallburschen und Trainer, weil er immer Krach mit allen Leuten kriegt und alle hinausschmeißt, und er hat schon zweimal seinen Stall aufgelöst. Ich würde mich nicht wundern, wenn er es noch einmal täte.« Sie bemerkte, daß Richard zweifelnd eine Braue hochzog. »Nein, wirklich«, sagte sie eifrig.

»Erzählen Sie mir auch keine Greuelmärchen, damit ich hier den Invaliden spiele?«

»O nein, ich lüge nur ganz selten«, sagte Eugenia ernst. »Ich bin keine sehr gute Lügnerin. Außerdem wäre das nicht sehr anständig von mir, denn ich glaube, daß Sie die Arbeit brauchen.«

»Das stimmt«, versicherte ihr Richard. »Und da ich im Augenblick keine anderen Aussichten habe als Sir Harry, werde ich mein Glück mit ihm versuchen müssen.«

Eugenia zog die Brauen zusammen. »War das nicht sehr riskant?« fragte sie. »Den ganzen Weg von Irland hierherkommen, nur weil man einen Tip erhielt? Haben Sie ihn von Ihrem Freund Ned Trice bekommen?«

»Die Antwort ist ja, und ich glaube, daß es riskant war«, sagte der junge Mann gleichmütig. »Aber ich bin es gewohnt, etwas zu riskieren. So bin ich auch nach Irland gekommen.«
»Sind Sie fortgelaufen?«
»O nein. Es gab nichts, wovor ich hätte fortlaufen müssen.«
»Ist der Geistliche gestorben?« riet sie.
»Ja. Und dann hatte seine Schwester vor, mich zu einem Apotheker in die Lehre zu schicken, damit sie mich los wäre, aber davon habe ich nicht viel gehalten. Daher bin ich dann fort nach Irland.«
Eugenia seufzte. »Das klingt herrlich«, sagte sie voller Neid. »Wenn ich ein Junge gewesen wäre, dann hätte ich mich nach Papas Tod auch selbständig gemacht. Dann hätte ich nicht auf diese abscheuliche Schule gemußt und hätte auch nicht in Mere leben müssen.« Sie stand auf. »Aber das spielt jetzt keine Rolle«, sagte sie entschlossen. »Sie sehen todmüde aus, und ich sollte nicht so viel mit Ihnen sprechen. Ich werde Ihnen Ihr Essen bestellen, und wenn Sie damit fertig sind, können Sie schlafen.« Als sie an der Tür war, blieb sie stehen. »Wahrscheinlich haben Sie nicht genug Geld, um ein paar Wochen hierzubleiben?« fragte sie mit ihrer jungenhaften Sachlichkeit.
»Sie scheinen mich für leichtsinnig zu halten«, sagte Richard Liddiard, der tatsächlich einen sehr müden Eindruck machte, sie jedoch amüsiert anlächelte, da ihre Direktheit ihm Spaß machte. »Vierzehn Tage in einem Gasthaus in Bristol und außerdem noch ein Arzthonorar – damit hatte ich wirklich nicht gerechnet –«
»Und ich habe von meinem Wechsel keinen Penny mehr übrig, denn ich habe für all diese dummen Mädchen bei Miß Bascoms Geschenke gekauft«, sagte Eugenia bedauernd. »Nun, mir wird schon etwas einfallen.«
Sie ging hinaus, um beim Wirt Richards Essen zu bestellen, und setzte sich dann in den rosa Salon, der neben ihrem Schlafzimmer lag, wo man ihr eine ausgezeichnete Mahlzeit vorsetzte, die aus Kräutersuppe, gekochter Ente mit Zwiebelsauce und frischgebackenem Königskuchen bestand.
Während sie sich über den Kuchen machte, kam ihr die Idee. Es war eine so glänzende Idee, daß sie sich fragte, weshalb sie nicht schon früher daraufgekommen war. Sie war schon auf den Füßen und beinahe zum Zimmer hinaus – denn sie konnte es nicht länger aushalten und wollte es sofort Richard Liddiard

mitteilen –, als ihr einfiel, daß der Arzt ihm ja Ruhe empfohlen hatte. Wahrscheinlich, so dachte sie mit Bedauern, war es besser, bis zum Morgen zu warten. Er würde sicher den Plan überdenken wollen – umständlich wie die meisten Menschen, denen das Leben eine Chance gab –, und daher war es besser, ihn jetzt nicht damit zu konfrontieren.

So setzte sie sich eine halbe Stunde lang an das Salonfenster und schaute hinunter in den regennassen Hof, wo gerade eine Postkutsche angekommen war, die beim Anhalten so viel Wasser hochspritzte, daß ein dünner Herr mit Gamaschen, der aus seiner Kutsche stieg, von oben bis unten naß wurde. Stallknechte eilten herbei, um die Pferde zu wechseln, und am Rande der Szene stand ein Bauer in lebhaftem Gespräch mit einem Fuhrmann, der offenbar ein paar Enten in die nächste Stadt bringen sollte. Eugenia war von dem lebhaften Geschehen, das im Schein der Kutschenlaternen vor sich ging, so fasziniert, daß sie nur unwillig der Mahnung Trimmers folgte und zu Bett ging.

Hier überdachte sie noch einmal – während der Regen unablässig gegen die Fenster trommelte – ihre Pläne für den Morgen. Nicht, daß es dabei sehr viel zu überlegen gab – nein, die größte Schwierigkeit bestand wohl darin, Richard Liddiard davon zu überzeugen, daß ihre Lösung seines gegenwärtigen Dilemmas für ihn durchaus akzeptabel war. Wenn er Gerry wäre und nicht nur sein Doppelgänger, dann gäbe es überhaupt keine Schwierigkeiten, denn Gerry hätte alles als einen tollen Spaß betrachtet und sich mit Vergnügen hineingestürzt.

Sie hatte jedoch den Eindruck, daß Richard Liddiard eine gänzlich andere Sorte Mensch war. Natürlich war er älter als der Gerry, den sie früher gekannt hatte, doch er war auch sonst sehr verschieden – zurückhaltender, besonnener, mit einer Art harter, kühler Entschlossenheit begabt, die Gerrys quecksilbriger Unbeständigkeit völlig entgegengesetzt war.

Mitten in diese Überlegungen hinein überfiel sie der Schlaf. Als sie am Morgen aufwachte, schob Trimmer gerade die Vorhänge ihres Bettes beiseite und öffnete die Fensterläden. Das Licht war fahl, die Luft noch feucht, doch schien es ein heller Tag zu werden. Trimmer sagte, daß sie bereits unten beim Wirt gewesen sei, um sich nach dem Zustand der Straßen zu erkundigen, und er habe ihr gesagt, daß zwischen Thatcham und Reading eine Überschwemmung gewesen sei, daß man jedoch gegen Mittag damit rechnen könne, wegsames Gelände anzutreffen.

»Gut«, sagte Eugenia, hüpfte aus dem Bett, erledigte im Handumdrehen die Toilette, bestellte ein reichliches Frühstück und machte sich dann davon, um nach Richard Liddiard zu sehen. Sie fand ihn in seinem Zimmer in Hemd und Breeches vor und gerade dabei, sich zu rasieren. Er blickte sie sehr wenig einladend an, als sie erklärte, hereinkommen zu wollen.

»Wo ist denn Ihre Zofe?« fragte er streng. »Ist die nicht imstande, dafür zu sorgen, daß Sie sich nicht in aller Herrgottsfrühe in die Schlafzimmer fremder Männer begeben?«

»Trimmer? Sie ist wirklich nicht übel, wenn man sie erst einmal kennt«, sagte Eugenia großzügig. »Ich habe eine phantastische Idee, aber ich kann Ihnen wirklich nichts darüber sagen, wenn ich hier draußen im Gang stehenbleiben muß.«

»Dann können Sie warten und es mir später unten in der Wirtsstube sagen.«

»Nein, das kann ich auch nicht, denn es könnte jemand hören. Wenn Sie wirklich so langweilig sind, dann können Sie nach dem Rasieren in meinen privaten Salon kommen. Dagegen können Sie doch wirklich nichts einzuwenden haben. Doch Sie sehen nicht so aus, als dürften Sie schon aufstehen«, fügte sie zum Schluß hinzu, bevor sie sich umdrehte und in Richtung auf ihr Zimmer den Gang hinunterging.

Eine Minute später fragte sie sich, ob es richtig war, ihn einfach allein zu lassen. Er könnte ja auch auf die Idee kommen, sich davonzustehlen und unten eine der Kutschen oder einen Wagen zu besteigen, die abfahrbereit im Hof standen. Er machte einen sehr selbständigen Eindruck.

Doch auf das Klopfen, das einige Minuten später an der Tür ertönte, kam nicht nur ein Kellner mit einem gutbeladenen Tablett herein, sondern auch Richard Liddiard – rasiert und blaß und mit einem Ausdruck, der auf Renitenz schließen ließ.

»Kommen Sie herein und frühstücken Sie mit mir«, sagte Eugenia gastfreundlich. »Wahrscheinlich sollten Sie noch Pfeilkrautgelee oder etwas ähnlich Scheußliches essen, doch ich nehme an, daß auch Toast und Kaffee Ihnen nicht schaden wird.«

»Vielen Dank«, sagte Richard, »aber ich werde mein Frühstück in der Gaststube zu mir nehmen.«

»Also gut«, sagte sie und schien durch diese Abfuhr nicht wei-

ter gekränkt. »Doch Sie können wenigstens eine Minute hereinkommen, denn ich muß Ihnen unbedingt etwas sagen«, fügte sie hinzu, als der Kellner gegangen war.
Richard Liddiard, der offenbar beruhigt war, als er Trimmer im Hintergrund bemerkte, kam herein. Er hatte jedoch nicht mit Eugenias Geschick gerechnet. Sie nahm die Deckel von den Platten und stellte fest, daß kein Schinken dabei war, und sie habe doch Trimmer extra angewiesen, Schinken zu bestellen. Ein hübsches, knuspriges Stück, von beiden Seiten gebraten, und Trimmer möge bitte so gut sein, es unten zu bestellen. Trimmer, die mißbilligend die Lippen zusammenkniff, ging nach einigem Zögern fort, und Eugenia wandte sich sofort an ihren Gast. »Wir haben nicht viel Zeit, und daher muß ich es Ihnen schnell sagen«, erklärte sie mit ernstem Gesicht. »Ich habe darüber nachgedacht, und ich glaube, es ist das beste, Sie geben sich als mein Vetter Gerry aus und kommen für ein paar Wochen mit mir nach Mere, bis Sie sich besser fühlen. Man wird dort gar nicht bemerken, daß Sie nicht Gerry sind, und außerdem ist bald niemand mehr von der Familie da, denn Gussie – Lady Chandross – wird mich sehr bald nach London zur Saison bringen, und Cecil ist schon dort – ich meine in London. Und ich kann von Haggart erfahren – er war unser Stallknecht in Coverts, und Cecil hat ihn nach Papas Tod nach Mere geholt –, ob es irgendwo eine Stelle gibt, die für Sie geeignet ist, wenn Sie erst wieder soweit sind, daß Sie arbeiten können. Haggart hat vierzig Jahre lang in Rennställen gearbeitet, er kennt alle Leute im Turf –«
Sie brach ab, weil sie sah, daß Richard Liddiard Anlauf nahm, um ihr wahrscheinlich genau die Antwort zu geben, die sie befürchtete.
»Ich glaube, Sie sollten erst einmal darüber nachdenken, bevor Sie nein sagen«, meinte sie hastig. »Immerhin habe ich ja auch nicht gemerkt, daß Sie nicht Gerry sind, und wenn ich es nicht gemerkt habe, wird es in Mere sicher niemand merken. Denn ich habe ihn besser gekannt als alle andern. Er war ja kaum in Mere, sondern immer in der Schule oder in Oxford, und er hat alle Ferien mit mir und Papa in Coverts verbracht. In Mere hat ihn seit drei Jahren niemand mehr gesehen. Und was die nötigen Informationen betrifft, so kann ich Ihnen während der Fahrt alles erzählen, was Sie über die Leute dort wissen müssen, denn Trimmer ist langsam von Begriff und wird nichts

merken. Wenn sie in irgendeine dumme Situation kommen sollten«, fügte sie hinzu, als sie bemerkte, daß Richard Liddiard immer noch nicht ganz überzeugt schien, »dann können Sie immer noch tun, was Gerry selbst tun würde – mürrisch sein und nichts sagen oder einfach so tun, als würden Sie nur Spaß machen, was ich ja gestern auch dachte, als Sie mich nicht erkannten.«
Sie machte wieder eine Pause, denn der deutlich skeptische Ausdruck auf Richards Gesicht war nicht gewichen.
»Ich verstehe«, sagte er höflich. »Sie haben alles durchdacht. Doch was geschieht, wenn Mr. Gerald Liddiard plötzlich auftaucht, während ich diese Maskerade mitmache?«
»Nun, ich glaube nicht, daß er dort auftauchen wird«, sagte Eugenia. »Immerhin hat er es ja seit drei Jahren nicht getan. Es ist viel einfacher zu schreiben.«
»Ja, aber wenn ein Brief von ihm ankommt, während ich dort bin?«
»Ja, daran habe ich natürlich auch gedacht, doch ganz ohne Risiko geht es nicht. Und es ist nicht sehr wahrscheinlich, daß er ausgerechnet jetzt schreiben wird, denn die Cheltenham-Affäre ist noch nicht lange vergangen. Er hat nämlich versucht, mit der Tochter eines reichen Eisenwarenhändlers nach Gretna Green zu entkommen, und es hat Cecil eine schöne Stange Geld gekostet, um ihm aus der Klemme zu helfen.«
»So ist das also«, sagte Richard Liddiard etwas gequält. »Scheint mir ein ziemlich skrupelloser Bursche zu sein, Ihr Vetter Gerald.«
»Ich habe Ihnen gesagt, daß er es nicht ist«, sagte Eugenia und hob herausfordernd das Kinn. »Doch es ist wirklich eine sehr gute Idee und wird all Ihre Probleme lösen, obwohl Sie nicht der Ansicht zu sein scheinen!«
»Woher wollen Sie wissen, daß ich nicht dieser Ansicht bin?«
»Das sieht man Ihnen an. So wird man immer angeschaut, wenn die Leute meinen, daß man nicht ganz bei Trost ist. Doch das kommt nur daher, daß sie keine Phantasie haben. Aber Sie sollten sich jetzt doch besser hinsetzen, nicht wahr«, fügte sie hinzu. »Sicher sind Sie immer noch furchtbar schwach. Wollen Sie nicht doch frühstücken? Die haben alles haufenweise heraufgeschickt.«
Richard erklärte, daß er kein Frühstück haben wolle, und lehnte sich, anstatt sich zu setzen, an den Türrahmen.

»Also wollen Sie es nicht tun?« sagte Eugenia enttäuscht.
»Das habe ich nicht gesagt.« Sie blickte ihn überrascht an und bemerkte einen merkwürdig kalkulierenden und etwas zynischen Ausdruck in seinen dunklen Augen. »Tatsächlich bieten Sie mir nämlich die Gelegenheit, etwas zu tun, was ich schon lange wollte – die Bekanntschaft meiner noblen Verwandtschaft zu machen.«
»Nun, es ist im Augenblick ja niemand in Mere, mit dem Sie wirklich verwandt sind, außer Gussie, und die ist auch nur angeheiratet«, erklärte Eugenia. »Oh, und natürlich die Kinder, doch die sind immer in ihren Kinderzimmern. Ich habe Ihnen ja gesagt, daß Cecil in London ist, und ich wüßte nicht, weshalb er zurückkommen sollte, bevor Sie wieder abreisen können. Wenn er es täte, würden Sie natürlich nicht sehr freundlich behandelt werden, denn er würde Sie natürlich für Gerry halten, und Gerry und er sind nie gut miteinander ausgekommen.«
»Weshalb glauben Sie dann, daß er – oder Lady Chandross – mich in Mere Court willkommen heißen würde?«
»Oh, sie würden Sie nicht gerade willkommen heißen«, gab Eugenia zu. »Doch sie würden Sie aufnehmen, denn immerhin gehört Gerry zur Familie. Und in einem so großen Haus wie Mere spielt es keine Rolle, ob ein Mensch mehr oder weniger da ist. Immerhin hat Mere neunzig Räume und Dutzende von Dienstboten, abgesehen von Cecils Sekretär und Kaplan und Kammerdiener und weiß der Himmel wieviel andere Leute, die Gussie immer um sich hat. Aber man wird sich um Sie kümmern, bis es Ihnen wieder bessergeht, und das ist ja das einzig Wichtige. Und was Ihre Chance betrifft, die Sie dann bei Sir Harry Pyatt vergeben, so ist das sowieso hinfällig, wenn Sie zwei Wochen krank in Bristol zubringen müssen, ganz abgesehen davon, daß er nicht der Mensch ist, bei dem Sie gern angestellt wären.« Richard sagte nichts, und sie blickte ihn fragend an. »Das stimmt doch, nicht wahr?« fragte sie. »Ja«, sagte er, »das stimmt.« Der merkwürdige, kalkulierende Blick war noch nicht gewichen, doch nach einer Weile sagte er zu ihrer großen Überraschung: »Also gut. Ich glaube, daß ich es schaffen werde. Ich bin dabei.«
»Sie meinen, Sie wollen es wirklich tun? Das hatte ich nicht erwartet. Ich dachte, Sie würden zu –«
»Ehrlich sein? Meine liebe Miß Liddiard, ich habe mit fünf-

zehn Jahren angefangen, mich allein durchzuschlagen, und Armut kennt keine Skrupel. Außerdem ist dies eine Gelegenheit, die nicht viele Leute bekommen – ein Leben kennenzulernen, das sie selbst geführt hätten, wenn nicht der Zufall eines einzigen fehlenden Dokuments gewesen wäre. Ich könnte mir nie vergeben, wenn ich diese Chance nicht ergreifen würde.«
Sie blickte ihn immer noch leicht überrascht an, als sich die Tür öffnete und Trimmer wieder hereinkam.
»Sie werden den Schinken sofort heraufbringen, liebe Miß Liddiard«, sagte Trimmer und blickte Richard leicht nervös an.
Eugenia nahm sofort den Stier bei den Hörnern. »Trimmer«, sagte sie so sachlich wie möglich, »mein Vetter Gerald wird mit mir nach Mere fahren. Wollen Sie bitte dafür sorgen, daß sein Koffer in die Kutsche kommt?« Sie wandte sich Richard zu. »Und nun, Gerry«, sagte sie, »wollen wir uns nicht zum Frühstück hinsetzen?«
»Auf jeden Fall«, sagte Richard Liddiard.

3

Die Kutsche konnte noch vor zehn Uhr abfahren und kam trotz der anfangs sehr schlammigen Straßen so gut voran, daß sie am frühen Nachmittag schon in London waren und um fünf Uhr in Mere Court ankamen. Eugenia, die die Fahrt nutzbringend dazu verwendet hatte, Richard unermüdlich über die vergangene und gegenwärtige Familiengeschichte zu informieren – wobei sie ihm aber manchmal, wenn er zu müde war, seine Ruhe ließ –, kannte Mere schon seit ihrer Kindheit. Sie war daher nicht besonders beeindruckt, als man am Torwärterhaus ankam, über dessen breitem Torbogen das Wappen der Chandross angebracht war, und als man über den langen Parkweg zum Haus selbst kam, einem imponierenden Flügelbau mit Terrassenhof.

Sie sah jedoch, wie ihr Begleiter plötzlich munter wurde und das schöne Gebäude in seiner ganzen Pracht in sich aufnahm. Das Haus gehörte zu den Extravaganzen des zweiten Earl of Chandross, der vor hundert Jahren gelebt hatte und dessen Architekt bemüht gewesen war, den großen Sir John Vanbrugh noch zu übertrumpfen. So entstand ein barockes Monumentalgebäude, das alle Nachkommen dieses Earl seither verfluchten, weil sie die Mühe hatten, dieses prächtige Bauwerk zu erhalten. In seiner Bauart war es eine gewagte Mischung aus verschiedenen Stilelementen – romanisch, gotisch und Tudor –, und in seiner Größe konnte es Blenheim Konkurrenz machen.

Eugenia befürchtete, daß Richards familiäre Maske, die er während der Fahrt mit bewundernswerter Haltung beibehalten hatte, jetzt vor lauter Staunen abfallen könnte. Sie sagte daher, als die Kutsche den langen Fahrweg hinaufrollte, in bedeutungsvollem Ton: »Schön, wieder zuhause zu sein, nicht?«

»Zuhause?« Er wandte sich ihr erstaunt zu, besann sich jedoch noch rechtzeitig und murmelte: »O ja. Das ist es.«

Wahrscheinlich, so dachte sie sich, hatte er nicht eine solche

Pracht erwartet, und sie erinnerte sich an ihr eigenes überwältigtes Staunen, als sie diese riesige Fassade als Kind zum erstenmal sah. Damals, als sie den Dienern gefolgt war, die mit ihren Koffern durch den langen Hauptkorridor zu dem Flügelbau vorangegangen waren, hatte sie geglaubt, Meilen gegangen zu sein, bevor sie endlich bei ihrem Schlafzimmer angelangt waren.
Doch Richard Liddiard, der in einer sehr bescheidenen und kargen Umgebung aufgewachsen war – einem ländlichen Pfarrhaus, das von einem gelehrten Amtsinhaber bewohnt wurde – und der später die rüde, aber auch reiche Gesellschaft des irischen Adels kennenlernte, war nicht geneigt, sich von Mere Court überwältigen zu lassen. Als er neben ihr zur Haupttüre hineinging und Gleaves, dem Butler, seinen Hut gab, nahm er die gigantischen Ausmaße der zweistöckigen Steinhalle, den monumentalen Kamin aus sizilianischem Marmor und die lange Reihe der Marmorstatuen mit einer Gelassenheit zur Kenntnis, als habe er dies alles schon immer gekannt.
Der Butler, der neu war – die Dienerschaft in Mere war immer neu, da Lord Chandross eine mürrische Natur besaß und Lady Chandross eine launische –, blickte ihn fragend an, während er Miß Liddiard begrüßte und ihren Hut und Umhang einem bereitstehenden Lakaien übergab.
»Oh, Gleaves«, sagte Eugenia lässig, »dies ist mein Vetter, Mr. Gerald Liddiard. Ich habe ihn für einen kurzen Besuch mit nach Hause genommen. Ich nehme an, daß Lady Chandross ein Schlafzimmer für ihn bereitmachen lassen möchte. Wo ist Lady Chandross? Ist sie gerade nicht abkömmlich?«
Gleaves sagte, er glaube, daß sie im Augenblick in ihrem Wohnzimmer sei.
»Ach ja, danke. Dann werden wir gleich hinaufgehen«, sagte Eugenia sofort und fügte, an Richard gewandt, hinzu: »Komm, gehen wir, Gerry.« Als sie sich zusammen auf den Weg machten, fügte sie mit gedämpfter Stimme hinzu: »Nennen Sie sie Gussie, und wenn sie den Eindruck macht, daß sie geküßt werden möchte, dann tun Sie das auch. Sie schätzt Galanterie und ist wahnsinnig elegant, und sie hat Gerry gern, denn er ist nach ihrem Geschmack. Ich werde ihr sagen, daß Sie krank gewesen sind und im ›King's Head‹ ohnmächtig wurden, daher ist es nicht nötig, daß Sie zum Abendessen her-

unterkommen oder sie heute nochmal sehen müssen. Wenn sie fragt, dann erzählen Sie ihr, daß Sie nach der Cheltenham-Affäre, von der ich Ihnen unterwegs berichtet habe, nach Irland gegangen sind, und alles weitere können Sie erfinden. Übrigens müssen wir uns natürlich jetzt vor ihr ›du‹ nennen.«
Es gefiel ihr, daß Richard – während sie zusammen die große, geschwungene Treppe hinaufgingen, die in den oberen Stock führte – einen völlig gelassenen Eindruck machte. Er betrachtete sein glanzvolle Umgebung mit einer Gleichgültigkeit, die sie bewunderte.
Er seinerseits war voller Bewunderung über die Grandezza, mit der sie unten die Situation gemeistert hatte.
»Ich habe gedacht«, bemerkte er, während sie den langen Korridor entlanggingen, der zu Lady Chandross' Räumen führte, »daß Sie nicht lügen können. Das haben Sie mir doch erzählt.«
»Oh, das ist doch nicht lügen – das ist schauspielern«, versicherte sie ihm. »Und außerdem geschah es ja für eine gute Sache.«
»Und wenn man es doch entdeckt? Was werden sie in dem Fall mit Ihnen tun?«
»Mit mir tun?« Sie blickte ihn erstaunt an. »Oh«, sagte sie nach einer Weile, »jetzt verstehe ich, was Sie meinen – ob sie irgend etwas Schreckliches mit mir tun werden? Nein, da brauchen Sie sich keine Gedanken zu machen. Gussie wird wahrscheinlich sagen, daß es sehr, sehr schlimm von mir ist, mich mit so einem ungeeigneten Mann abzugeben, und sie wisse, daß ich Lord X oder Lord Y sehr viel amüsanter finden werde, wenn wir erst mal in London seien. Und niemand wird Cecil etwas davon sagen, denn wenn er sich aufregt, bekommt er Verdauungsstörungen, und außerdem gibt es für ihn wichtigere Dinge, mit denen er sich befassen muß.«
Richard blickte zu ihr herab. »Mit anderen Worten, niemand schert sich den Teufel um Sie?«
Sie zog eine ihrer schmalen Schultern hoch. »Im Grunde genommen«, sagte sie mit einer gelangweilten Kühle, die sie wahrscheinlich Lady Chandross abgeguckt hatte, »bewahrt es einen vor einer Menge unnötiger Schwierigkeiten. Haben Sie das nicht auch festgestellt, als man Sie allein in die Welt stellte?« Und Richard Liddiard, der seit zehn Jahren den Gedanken an den fünfzehnjährigen Jungen verdrängt hatte, der mutterseelenallein nach Irland zog – in der Überzeugung, daß

selbst sein Verschwinden von der Erdoberfläche niemand aufregen, sondern im Gegenteil nur eine Erleichterung für jedermann bedeuten würde –, schwor sich in diesem Augenblick, daß die kleine Miß Eugenia Liddiard niemals unter den Folgen ihrer Anteilnahme zu leiden haben sollte, die sie jetzt für ihn zeigte.

Sie hatte ihn zu einer der großen Giebeltüren geführt, die den langen Korridor unterbrachen, und klopfte nun an, nicht ohne ihn noch einmal verschwörerisch anzublicken. Eine gelangweilte, etwas heisere weibliche Stimme bat sie herein. Eugenia öffnete die Tür, und Richard folgte ihr. Er befand sich nun, wie er mit flüchtigem Blick feststellte, in einem eleganten Boudoir, das mit rosa Brokat ausstaffiert war und in dem eine geöffnete Verbindungstür zum Schlafzimmer führte. Dort konnte man ein riesiges Himmelbett sehen, das bedeckt war mit zahllosen offenen Schachteln, aus denen Silberpapier herausblitzte, vor allem aber mit einer Reihe äußerst modischer Hüte, die zum Teil auch auf der blauseidenen Bettdecke lagen.

Die schlanke, hübsche Dame in den Dreißigern, die vor ihrem Toilettentisch saß und sich im Spiegel beschaute, trug einen von diesen modischen Hüten auf ihrem blonden Haar – eine gewagte himmelblaue Kreation mit Jockeischirm, besetzt mit einem Wald von gekräuselten Federn. »Oh, da bist du ja endlich, meine Liebe«, sagte sie, als sie Eugenia im Spiegel erblickte, »wie kommt es denn, daß du erst so spät hier bist? Wie gefällt dir dieser Hut? Fanchon hat mir ein halbes Dutzend aus London geschickt, doch ich weiß nicht – Gerry!« unterbrach sie sich dann plötzlich, als sie den zweiten Besucher im Spiegel erblickte. Sie drehte sich um und begrüßte Richard Liddiard, wobei sie ihn erstaunt anlächelte. »Gerry, du Schlingel! Du bist es! Wo in aller Welt hast du denn gesteckt?«

»Ich habe ihn ganz zufällig im ›King's Head‹ in Thatcham getroffen«, kam Eugenia ihm eilig zu Hilfe. »Wir mußten dort absteigen, denn die Straßen waren völlig überschwemmt. Er war schrecklich krank und hatte keinen Penny mehr in der Tasche, und da habe ich mir gedacht, du würdest nichts dagegen haben, wenn ich ihn nach Mere mitnehme –«

»Nichts dagegen haben? Ich bin entzückt! Bei uns ist es nämlich im Augenblick entsetzlich langweilig. Cecil ist in London, Robin und Vinnie Carstairs sind nach Schottland gerufen worden, weil seine Tante im Sterben liegt – ja, wieder einmal,

meine Lieben –, und ich sitze hier ganz allein mit den Beaminsters, und ihr wißt ja, wie fürchterlich uninteressant die sind.«
Lady Chandross hielt Richard ihre magere, mit Rouge betupfte Wange hin, der sie – wie Eugenia bewundernd feststellte – mit Fassung küßte und der ihre beringte Hand, die sie ihm hinhielt, einige Augenblicke länger festhielt, als die reine Höflichkeit erforderte.
»Nein, du schlimmer Junge, du hast dich wirklich nicht verändert. Gib mir meine Hand wieder«, sagte Lady Chandross strafend, wenn auch mit leuchtenden Augen. »Aber, mein Lieber, dieser trostlose Mantel«, fuhr sie fort und musterte mit hochgezogenen Brauen das kränkende Kleidungsstück. »Es muß wirklich schlimm um dich stehen, daß du so einen Lumpen über den Schultern trägst. Wo hast du gesteckt? Wie man sieht, hast du keine andere Erbin gefunden, mit der du durchbrennen konntest!«
»Nein«, sagte er mit seiner tiefen, gedehnten Stimme. »Ich war in Irland. Dort sieht man sich nach Pferden um und nicht nach Frauen, wie du weißt!«
»Wenn ich mich nicht irre, hast du dich nach beidem umgeschaut – und hast in beiden Richtungen kein Glück gehabt«, sagte Lady Chandross. »Du mußt mir unbedingt davon erzählen –«
»Ja, aber nicht jetzt«, sagte Eugenia bestimmt. »Er war krank, Gussie, und ich mußte im ›King's Head‹ für ihn einen Arzt rufen, denn er ist unten in der Gaststube einfach umgefallen, und der Doktor meinte, er müsse einige Wochen lang völlige Ruhe haben. Deswegen hab' ich ihn auch mitgenommen. Und er ist den ganzen Tag über auf diesen schrecklichen Wegen herumgeschüttelt worden –«
Lady Chandross betrachtete Richard Liddiard genauer, der trotz seiner gebräunten Haut sehr bleich war.
»Ja, du siehst wirklich ungemein schlecht aus«, sagte sie. »Mein Lieber, wie scheußlich für dich! Und für mich – wo ich doch gedacht habe, daß du mir vom Himmel geschickt wurdest, damit das Dinner heute sich nicht ganz so unerträglich gestaltet. Broaddis!« rief sie, und die flinke Zofe, die gerade die Hüte wieder in ihre Schachteln gesteckt hatte, kam herein. »Sagen Sie Mrs. Hopkins, daß Mr. Gerald das Blaue Schlafzimmer bekommt, und er wird heute abend dort essen. Ich würde sagen, Bouillon und Syllabub und alle diese scheußlich gesun-

den Dinge. Sagen Sie ihr, daß er krank gewesen ist. Cecil würde einen Tobsuchtsanfall bekommen, wenn er dich hier sähe«, fuhr sie ohne Pause fort, als Boaddis das Zimmer verlassen hatte. »Er hat gesagt, das nächste Mal würde er dich lieber in den Schuldturm stecken lassen, als nochmals so verheerend viel Geld für dich zu zahlen wie damals, als du die Affäre mit der Brauerstochter hattest –«

»Eisenwarenhändlerstochter«, verbesserte sie Richard gewissenhaft mit einem Blick auf Eugenia.

»Nun, ich glaube, es spielt keine Rolle, ob der Vater von diesem Geschöpf ein Eisenwarenhändler oder ein Brauer war. Ich weiß nur, daß er den armen Cecil fürchterlich ausgenommen hat«, sagte Lady Chandross und wandte sich wieder der kritischen Begutachtung ihres Spiegelbildes zu. »Gefällt dir dieser Hut, Gerry Liebling? Ich werde mich auf dich verlassen. Du hast ja immer einen ausgezeichneten Geschmack gehabt.«

Richard erklärte sofort, daß dieses Gebilde den Gipfel der Eleganz darstelle, wurde aber sofort von Eugenia davongezerrt, die sich – nachdem die Tür hinter ihnen geschlossen war – voller Erleichterung an ihn wandte. »Also ich muß sagen, Sie haben sich wunderbar benommen. Woher wußten Sie, daß Gerry ihre Hand so halten würde?«

»Sie haben mir ja ziemlich genau beschrieben, wie er beschaffen ist«, sagte Richard, der selbst einigermaßen mit sich zufrieden schien, obwohl er immer noch seine kühle Zurückhaltung beibehielt, die Eugenia von Anfang an bei ihm aufgefallen war. »Dieser Typ Mensch ist ja nicht ganz selten.«

»Aber Ihr Typ schon?« fragte sie und blickte ihn von der Seite her an, als sie den Korridor hinuntergingen.

»Wahrscheinlich.«

»Das freut mich«, sagte sie und lächelte. »Gerry war wirklich fürchterlich albern, wenn es um Frauen ging. Doch ganz offenbar haben diese das geschätzt. Ich nicht. Komplimente und so ein Quatsch.« Sie deutete auf eine Tür an der rechten Seite. »Das ist mein Zimmer. Und das Blaue Schlafzimmer ist gar nicht weit entfernt, dort bei der Halle. Das ist günstig, im Fall, daß Sie sich mit mir beraten wollen. Und übrigens – Mrs. Hopkins ist die Haushälterin. Sie ist noch kein Jahr hier, und daher hat sie Gerry wahrscheinlich noch nie gesehen. Der einzige Angestellte, bei dem man aufpassen muß, ist Haggart, doch wenn der merkt, daß Sie nicht Gerry sind, kann ich das in Ord-

nung bringen. Er ist sehr schlau, aber er ist gleichzeitig hier in Mere mein bester Freund.«
Sie brachte ihn zum Blauen Schlafzimmer, in das ein Diener gerade Richards ärmlichen Koffer hineintrug, gefolgt von einem Hausmädchen, das eilig mit Handtüchern und heißem Wasser herbeikam, wie Mrs. Hopkins es ihr befohlen hatte. Dann ging sie zu ihrem eigenen Zimmer, in dem Trimmer gerade ihre Sachen auspackte und ein sittsames weißes Musselinkleid für sie auslegte. Da sie jetzt vor ihrem Gesellschaftsdebüt stand, hatte sie die Mahlzeiten gemeinsam mit den Chandross' und ihren Gästen einzunehmen und nicht mehr wie früher mit den beiden kleinen Söhnen des Hauses und deren Gouvernante. Der Gedanke daran war ihr nicht sehr angenehm, denn sie hatte nichts für das glanzvolle Tischzeremoniell übrig, das in Mere Court auch im engeren Kreis der Familie von einer kleinen Armee von Dienern in ihren rot-silbernen Livreen zelebriert wurde. Man versammelte sich bei diesen Anlässen an einem langen Tisch, saß auf prächtigen Stühlen, die mit grünem Genueser Samt bezogen waren, über einem spannte sich ein großes barockes Fresko, das die Kuppel eines Domes darstellte, und man wurde umgeben von allegorischen Stuckreliefs und Putten.
Dann aber sagte sie sich mit einiger Strenge, daß es ihr nicht zustehe, viel Aufhebens wegen eines harmlosen Dinners zu machen, wenn Richard Liddiard es fertigbrächte, seine Rolle als Gerald in einem Haus zu spielen, das er nicht kannte, und umgeben von Menschen, die er noch nie gesehen hatte. Außerdem wußte sie sehr gut, daß sich sowieso niemand um sie kümmern würde, abgesehen vielleicht vom Hauskaplan, Mr. Mortimer, der ein jüngerer Mann war und dazu Junggeselle und der sie neulich zu ihrer eigenen Überraschung sehr viel intensiver betrachtet hatte, als die schiere Höflichkeit es verlangte.
Als sie in die Lange Galerie kam, in der die Familie sich vor dem Dinner zu versammeln pflegte, sah sie jedoch zu ihrer Erleichterung, daß Mr. Mortimer bereits von Mutter und Tochter Beaminster mit Beschlag belegt war, die beide eifrige Leserinnen von Predigten und anderen theologischen Werken waren und sich offenbar vorgenommen hatten, seine Angelegenheiten zu den ihren zu machen. Eugenia war andererseits sehr überrascht, als Lady Chandross sie beiseite nahm und genau

die Umstände ihres Zusammentreffens mit dem vermeintlichen Gerald Liddiard wissen wollte. Die Geschichte war bald erzählt, und Eugenia hatte keine Bedenken, zu dem bereits Erzählten weitere Details hinzuzufügen.
»Und er hat dir nicht gesagt, was er hier in unserer Gegend macht?« fragte Lady Chandross, als sie mit ihrem Bericht zu Ende war.
»Nein. Oh – nur irgend etwas von einer Arbeit, die er finden wollte –«
»Arbeit? Gerry?« Lady Chandross hob ungläubig ihre schmalen Schultern. »Mein liebes Kind, wie kannst du nur so naiv sein, so etwas zu glauben! Nein, da geht es bestimmt um eine Frau – oder ein Pferd – oder eine Wette. Ich hoffe nur, daß er nicht vorhat, länger hierzubleiben, denn Cecil wird mir die Hölle heißmachen, wenn ich ihn nur erwähne. Tatsächlich hat Gerry bedeutend mehr Mut, als ich ihm zugetraut hätte. Taucht da einfach hier auf – nach alldem, was in den letzten Jahren geschehen ist. Doch er hat sich tatsächlich verändert – meinst du nicht auch? Natürlich ist er älter geworden – aber auch ernster, finde ich. Wo um Himmels willen«, fügte sie dann übergangslos hinzu, als sie Eugenias Musselinkleid musterte, »hast du dieses entsetzliche Ding her?«
»Miß Bascom hat es für mich gekauft. Sie hat mir gesagt, daß du ihr geschrieben hast, ich bräuchte etwas Passendes.«
»Passendes! Du lieber Himmel!« sagte Lady Chandross schaudernd. »Ich sehe schon, ich muß dich sofort, wenn wir in London sind, zu Fanchon schicken. Kein einziger eleganter Mann wird dir die geringste Aufmerksamkeit schenken, wenn du in einem so uneleganten Kleid bei Almacks erscheinst.«
»Ich nehme nicht an«, sagte Eugenia in ihrer üblichen Offenheit, »daß sie mich überhaupt ansehen werden. Ich bin nicht der geeignete Typ.«
Doch Lady Chandross, die nicht die Absicht hatte, ein junges Mädchen länger zu chaperonieren, als bis es einen Heiratsanwärter gefunden hatte, widersprach sofort.
»Unsinn«, sagte sie. »Du bist dunkel – was ein Glück ist, denn Blondinen sind dieses Jahr überhaupt nicht in Mode – und du hast eine hübsche Figur, das muß man dir lassen. Wenn du in den richtigen Kleidern steckst, läßt sich schon etwas mit dir anfangen. Da ist ein junger Mann, der Sohn eines Freundes von Cecil, Sir Perry Walford, doch er ist ein jüngerer Sohn, und da

Sir Williams Vermögen nicht bedeutend ist, kann man aus der Richtung nicht viel erwarten. Doch der junge Walford selbst hat eine vielversprechende politische Karriere vor sich, wie Cecil meint, und daher würde er für dich genügen. Und dann ist Lord Cazdens jüngster Sohn da, der im diplomatischen Dienst ist – Sir Charles Stuart könnte einiges für ihn tun, da gibt es eine lose Familienverbindung. Natürlich können wir nicht auf ein Vermögen oder einen Titel hoffen, da du ja selbst nichts zu bieten hast, doch wenn du dir die Mühe gibst, dich liebenswürdig zu zeigen, könntest du immerhin eine passable Heirat machen.«

Es hätte nicht viel gefehlt, und Eugenia hätte erklärt, daß sie Tom Rowntree heiraten werde, dessen Existenz sie allerdings dank der turbulenten Ereignisse der letzten vierundzwanzig Stunden beinahe vergessen hatte. Sie war jedoch vorsichtig genug, es nicht zu tun. Sicher war es besser zu warten, bis sie die Gelegenheit gehabt hätte, mit Tom zu sprechen oder wenigstens von Muffet zu hören, daß er gegen den Plan, den sie betreffs seiner Zukunft ausgeheckt hatten, nichts einzuwenden hatte. Erst dann konnte sie nämlich Gussie von der Sinnlosigkeit überzeugen, eine Reihe von jungen Männern anzupeilen, die dank der Verbindungen Cecils mit Regierungskreisen gewillt wären, um ihre Hand anzuhalten.

In diesem Augenblick wurde die Unterhaltung jedoch unterbrochen, da Gleaves erschien, um zu melden, daß das Essen serviert sei. Nun gingen alle ins Speisezimmer, wo Eugenia fast ungestört ein ausgezeichnetes Mahl genießen konnte, das mit einer Schildkrötensuppe begann, gefolgt von gekochtem Salm, Truthahn à la perigeux, Hammelkoteletts mit Sauce Soubise, gebratener Waldschnepfe, gâteau mellifleur und verschiedenen Cremes und Gelees.

Obwohl sie alle Gerichte mit größtem Appetit verzehrte, war sie doch nicht ganz bei der Sache. Sie mußte immer an Richard Liddiard denken und überlegte sich, wie man eine Eheschließung beweisen könne, die vor einem Vierteljahrhundert an einem Ort irgendwo zwischen Kent und dem Kontinent stattgefunden hatte.

Warum sie es als ihre Pflicht ansah, diese Eheschließung zu beweisen, konnte sie selbst nicht sagen, doch sie nahm an, daß es aus einem Zusammengehörigkeitsgefühl heraus geschah. Sie selbst war in dieser »Zusammengehörigkeit« aufgewachsen, auch wenn ihr Onkel Cecil sich wahrscheinlich keinen Deut um sie scherte, doch sie wußte genau, daß es ihm nie einfallen würde, sie nicht als eine Liddiard anzusehen. Daher hatte sie vielleicht eine übertriebene Vorstellung von dem Ungemach, Richard Liddiard zu sein und zu niemandem zu gehören, den Namen und die Identität eines anderen Mannes annehmen zu müssen, um überhaupt in einem Haus empfangen zu werden, das ebenso zu ihm gehörte wie zu Gerald und ihr selbst.

Und dann war da noch der Gedanke daran, wie sehr viel schlimmer es sein würde, wenn er jemals Coverts sähe. Denn für Eugenia war Coverts nicht nur ein guter Landsitz in Kent mit einem Gutshaus im Tudorstil, das allerdings im Lauf der Jahrhunderte so oft umgebaut worden war, daß kaum mehr etwas von dem ursprünglichen Stil zu erkennen war; Coverts war für sie der eigentliche Stammsitz der Liddiards, der Ort, an dem sie ihre Wurzeln hatten, lange bevor all die barocke Pracht von Mere Court existierte. Und wenn Richard Liddiard der rechtmäßige Besitzer war, könnte nichts schlimmer sein, als dieses Haus zu sehen und zu wissen, daß man dort niemals etwas anderes als ein Fremder sein würde.

Jedenfalls würde sie so empfinden, wenn sie an Richard Liddiards Stelle wäre. Vielleicht, so dachte sie sich, wäre es ihm aber auch nicht so wichtig, wie es auch Cedric Liddiard nicht wichtig war, der Coverts und alle damit verbundenen Aufgaben als Last ansah, da er sich viel lieber seinen gelehrten Studien widmete. Es war auch ihrem Vetter Gerald nicht wichtig gewesen, da er das Leben nur von seiner heiteren oder abenteuerlichen Seite liebte.

Und während sie ihren gâteau mellifleur verspeiste, fragte sie sich zum ersten Mal, wo Gerald – der wirkliche Gerald – jetzt wohl stecken könnte und was wohl geschähe, wenn er durch einen unglücklichen Zufall hier in Mere auftauchte, während Richard Liddiard seine Identität angenommen hatte.

4

»Haggart«, sagte Eugenia am nächsten Morgen zu Lord Chandross' Stallmeister, »glauben Sie, daß es manchmal erlaubt ist, jemanden zu täuschen?«

Haggart blickte sie unter seinen stacheligen grauen Brauen argwöhnisch an. Er hatte gerade seinen Stallrundgang mit ihr beendet, und sie hatte die Bekanntschaft mit all ihren Lieblingen erneuert und auch seiner Kritik an einem Braunen zugestimmt, den Lord Chandross kürzlich gekauft hatte. »Eine Ansammlung schlechter Eigenschaften, außerdem ohne Widerstandskraft«, war Haggarts geringschätziges Urteil.

»Was haben Sie angestellt?« fragte er nach einer Weile und enthielt sich vorläufig noch einer Meinung.

»Das kann ich Ihnen nicht sagen«, erwiderte Eugenia, »es sei denn, Sie versprechen mir, es streng geheim zu halten. Wenn Lord Chandross es nämlich erfahren würde, gäbe es einen Riesenkrach.«

Haggart spuckte auf den Boden, was vielleicht ein Ausdruck seiner Gefühle seinem Arbeitgeber gegenüber war, vielleicht aber auch nicht. Er hatte Lord Chandross' Angebot, bei ihm in Dienst zu treten, vor drei Jahren angenommen, als Eugenias Vater gestorben war, doch sein Herz hing immer noch an Coverts. Nur seine Überzeugung, daß Miß Eugenia jemanden brauchte, der sie in diesem Narrenhaus an den Zügel nahm, hielt ihn davon ab, Lord Chandross und seinem beklagenswert mittelmäßigen Stall den Rücken zu kehren und sich einen Herren zu suchen, der wirklich etwas von Pferden verstand.

»Na, dem werde ich doch nichts verraten«, sagte er, nachdem er eine Weile geschwiegen hatte und sich die Sache zu überlegen schien. »Womit haben Sie ihn denn getäuscht?«

»Nicht eigentlich ihn, jedenfalls bis jetzt noch nicht. Und Sie haben es mir noch nicht versprochen. Es geht nicht anders, es ist nicht mein Geheimnis«, sagte sie schnell, als sie sah, daß

Haggart sie gekränkt anblickte. »Ich würde Ihnen vertrauen, wenn es nur um mich ginge. Doch da ist noch jemand –«
»Ein Mann?« Haggart blickte sie jetzt nicht nur argwöhnisch, sondern auch ungläubig an. Es fiel ihm schwer zu glauben, daß Miß Eugenia, die er noch auf ihr erstes Pony gesetzt hatte, jetzt in einem Alter war, da so eine Vermutung nicht nur möglich, sondern auch ganz natürlich war. Doch ein Blick auf ihre geschmeidige Gestalt in dem knappsitzenden Reitkleid bestätigte die Tatsache durchaus. Haggart, der jetzt zwei und zwei zusammenzählte und dabei auf fünf kam, gelangte zu dem Schluß, daß es sich bei dieser »Täuschung« um die Machenschaften eines hartgesottenen Dandys handelte, mit Eugenia als ahnungslosem Opfer, und er sagte daher mit finsterem Gesicht: »Sie sollten sich von Männern fernhalten, Miß Eugenia. Vor allem, wenn diese Täuschung im Sinn haben.«
»Aber es war doch nicht seine Idee, es war meine«, erklärte ihm Eugenia. Und als Haggart sie immer noch unversöhnlich anblickte, sagte sie resigniert: »Also gut. Wahrscheinlich muß ich Ihnen alles von Anfang an erzählen. Ich nehme an, Sie haben schon gehört, daß ich meinen Vetter Gerald mit nach Mere gebracht habe?«
Haggart hatte gehört, daß Mr. Gerald in Mere sei. Das verstand sich von selbst – in Mere, wie in jedem anderen großen Haus, wußten die Angestellten jede Neuigkeit über die Familie, der sie dienten.
»Ist es dann Mr. Gerald, für den Sie jemanden anschwindeln?« fragte er mißbilligend. »Das ist nicht sehr klug. Der kommt auch ohne Ihre Hilfe schnell genug in die Patsche.«
»Ja, aber es ist nicht Gerald, für den ich es tue. Wissen Sie, es ist nicht Gerald.« Haggart starrte sie an. »Ich meine, der Mann, den ich mit nach Mere gebracht habe, ist nicht Gerald«, fuhr Eugenia fort. »Er ist Charles Liddiards Sohn. Sie haben doch Charles Liddiard gekannt, nicht wahr, Haggart?«
Sie hatten die offene Stalltür erreicht, und Haggarts Gesicht zeigte in der hellen Morgensonne keinerlei Anzeichen von Verwunderung, denn seiner Ansicht nach hatte ein Mann seines Alters und seiner Erfahrung immun gegen Verwunderung zu sein. Doch er setzte sich, als sie draußen waren, plötzlich auf die Bank, die da stand.
»Mr. Charles' Sohn?« fragte er.
»Ja.« Eugenia erzählte ihm kurz, unter welchen Umständen sie

Richard Liddiard im »King's Head« in Thatcham kennengelernt hatte. »Deswegen werden Sie verstehen, daß ich ihn nicht einfach dortlassen konnte«, sagte sie zum Schluß. »Krank und ohne einen einzigen Penny. Und jetzt braucht er Arbeit, sobald er sich wieder gut genug fühlt, und ich habe gedacht, Sie könnten ihm dabei helfen –«
Sie brach ab, weil sie sah, daß Haggart etwas loswerden wollte.
»Blöd«, sagte er, »ihr seid wirklich blöd, ihr beiden.«
»Nein, er ist überhaupt nicht blöd«, sagte Eugenia ernsthaft. »Warten Sie, bis Sie ihn kennenlernen, dann werden Sie es schon selbst merken. Er sieht Gerry erstaunlich ähnlich, doch er ist ganz anders. Und er wollte auch gar nicht hierherkommen, nur wußte er wahrscheinlich nicht, was er sonst tun sollte.«
»Und wenn Seine Lordschaft es herausbekommt? Das wird verteufelt viel Staub aufwirbeln«, sagte Haggart. »Er ist genau wie der alte Lord – das wissen Sie ja selbst –, stur wie noch etwas, wenn es um die Familie geht. Wenn dieser junge Kerl sich als ein Liddiard ausgibt –«
»Aber er ist ein Liddiard – ich meine, ein echter«, sagte Eugenia hartnäckig. »Er sagt, daß Charles Liddiard seine Mutter geheiratet hat.«
»Vielleicht ja, vielleicht nein«, sagte Haggart und bedachte einen der Stalljungen, der gerade einen von Lord Chandross' Gäulen bewegt hatte und ihn nun wieder in den Stall führte, mit einem kritischen Blick.
»Können Sie sich daran erinnern, wann es geschehen ist, Haggart? Sie müssen es. Bitte erzählen Sie mir alles – bitte!«
Haggart sagte murrend, er habe besseres zu tun, als in alten Skandalen zu wühlen, die längst vergessen seien. Eine Einleitung, die Eugenia in keiner Weise entmutigte, denn sie wußte, daß er nichts lieber tat, als von alten Schand- und Ruhmestaten der Liddiards zu berichten. Sie setzte sich also auf der Bank neben ihm in der Morgensonne zurecht, um ihm zuzuhören, und nach und nach kam alles heraus.
Es war die übliche Geschichte eines wilden jungen Mannes aus guter Familie und der schönen jungen Tochter eines benachbarten Bauern. Die Eltern des Mädchens, die Justis hießen, waren ehrenwerte Leute, sagte Haggart, und sie hatten versucht, Susan von Mr. Charles fernzuhalten, als sie merkten, was im Gange war. Sie hatten sie sogar für eine Weile zu einer

Tante nach Yarmouth geschickt, doch Mr. Charles war ihr dorthin gefolgt und machte sich so lästig, daß die Tante sie sofort nach Hause schickte. Und das nächste, was man dann erfuhr, war, daß die beiden zusammen davongelaufen waren. Nein, es war nicht Gretna. Lord Chandross – nicht der gegenwärtige, sondern dessen Vater, der Mr. Charles' Vormund war – hatte die beiden verfolgen lassen, und es hatte sich gezeigt, daß sie ins Ausland gegangen waren. Nein, Haggart hatte nie etwas von einer Hochzeit gehört, obwohl er sich sehr gut an das Donnerwetter erinnerte, das es gab, als Susan Justis Seiner Lordschaft geschrieben hatte, daß Mr. Charles gestorben sei und daß sie ein Kind von ihm habe, einen Jungen.
»Sie hat mit Susan Liddiard unterschrieben«, sagte Haggart, »und Seine Lordschaft hat furchtbar getobt, wie ich gehört habe, und erklärt, daß sie keinen einzigen Penny aus ihm herausbekommen würde, weder für sich noch für den Bastard, wenn sie sich weiter einen Namen gebe, zu dem sie kein Recht habe. Und das war das letzte, was man von ihr gehört hat.«
»Ja, weil sie dann auch gestorben ist«, sagte Eugenia. »Und Sie glauben also, daß sie niemals wirklich verheiratet war?«
»Das habe ich nicht gesagt«, meinte Haggart vorsichtig, da er zu den Leuten gehörte, die sich niemals festlegten, wenn sie sich einer Sache nicht sicher waren. »Ich kann gar nichts darüber sagen, weder so noch so. Ich weiß nur, daß Mr. Charles sich ganz schön bei den Mädchen einschmeicheln konnte. Doch Susan Justis war kein leichtfertiges Mädchen. Nein, sie war ernst und hat sich immer zurückgehalten. Ich glaube, sie wäre niemals mit einem Mann auf und davon, ohne einen Ehering am Finger – obwohl man es bei den Weibern nie genau weiß«, fügte er weise hinzu. »Unberechenbar, wie sie sind, heute sagen sie so, und morgen tun sie das Gegenteil.«
Eugenia runzelte angesichts dieser Neuigkeiten die Stirn. »Wenn sie also geheiratet haben, meinen Sie dann, daß es in Kent war?« fragte sie. »Denn sie wäre doch sicherlich nicht nur auf ein Versprechen hin mit ihm auf den Kontinent gegangen? Dazu war sie doch nicht der Typ?«
»Nein, sie war nicht dieser Typ. Ein seltenes, stilles und besonnenes Mädchen. Aber man weiß nie –«
»Ja«, sagte Eugenia, die sich ihre eigenen Gedanken machte. »Doch wenn sie geheiratet haben, warum hat Charles Liddiard es seiner Familie nicht mitgeteilt? Immerhin hat er doch noch

fast ein Jahr gelebt, nachdem er und Susan Justis fortgegangen sind?«
»Damit Seine Lordschaft ihn enterbt hätte, weil er seinem Namen Schande machte?« sagte Haggart. »Oh, Sie haben Mr. Charles nicht gekannt! Der war ganz wie Mr. Gerald – immer bereit, sich in ein Abenteuer einzulassen, aber nicht fähig, die Konsequenzen zu tragen. Er wußte, daß es dem alten Lord ganz egal war, wenn er ein halbes Dutzend Weiberröcke auf einmal in seinem Käfig hatte – doch ein Mädchen wie Susan Justis heiraten, ganz offiziell und mit allem Anstand? Nein, das hätte ihm nicht behagt. Sicher hat Mr. Charles keine Lust gehabt, Seiner Lordschaft darüber zu berichten.«
»Und die Eltern Justis? Haben die es denn nicht gewußt?« fragte Eugenia hartnäckig. »Vielleicht hat Susan es ihnen geschrieben –«
»Vielleicht hat sie das. Doch die ganze Familie war verdammt verschwiegen, und sie haben es Susan ebenso verübelt, wie Lord Chandross es Mr. Charles verübelt hat. Nachdem sie mit ihm fort ist, haben sie ihren Namen nie wieder erwähnt, soweit ich gehört hab'. Dann ist der Vater gestorben, und die Mutter und die beiden Jungen sind nach Amerika gegangen –«
»Ach, du lieber Gott«, sagte Eugenia enttäuscht. »Ist denn keiner von der Familie mehr in Kent?«
Haggart sagte, daß seines Wissens keiner mehr da sei, und stand von der Bank auf, als er den Kutscher kommen sah, den er nicht leiden konnte und der, wie er Eugenia finster zuraunte, die Pferde so schinde, daß sie lahm wurden.
Eugenia selbst ging langsam und nachdenklich zurück zum Haus und klopfte beim Blauen Schlafzimmer an, in dem sie Richard Liddiard vorfand, der – unerwartet in einem Brokat-Morgenrock prangend – gerade sein Frühstück beendete.
»Guten Morgen«, sagte sie. »Wie elegant Sie sind! Sie sehen heute schon viel besser aus.«
Richard stimmte ihr zu und erklärte, daß er sich tatsächlich viel besser fühle. Dann deutete er grinsend auf seinen prachtvollen Morgenrock und sagte ihr, daß Lady Chandross, die kurz hereingeschaut habe, so entsetzt über seine eigene Garderobe gewesen sei, daß sie einen Diener geschickt habe, um sie aus dem Kleiderschrank von Lord Chandross zu ergänzen.
»Da hab' ich mich in eine schöne Lage hineinmanövriert«, sagte er. »Das ist wirklich nichts für mich. Ich muß verrückt ge-

wesen sein, überhaupt hierherzukommen. Nein, Miß Liddiard, ich muß da wieder raus, und zwar sofort.«
»Sie waren gar nicht verrückt – nur krank und wahrscheinlich am Ende Ihrer Weisheit«, sagte Eugenia, setzte sich und machte es sich auf der Bergère gemütlich, die ihm gegenüberstand.
»Tun Sie das nicht!« sagte Richard scharf.
»Was soll ich nicht tun?«
»Sich hinsetzen. Sie dürften eigentlich gar nicht hier sein –«
»Sie haben wirklich sehr altmodische Ideen! Immerhin sind Sie ja mein Vetter.«
»Ich bin Charles Liddiards Bastard«, sagte er grimmig und blickte sie unter seinen schweren Lidern mit einer Arroganz an, die seinen Worten hohnsprach.
»Und mein Vetter«, sagte sie mit Nachdruck. »Außerdem – ich glaube nicht, daß Sie es sind – ich meine, sein Bastard. Ich habe mit Haggart über Sie gesprochen –«
»Wie bitte?«
»Ja, das mußte ich. Wenn er Ihnen helfen soll, muß er ja eingeweiht sein. Und es war auch sehr gut, daß ich es getan habe«, fügte sie hastig hinzu, als sie merkte, wie ungehalten Richard sie anblickte. »Denn er weiß alles über die Familie Ihrer Mutter – die Justis – und auch über Ihre Mutter. Und er sagt, daß sie nicht von der Sorte Mädchen war, die mit Charles Liddiard auf und davon wäre, ohne einen Ehering zu tragen. Das bedeutet, daß sie in Kent geheiratet haben müssen, was alles für uns einfacher macht.«
»Für uns?«
»Ja. Sie sind deswegen nach England gekommen, weil Sie diese Heirat beweisen wollen, nicht wahr? Ich habe darüber nachgedacht, und nur so kann ich es mir zusammenreimen. Denn Sie müssen ja in Irland Leute kennen, die Ihnen sehr viel leichter eine Stellung verschafft hätten als irgend jemand hier.«
»Sie sind«, versicherte ihr Richard, nun bereits weniger grimmig, »ein bemerkenswert scharfsinniges Mädchen, Miß Eugenia Liddiard. Sehr gut – ich möchte diese Heirat beweisen. Doch weswegen sollten Sie sich das zu Ihrer eigenen Sache machen?«
Er brach ab, weil er zu seiner Verwunderung sah, daß Eugenia plötzlich rot geworden war. Sie hatte sich bisher ihm gegen-

über – einem ja immerhin völlig fremden Mann – so arglos verhalten, daß ihre plötzliche Verlegenheit zumindest verwunderlich war.
Tatsächlich war Eugenia erst jetzt aufgegangen, in welche Lage sie sich begeben hatte. Sie war fast ausschließlich in männlicher Umgebung aufgewachsen und hatte sich weder durch Miß Bascoms Warnungen noch durch die extravagante Atmosphäre, die in Mere herrschte, davon abbringen lassen, daß Männer freundliche Wesen seien, mit denen man sich jederzeit vertraulich einlassen konnte. Doch plötzlich ging ihr auf – wieso, konnte sie auch nicht sagen –, daß Richard Liddiard vielleicht annehmen könnte, sie habe persönliches Interesse an ihm und wolle ihm nur deswegen helfen. Dieser Gedanke hatte ihr die Röte in die Wangen gejagt. Wie von einer Biene gestochen, schoß sie plötzlich hoch.
»Ich muß jetzt gehen«, sagte sie und gab sich dabei betont unbekümmert. »Wir werden in ein paar Tagen nach London fahren, und dann haben Sie das Haus ganz für sich allein – natürlich bis auf die Dienstboten –, und daher würde ich an Ihrer Stelle noch hierbleiben. Sie können ganz unbesorgt sein, Haggart kann schweigen wie das Grab, und ich glaube sicher, daß er Ihnen – wenn Sie sich erst erholt haben – sagen kann, wo Sie sich nach Arbeit umsehen können.«
Richard hob fragend eine Braue.
»Hab' ich etwas Falsches gesagt?« fragte er.
»Wie bitte?« Sie blickte ihn mit leichtem Hochmut an.
»Ihre plötzliche Abneigung gegen mich. Ich möchte nicht behaupten, daß ich nicht erleichtert bin, wenn Sie dieses Zimmer verlassen, doch wenn ich etwas Falsches gesagt oder getan habe, möchte ich das gern wissen. Ich bin wirklich nicht so ein Tölpel, daß ich nicht dankbar für alles wäre, was Sie für mich getan haben.«
»Ach, das!« sagte Eugenia wegwerfend und fühlte sich erleichtert. Vielleicht hatte er doch nicht das gedacht, was sie befürchtet hatte. »Ich wollte nur nicht, daß Sie meinen, es könnte einen persönlichen Grund haben«, sagte sie vertrauensvoll.
»Das sei weit von mir«, sagte Richard ernst. »So ein Narr bin ich nicht, mir so etwas einzubilden.«
»Sie müssen nämlich wissen«, versicherte ihm Eugenia, »daß ich vielleicht sehr bald Tom Rowntree heiraten werde. Das Land der Rowntrees grenzt an unseres – das heißt an das, das

uns einst gehörte«, verbesserte sie sich. »In Kent. Und ich kenne ihn schon ewig.«
»Meine Glückwünsche. Doch weshalb ›vielleicht‹?«
»Nun, ich habe ihn noch nicht gefragt.«
»Sie haben ihn noch nicht gefragt?«
»Ja.« Eugenia bejahte mit aller Ruhe eine Frage, die jede andere Frau in größte Verwirrung versetzt hätte. »Ich finde, daß es dumm ist, wenn es immer die Männer sind, die fragen müssen. Wahrscheinlich ist es Tom nie aufgegangen, welch gute Idee das ist, weil er ganz einfach keine Gelegenheit hatte, darüber nachzudenken. Doch wir müssen ja beide eines Tages irgend jemanden heiraten – er ist nämlich der einzige Sohn des Squire, und natürlich will ich nicht mein ganzes Leben lang von Cecil abhängig sein – und wir sind immer famos miteinander ausgekommen. Also müßte das doch sehr gut klappen, meinen Sie nicht?«
Richard meinte, daß es – in diesem Licht betrachtet – sicher der Fall sei, fügte jedoch hinzu, daß Tom vielleicht anders darüber dachte.
»Oh, wieso?« fragte Eugenia und blickte ihn überrascht an.
»Nun – wenn ich an seiner Stelle wäre, würde ich es vorziehen, selbst den Antrag zu machen. Vielleicht ein dummes Vorurteil meinerseits – aber so ist es nun mal.«
»O ja, aber Tom ist ganz anders«, sagte Eugenia eifrig. »Wir haben uns doch schon als Kinder gekannt, und er hält ebensowenig wie ich von so einem romantischen Quatsch.«
»Sehr vernünftig von ihm, aber wenn ich Sie wäre, würde ich es vielleicht doch so einrichten, daß er es ist, der den Antrag macht.«
Sie zuckte die Achseln. »Gut, ich werde es versuchen«, sagte sie. »Aber ich bin in solchen Sachen wirklich nicht sehr gut. Gussie sagt, ich sei hoffnungslos. Ich muß zugeben, sie selbst ist darin glänzend. Cecil tut immer genau das, was sie will, nur denkt er, daß die Idee von ihm stammt.« Sie ging zur Türe. »Sie hat doch heute morgen nicht gemerkt, daß Sie nicht Gerry sind, oder?« fragte sie.
»Nein. Sie ist nur ganz kurz geblieben. Ich nehme an, sie hatte wichtigere Dinge im Kopf als Gerald Liddiard.«
»O ja«, sagte Eugenia nachsichtig. »Lord Rushton. Er ist gerade in der Nachbarschaft zu Besuch, und sie erwartet ihn heute morgen. Er ist ihr Neuester.«

»Ihr Neuester? Oh, ich verstehe. Wahrscheinlich bin ich – wie Sie schon bemerkt haben – außerordentlich altmodisch, doch mir scheint, daß Lady Chandross nicht gerade der geeignetste Vormund ist.«

»Ach was. Ich sehe sie sowieso kaum, wenn ich in Mere bin«, sagte Eugenia. »Ich verbringe bedeutend mehr Zeit mit Haggart, und der ist altmodisch genug, um selbst Sie zufriedenzustellen. Soll ich ihm sagen, daß Sie in ein paar Tagen, wenn es Ihnen bessergeht, zum Stall kommen, um mit ihm zu sprechen?«

Richard zögerte einen Moment. Ihr war klar, was er jetzt dachte – daß er seine Situation in Mere Court unerträglich fand, eine Verirrung, zu der er sich nur durch seine Erschöpfung hatte überreden lassen, und daß er sich so schnell wie möglich daraus befreien müßte.

Etwas anderes war ihr jedoch nicht klar: daß er ein überwältigendes Bedürfnis hatte, ein anerkanntes Mitglied der Familie zu bleiben – wenn auch nur für kurze Zeit und unter falschen Voraussetzungen –, einer Familie, die ihn seit seiner Geburt zurückgewiesen hatte. Hier in Mere war er zum erstenmal in seinem Leben ein Liddiard und nicht nur ein namenloser Bastard, der von Fremden aufgezogen und später von ihnen in die Welt entlassen worden war.

Eugenia beobachtete sein dunkles Gesicht, die unergründlichen dunklen Augen unter den kräftigen schwarzen Brauen.

»Sie werden nicht fortgehen, bevor Sie das getan haben, nicht wahr?« fragte sie besorgt. »Wirklich, es gibt keinen Grund, weswegen Sie nicht wenigstens so lange bleiben sollten. Sie haben ja selbst gesehen, daß Gussie keinen Verdacht hat, und sonst ist niemand da –«

Richard blickte sie an und lächelte.

»Also gut«, sagte er. »Sie haben gewonnen. Ich werde bleiben. Doch ich hoffe, daß keiner von uns es einmal bereuen wird.«

5

In diesen letzten Frühlingstagen, als das Laub der Eichen und Buchen voller wurde, als Wildrosen und Schlehdorn, Wiesenschaumkraut und Lichtnelken in voller Blüte standen, schien es nicht so, als würde einer von beiden den Entschluß bereuen. Lady Chandross, die mit ihren eigenen Angelegenheiten beschäftigt war, kümmerte sich wenig darum, wie Eugenia und der angebliche Gerald Liddiard ihre Tage verbrachten. Eugenia konnte auf ihrem Lieblingspferd, einer Fuchsstute, durch die Gegend jagen, Richard konnte hinunter zu den Ställen gehen und sich mit Haggart über die Mängel der Pferde unterhalten, die in eleganten Boxen standen – sie fragte wenig nach ihrem Treiben und hatte auch nichts dagegen, daß Richard weiter seine Mahlzeiten im Blauen Schlafzimmer einnahm und nicht im Speisezimmer erschien.

Einmal sagte sie ihm allerdings, daß er – wenn er ein fürchterliches Donnerwetter vermeiden wolle – gut daran täte, aus Mere zu verschwinden, bevor Lord Chandross sich zeigte. Da dieser jedoch die Absicht habe, die Saison mit ihr in London zu verbringen, und sie selbst sehr bald dorthin aufbrechen werde, bestehe die Möglichkeit, daß er seine dringenden Stadtgeschäfte gar nicht erst abbrechen und sich daher nicht in Mere zeigen werde.

Inzwischen konnte Eugenia zu ihrer großen Freude konstatieren, daß Richard von Haggart – nach kurzen Anfangsschwierigkeiten – als echter Liddiard anerkannt worden war. Am ersten Tag, als er mit Eugenia zu den Stallungen gegangen war, hatte Haggart ihn mit all dem Mißtrauen und der Zurückhaltung betrachtet, die er auch einem neuen Pferd entgegenbrachte, das Lord Chandross gekauft hatte. Er war offenbar auf das Schlimmste gefaßt. Doch als sie Richard durch die Ställe führten, schmolz Haggarts anfängliches Mißtrauen angesichts der ruhigen, angenehmen und zurückhaltenden Art des neuen Liddiards, der sich als hervorragender Pferdekenner erwies. Er taute dann sogar soweit auf, daß er Richard anbot, sich an einem der Tiere selbst zu versuchen.

»Sicher wollen Sie auch mal einen dieser verdammten Gäule selbst ausprobieren, Sir, wenn Sie erst einmal wieder in Form sind«, sagte er, wobei Eugenia auffiel, daß er es vermied, ihn »Mr. Gerald« zu nennen. »Das hier ist der Beste«, fügte er hinzu und führte sie zu einer Box, aus der ein heller Fuchs, der an einem Bein eine weiße Gamasche hatte, sie aufmerksam anblickte. »Aber er hat keine Manieren und ist verdammt bokkig«, erklärte er weiter. »Die Burschen wissen nicht, wie sie mit ihm fertig werden sollen. Miß Eugenia hat mich schon bearbeitet, weil sie ihn selbst reiten will, doch obwohl sie es mit jeder Amazone in ganz England aufnehmen kann, kann ich es nicht erlauben, denn Sie sehen ja selbst, daß der nichts für eine Dame ist.«

Richard sagte sofort, daß er ihn sehr gern eine halbe Stunde ausprobieren würde, wenn Haggart so gut sei, ihn zu satteln. Haggart blickte ihn zwar zweifelnd an, denn trotz seiner bronzefarbenen Haut war er immer noch erschreckend bleich, und Eugenia versuchte ihn abzuhalten, aber schließlich setzte er seinen Willen durch. Hinterher hatte er Haggart dann vollkommen überzeugt. Mr. Gerald, so hatte er Eugenia später anvertraut, sei gar nichts gegen diesen neuentdeckten Liddiard. Er sei ein Liddiard wie ihr eigener Vater, der nur ein Pferd zu besteigen brauchte, um es auch schon bezwungen zu haben. Er, Haggart, kenne mehr als einen Edelmann mit angesehenem Stall, der glücklich sein würde, so einen Reiter in seine Dienste zu nehmen. Es sei jedoch schade, daß er nicht Coverts haben könne und einen eigenen Stall, denn er sei ja wirklich Mr. Charles' Sohn.

»Ja, aber es hat gar keinen Zweck, an so etwas zu denken, wenn wir nicht irgendwie beweisen können, daß Charles Liddiard Susan Justis wirklich geheiratet hat«, sagte Eugenia. »Wenn wir in Kent wären, könnten wir wenigstens Nachforschungen anstellen – es muß ja irgendwo aufgezeichnet sein, daß diese Heirat stattgefunden hat, wenn es wirklich der Fall war –, doch jetzt ist das nicht möglich, wo wir doch übermorgen schon nach London fahren. Ich hatte daran gedacht, Tom Rowntree zu schreiben und ihn zu bitten, sich darum zu kümmern, aber ich glaube nicht, daß er so etwas meistern könnte.«

Hierin stimmte Haggart ihr durchaus zu. Master Tom, so sagte er, sei ein ebenso ausgezeichneter Mann wie sein Vater, der Squire, wenn es um Pferde und Jagden gehe, doch wenn es sich um eine Arbeit handele, bei der man seinen Kopf anstrengen müsse, wäre man bei ihm am falschen Platz.
»Nun, ich werde mir einfach etwas ausdenken müssen, um bald selbst nach Kent zu kommen«, sagte Eugenia. Was Haggart dazu veranlaßte, ihr einen zweifelnden Blick zuzuwerfen, denn er wußte, wenn Miß Eugenia sich »etwas ausdachte«, so war das meist der Anfang eines Dilemmas, aus dem sie dann nicht mehr herauskam.
Diese Unterhaltung hatte zwei Tage vor Eugenias Abreise stattgefunden, und am nächsten Tag unternahm sie ihren letzten Ritt zusammen mit Richard, wobei sie von ihm erfuhr, daß er fest entschlossen sei, Mere ebenfalls sofort zu verlassen und sein Glück bei Sir John Alloway in Leicestershire zu versuchen, bei dem, wie Haggart gehört hatte, eine Stelle frei sei. Das sei weit genug weg von Mere, sagte Richard, so daß seine Ähnlichkeit mit Gerald Liddiard kaum auffallen würde, und wenn er fähig sei, mit Eugenia quer durch Essex zu reiten, wäre er wohl auch fähig, eine Arbeit zu tun.
»Eine Stunde auf Landwegen, und das meiste nur im Schritt oder leichten Trab«, sagte Eugenia geringschätzig. »Aber bitte, ich kann es Ihnen nicht verübeln, daß sie fortwollen. Ich bin aber froh, daß Sie wenigstens diese kurze Zeit in Mere gehabt haben. Wahrscheinlich werden Sie jetzt nicht mehr so einfach in Wirtshäusern umfallen.«
Sie ließ ihn bei Haggart zurück, mit dem er sich noch unterhielt, und ging hinauf ins Haus, wobei sie sich überlegte, wie man es wohl am besten machen könnte, Nachforschungen in Kent anzustellen.
Als sie auf dem Weg in ihr Schlafzimmer jedoch in die Halle kam, wurde sie Zeuge einer Szene, die sie sofort vergessen ließ, was sie eben noch beschäftigt hatte.
In der Halle stand niemand anderes als Lord Chandross, noch im Fahrmantel und offenbar von furchtbarer Wut ergriffen. Vor ihm standen zwei Männer in blauen Mänteln und breitkrempigen Hüten, die zwar einen etwas eingeschüchterten Eindruck machten, aber trotzdem entschlossen wirkten. Daneben stand Lady Chandross in einem sehr eleganten Morgenrock und sah ausnahmsweise nicht gelangweilt aus.

»Aber Cecil, Liebling, natürlich ist alles ein dummer Irrtum«, rief sie aus, als Eugenia den Raum betrat. »Es kann unmöglich Gerry sein, nach dem sie suchen! Gerry ist ein Strolch und alles mögliche – aber eine solche Anschuldigung –«
»Aber du gibst zu, du gibst zu, daß er in diesem Haus ist!« sagte Lord Chandross zähneknirschend.
»Ja, natürlich ist er das«, erwiderte Lady Chandross nervös, da sie diesen Ton bei ihrem Mann kannte und wußte, daß er nichts Gutes verhieß. »Ich konnte ihm ja wirklich nicht die Tür weisen, wo er kaum auf den Füßen stehen konnte! Sicherlich hättest du es auch nicht anders von mir erwartet. Und es ist ausgesprochen lächerlich anzunehmen, daß er – was er auch immer für Tollheiten begangen haben mag – an so einer Sache schuld ist! Nein, das muß ein Mißverständnis sein. Diese Männer«, und sie wandte sich empört den beiden Fremden zu, die sich in ihrer Haut noch weniger wohl zu fühlen schienen als zuvor, jedoch immer noch stur ihre Stelle behaupteten, »diese Männer haben sicher irgendeinen schrecklichen Fehler begangen.«
In diesem Augenblick fiel Lord Chandross' Blick auf Eugenia, die wie erstarrt unter der Tür stand, und er erfaßte auch Gleaves und einen erschrockenen Diener, die in ihrer Verwirrung nicht wußten, wie sie sich verhalten sollten, und diskret die Marmorstatuen imitierten, die die Halle schmückten.
»Ich kann mich hier nicht darüber unterhalten«, sagte Lord Chandross gereizt zu den beiden Fremden, die offenbar Mühe hatten, angesichts dieses Zornausbruchs die Fassung zu bewahren. »Kommen Sie mit!«
Er führte sie in einen der kleinen Salons, die neben der Halle lagen, und warf, als sie eingetreten waren, die Türe hinter sich zu.
Im nächsten Augenblick eilte Eugenia auf Lady Chandross zu und zerrte sie in den gegenüberliegenden Salon.
»Gussie! Was ist denn los?« fragte sie. »Wer sind diese beiden Männer? Und was haben sie da über Gerry gesagt?«
Lady Chandross sank in einen Armsessel.
»Ich habe wirklich keine Geduld mit Frauen, die hysterische Anfälle bekommen«, stöhnte sie, »doch wenn ich jetzt nicht auch einen bekomme, ist es ein Wunder! Meine Liebe, Entsetzliches ist passiert! Cecil kommt genau in dem Augenblick, wo er nicht erwünscht ist, und sagt, er wolle uns nach London

begleiten und hier einmal nach dem Rechten schauen, und in dem Moment erscheinen diese beiden Männer an der Tür –«

»Ja, aber wer sind sie? Und was haben sie mit Gerry zu tun?« fragte Eugenia noch einmal.

Lady Chandross sagte schaudernd: »Meine Liebe, ob du es glauben willst oder nicht, es sind Polizisten aus der Bow Street! Ja, wirklich! Und sie erzählen da etwas ganz Lächerliches über eine Kutsche von Lord Barnstaple, die auf der Bath Road von einem Wegelagerer überfallen wurde, wobei einer seiner Diener getötet wurde, und offenbar glauben sie, daß Gerry der Täter war! Es ist wirklich zu lächerlich! Als ob Gerry –«

Eugenia starrte sie an und war plötzlich sehr blaß.

»Aber hast du ihnen nicht gesagt, daß Gerry seit Sonnabend immer hier war?« fragte sie.

»Natürlich habe ich es getan! Doch offenbar ist die entsetzliche Geschichte zwei Tage davor passiert – wo gehst du hin?«

Doch Eugenia konnte keine Antwort mehr geben, denn schon bevor Lady Chandross ihre erstaunte Frage geäußert hatte, war sie aufgestanden und hinunter zu den Ställen gerannt.

Sie fand Richard und Haggart noch in freundschaftlichem Gespräch, und zu deren Überraschung schob sie sie in den Sattelraum, der zum Glück leer war, und schloß die Türe.

»Ich möchte Sie nicht erschrecken, Richard«, sagte sie mit leicht bebender Stimme, »doch es ist etwas Furchtbares geschehen, und ich glaube, Sie müssen sofort von hier weg. Es sind nämlich zwei Polizisten aus der Bow Street hier und suchen nach meinem Vetter Gerald. Sie sagen, daß er letzte Woche auf der Straße nach Bath eine Kutsche überfallen hat und daß bei dem Überfall jemand getötet wurde.«

Richard, der zunächst erstaunt seine Brauen hochgezogen hatte, als sie so atemlos ankam, blickte sie nun alarmiert an.

»Zum Teufel!« sagte er. »Sind Sie da auch ganz sicher?«

»Vollkommen sicher. Ich habe die Leute selbst gesehen. Und Cecil ist hier – er spricht jetzt mit ihnen –, und Gussie hat ihnen gesagt, daß Sie im Haus sind. Sie werden bestimmt sofort nach Ihnen suchen, es kann ja sein, daß jemand vom Personal Sie hier gesehen hat –«

»Einen Moment mal, Miß Eugenia«, sagte Haggart beschwichtigend, dem es nicht zu gefallen schien, daß in die Ruhe seines Stalles Tod und Gefahr einbrachen, »Sie sagen, daß die Leute

nach Mr. Gerald suchen, Sie suchen doch nicht nach Mr. Richard –«
»Ja«, sagte Richard, »aber wie würde es aussehen, wenn ich versuchte, sie davon zu überzeugen, daß ich nicht Gerald Liddiard bin, wo ich hier fast eine Woche unter diesem Namen gewohnt habe und dazu noch von der Familie als Gerald angesehen wurde. Nein, Miß Liddiard hat ganz recht. Da ich keine Lust habe, das nächste Gefängnis von innen zu sehen, werde ich mich schleunigst aus dem Staub machen und warten, bis der wirkliche Gerald Liddiard gefunden ist.« Er wandte sich Eugenia zu. »Wenn ich eines der Pferde nehmen könnte –«
»Ja, natürlich«, sagte sie sofort. »Und wenn Sie weit genug gekommen sind, stellen Sie es einfach irgendwo an einem Gasthaus ab, unter falschem Namen, so daß niemand es mit Ihnen in Verbindung bringen kann.« Sie runzelte plötzlich die Stirn. »Oh, Richard, es tut mir so entsetzlich leid! Es tut mir entsetzlich leid!« sagte sie. »Wirklich, ich habe nicht gedacht, daß ich Sie in so eine Lage bringe.«
»Natürlich haben Sie das nicht gedacht«, sagte Richard. Er nahm ihren Arm und schüttelte ihn sanft. »Aber machen Sie sich keine Sorge. Ich habe schon schlimmer in der Klemme gesteckt als jetzt. Und wenn ich diese Polizisten abschütteln kann, werden sie sicher früher oder später auf die Spur des wirklichen Gerald Liddiard kommen, und wenn das geschehen ist, kann mich nichts mehr mit dieser Sache in Zusammenhang bringen.« Er schaute zu Haggart. »Der Fuchs wird das beste sein«, sagte er. »Und schnell, wenn es geht.«
Haggart verschwand mit einer Geschwindigkeit, die bei einem Mann seines Alters bemerkenswert war.
»Doch wo wollen Sie hin?« fragte Eugenia besorgt. »Sie haben doch kein Geld, nicht wahr? Und bei Sir John Alloway wären Sie im Augenblick nicht sicher. Ihr Steckbrief – oder der von Gerry, was aufs gleiche herauskommt – wird in jedem Gasthaus in England angeschlagen werden.«
Richard blickte auf ihr besorgtes Gesicht. »Keine Sorge, es wird schon gutgehen«, versuchte er sie zu beruhigen. »Und sicher ist es viel besser, wenn Sie nicht wissen, wohin ich gehe.«
»Ich würde es niemandem sagen«, erklärte Eugenia leicht entrüstet.
»Sicher würden Sie das nicht. Trotzdem, es ist besser so. Sie haben meinetwegen schon viel zuviel Schwierigkeiten gehabt.«

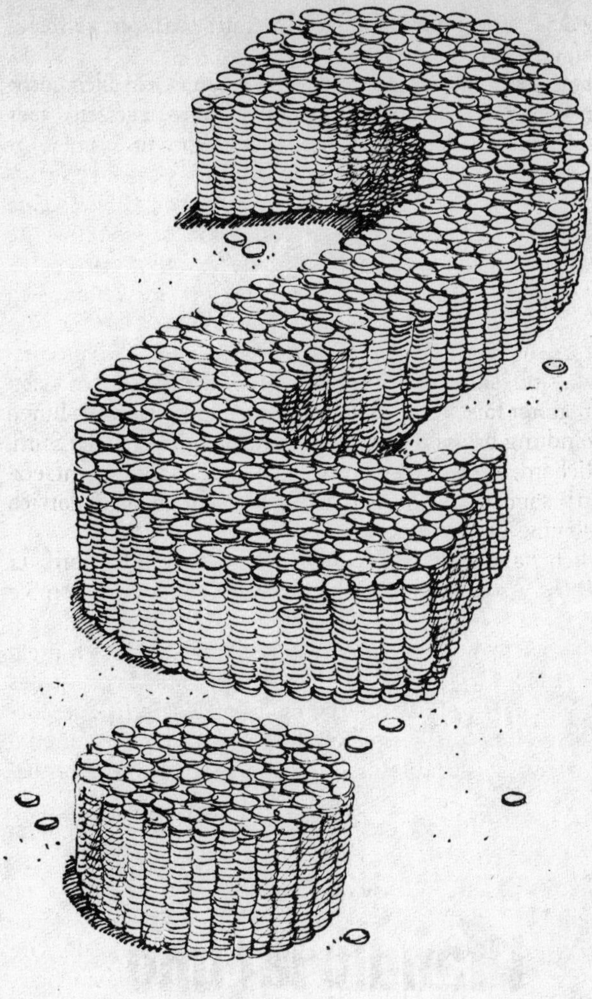

«Sie haben doch …

... kein Geld, nicht wahr?» Immer wieder die alte Leier: zu wenig Geld – zu viele Probleme!

Nun gibt es zwar eine Menge Probleme, die mit Geld allein nicht zu lösen sind (z. B. einen Steckbrief außer Kraft zu setzen), aber ein ausreichendes Geldpolster ist immer von Vorteil.

Haggart erschien vor der Türe, den Fuchs am Zügel.
»Schnelle Arbeit!« sagte Richard anerkennend, ging zu dem Pferd und schwang sich in den Sattel. »Und wenn jemand Sie fragt«, sagte er zu Haggart, während der Fuchs ungeduldig vor der Stalltüre tanzte, »dann habe ich das Pferd genommen, um es zu bewegen, und Sie erwarten mich innerhalb einer Stunde zurück. Auf Wiedersehen, Miß Liddiard. Und Dank Ihnen beiden.«
Bevor einer von ihnen noch ein Wort sagen konnte, trabte er aus dem Stallhof hinaus in Richtung auf den langen Fahrweg, der zum Pförtnerhaus und zur Straße führte.
»Ein tapferer Junge«, sagte Haggart und schüttelte betrübt den Kopf. »Und ein dutzendmal mehr wert als Mr. Gerald. Das war nicht gut, daß Sie ihn hierhergebracht haben, Miß Eugenia! Der ist Mr. Gerald so ähnlich wie ein Ei dem andern, und er ist es, den sie hängen werden, wenn sie ihn fangen –«
»Dann dürfen sie ihn eben nicht fangen«, sagte Eugenia entschlossen. »Haggart, wollen Sie jetzt bitte mit mir kommen und diesen Leuten erklären, daß Sie immer schon wußten, daß er nicht Gerry ist? Natürlich wird Lord Chandross darüber wütend sein, und es kann Sie sogar Ihre Stellung hier kosten, doch ich verspreche Ihnen, daß ich alles tun werde, um für Sie eine andere zu finden, und Sie können meinen ganzen nächsten Wechsel bekommen –«
Haggart blickte sie gekränkt an und sagte, daß er auch ohne Geld die Wahrheit sagen werde, und er wisse ein halbes Dutzend Leute, die froh wären, ihn einzustellen, falls er Lord Chandross' Dienst verlassen würde.
»Aber diese Polizisten werden mir nicht glauben – und auch Ihnen nicht, Miß Eugenia«, warnte er sie, »wenn wir Ihnen sagen, daß es nicht Mr. Gerald war, der hier war. Sie werden nur denken, daß wir versuchen, ihn zu schützen.«
Und das war es genau, was die Polizisten taten, als sie – nachdem sie von den Bediensteten gehört hatten, daß Mr. Gerald bei den Ställen zu finden sei – bei ihnen erschienen und ihre Geschichte von dem Zusammentreffen mit Richard Liddiard im »King's Head« in Thatcham hörten. Sie waren in Begleitung von Lord Chandross, der nun sogar noch wütender aussah als zuvor, und der offensichtlich die Meinung der Polizisten teilte, daß Eugenia und Haggart sich die höchst unwahrscheinliche Geschichte ausgedacht hatten, um den verdächtigen Ge-

rald zu schützen. »Ich weiß wirklich nicht, was ihr euch dabei gedacht habt, diese Leute mit so einer Räubergeschichte abspeisen zu wollen«, sagte er zornig, als er die beiden Polizisten davoneilen sah, nachdem sie versucht hatten, aus Haggart und zwei Stalljungen die nötigen Informationen herauszuquetschen. »Es ist verwerflich, wirklich höchst verwerflich, wenn man versucht, die Polizei in dieser Weise irrezuführen! Wenn Gerald wirklich dieses fürchterliche Verbrechen begangen hat, dann verdient er die Strafe, die ihm zugemessen wird. Ich jedenfalls werde mich dem nicht widersetzen. Er hat der Familie in jeder nur möglichen Weise Schande gemacht, und so überrascht mich dieser letzte Streich überhaupt nicht.«
»Ja, aber der Mann, nach dem sie jetzt suchen, ist nicht Gerry, wirklich, er ist es nicht«, sagte Eugenia ernst. »Er ist in Wirklichkeit Charles Liddiards Sohn, wie ich es dir gesagt habe, selbst wenn er Gerry wie ein Zwilling dem andern gleicht.«
»Mein liebes gutes Kind«, sagte Lady Chandross, die froh war, daß der Zorn ihres Mannes sich nun von ihr weg auf jemand anderen richtete, »du vergißt, daß ich diesen Mann selbst gesehen und ein dutzendmal mit ihm gesprochen habe. Natürlich war es Gerry! Ich würde mich doch niemals so täuschen! Und da sind doch verschiedene Dienstboten, die Gerry früher kannten. Nicht einer von ihnen hatte den geringsten Zweifel, daß er es war.«
Vergeblich versuchte Eugenia zu erklären, daß Haggart, der einzige der Angestellten, der Gerald Liddiard gut kannte, willens sei, ihre Geschichte zu bestätigen. Doch weder Lord noch Lady Chandross zeigten die geringste Neigung, ihr zu glauben. So verließ sie sie schließlich und ging hinauf in ihr Schlafzimmer. Dort schickte sie Trimmer fort, die auf sie wartete, um ihr aus dem Reitkleid zu helfen und natürlich auch Einzelheiten über die Gerüchte zu erfahren, die bereits im ganzen Haus verbreitet wurden.
Sie setzte sich hin, um die Lage zu überdenken, die wirklich nicht schlimmer sein konnte. Wenn die Polizisten den wirklichen Gerald Liddiard finden sollten, bestünde durchaus die Gefahr, daß er an den Galgen käme, ob er die Tat begangen hatte oder nicht. Und da sie Gerry kannte, mußte man befürchten, daß er aus reinem Übermut den Wegelagerer gespielt hatte, wobei er das Pech hatte, daß bei dem Unternehmen jemand getötet wurde. Und wenn man statt seiner Ri-

chard Liddiard ergriff und er nicht einwandfrei beweisen konnte, daß er nicht Gerald war, könnte dabei ein Unschuldiger gehängt werden. Und das schlimmste daran war, daß sie an allem die Schuld hatte, denn wenn sie ihn nicht dazu überredet hätte, nach Mere zu kommen, hätte niemand daran gedacht, ihn für etwas verantwortlich zu machen, das Gerald Liddiard verschuldet hatte.

Sie stand auf und begann, ihr Reitkleid aufzuknöpfen. Wenigstens, so dachte sie entschlossen, würden sie Richard nicht finden, denn sie würde alles tun, um ihn zu verstecken. Und sie glaubte zu wissen, wohin er gegangen war.

»Der einzige Freund, den ich hier noch habe«, hatte er an dem Abend im »King's Head« zu ihr gesagt, »ist ein Mann aus Yorkshire namens Ned Trice, der ein Jockei war, dann aber auf die schiefe Bahn geraten ist und nun eine verrufene Spelunke in Tothill Fields betreibt.«

Es war ein Glück, so dachte sie sich, daß Richard sicherlich nach London gehen würde, zu Ned Trice und dieser verrufenen Spelunke in Tothill Fields, und daß sie selbst morgen in London sein würde.

6

Sosehr Eugenia es sich auch vorgenommen hatte, in London sofort nach einer Taverne Ausschau zu halten, die von einem ehemaligen Jockei namens Ned Trice betrieben wurde – kaum hatte sie ihren Fuß in Lord Chandross' prächtiges Stadthaus am Grosvenor Square gesetzt, wurde sie in ein derart geschäftiges Treiben hineingerissen, daß sie die ganze Angelegenheit Haggart überlassen mußte.

Die dringlichste Erledigung war – wenigstens in den Augen von Lady Chandross – die Besorgung einer angemessenen Garderobe, die es ihr erlauben würde, in die vornehme Gesellschaft eingeführt zu werden. So wurde also in den ersten Tagen jede freie Minute damit zugebracht, die Vorführungsräume der angesehensten Mode- und Hutsalons zu besuchen, wo sie – in Begleitung von Lady Chandross oder Broaddis – mit einer so atemberaubenden Anzahl von Straßenkleidern, Ballkleidern und Hüten ausgestattet wurde, daß sie sich, wenn sie in den Spiegel schaute, kaum mehr selbst erkannte.

Nie zuvor hatte ihr Spiegelbild eine so elegante junge Dame mit modisch gelocktem kurzem Haar gezeigt, deren schlanke Gestalt in hochtaillierten Kleidern aus feinem französischem Batist, indischem Musselin, hauchdünnem Mull oder feinster Gaze steckte – einer Toilette, die den sicheren Geschmack ihrer Tante verriet. So flatterhaft, luxusabhängig und egozentrisch Lady Chandross auch sein mochte, man mußte ihr lassen, daß sie in modischen Dingen nicht zu schlagen war. Und da es ihr Ziel war, Eugenia noch vor Ende der Saison loszuwerden, ließ sie all ihre Künste spielen, um sie so vorteilhaft zu kleiden, wie es nur ging, wobei sie das Portemonnaie ihres Mannes in keiner Weise schonte.

Eugenia, die geglaubt hatte, daß sie in den drei Jahren, die sie in Mere gewesen war, gegen die dort übliche Verschwendung immun geworden war, konnte sich angesichts dieser Kleiderpracht kaum beruhigen. Zwischen einem einfachen Tageskleid für fünfzig Guineen und einer Ballrobe für dreihundert, die sie für ihre Vorstellung bei Hofe brauchte, war für jede Gelegenheit das passende Gewand vorhanden. Wenn sie dann noch an all die notwendigen Accessoires dachte – Norwich-Schals, lange französische Glacéhandschuhe, dänische Satinsandalen –, so wünschte sie allmählich, daß ihre Verwandten nicht so viel Geld für sie ausgeben würden. Was sie im Augenblick nämlich viel eher brauchte, war eine bescheidene Summe, die sie Richard geben konnte, sobald sie ihn gefunden hatte. Es würde noch einige Wochen dauern, bis ihr Vierteljahreswechsel fällig war, und unter den gegenwärtigen Umständen bestand kein triftiger Grund, sich einen Vorschuß geben zu lassen. Sie tröstete sich jedoch mit dem Gedanken, daß sie das Geld nicht unbedingt sofort brauchte, da es Haggart bisher nicht möglich gewesen war, die Taverne zu finden, in der Richard sich versteckt haben mußte.

Ein angenehmes Ereignis ihrer ersten Londoner Tage, das sie die Sorge um Richard etwas vergessen ließ, war ihr Wiedersehen mit Miß Amelia Rowntree. Bereits vier Tage nach ihrer Ankunft, als sie mit Broaddis zum Pantheon Bazar gefahren war, um ein Strumpftäschchen zu kaufen und einen Zweig künstlicher weißer Rosen, hatte sie dort Muffet entdeckt, die in Begleitung ihrer Tante, Mrs. Lighton, war.

Mrs. Lighton, eine große, magere Frau, die zwar hochmodisch, jedoch mit wenig Geschmack gekleidet war, hatte einen Mann, dessen Vater in der City ein großes Vermögen gemacht hatte. Da sie einen großen Teil ihrer Zeit damit verbrachte, ihre etwas fragwürdige Position in der feinen Gesellschaft zu festigen, hatte sie sich gern bereit erklärt, Muffets Debüt zu beaufsichtigen. Denn eines war sicher, wenn man ein Mädchen bei den Partys der feinen Gesellschaft chaperonierte, dann konnte man selbst die nützlichsten Bekanntschaften machen. Dies zeigte ihr schon ein Blick auf Miß Eugenia Liddiard, die genau mit den Menschen verwandt war, die man am sehnlichsten kennenzulernen wünschte. Mrs. Lighton war davon überzeugt, daß die Begegnung mit Miß Liddiard zur Folge haben könnte, daß Muffet zu einigen Bällen eingeladen würde, zu denen sie sonst niemals Einladungskarten bekäme. Sie spielte sogar einen Augenblick mit der atemberaubenden Vorstellung, solche Karten für Almacks zu bekommen.

Doch dies, das mußte sie sich schließlich selbst eingestehen, wäre doch ziemlich unwahrscheinlich. Lady Chandross würde sicher die kostbaren Karten von einer der Patroninnen dieses exklusivsten Londoner Clubs erbitten. Und sicher würde sie sie auch bekommen, da Sally Jersey und Dorothea Lieven zu ihren intimsten Freundinnen gehörten. Daß Eugenia sie jedoch dazu überreden könnte, dasselbe auch für Muffet zu tun, war eine andere Sache.

Mrs. Lighton wäre durchaus einverstanden gewesen, ihre Einkäufe zu verschieben, so daß Muffet sich so lange wie möglich mit Miß Liddiard unterhalten könnte, doch Broaddis hatte eine Anprobe bei einer der Modistinnen der Bruton Street im Sinn und sorgte dafür, daß Eugenia nicht zuviel Zeit verlor. So hatten die beiden Mädchen erst am nächsten Abend, beim Ball der Dalingridges, die Gelegenheit, sich eingehender zu unterhalten.

Und diese Gelegenheit ergab sich gar nicht so einfach, denn Lady Chandross, die erpicht darauf war, Eugenia schnell an den Mann zu bringen, setzte all ihre Künste ein, um dafür zu sorgen, daß unaufhörlich Gentlemen jeder Größe und Haarfarbe an Eugenia vorbeizogen, sich vor ihr verbeugten und sie um den nächsten Tanz baten. Lady Chandross wußte nur zu gut, daß ein Mädchen ohne Vermögen von den heiratswilligen Männern wie die Pest gemieden wurde, vor allem, wenn sie keine Schönheit im landläufigen Sinn war, sondern ein ungewöhnliches, freimütiges Mädchen mit beunruhigend offenem Blick, das von seinem Partner ebensolche Offenheit verlangte.

Zum Glück, so dachte Lady Chandross, sah Eugenia an diesem Abend vorteilhaft aus, und ihre Augen strahlten, was ihrem Gesicht, das in keiner Weise klassisch zu nennen war, sehr gut bekam. Und das Kleid, das sie für sie gewählt hatte, war wirklich eine echte Eingebung – zarter zitronenfarbener Krepp über einem Unterkleid aus weißem Sarsenett, was die rosa und blauen Töne an den Toiletten der anderen jungen Mädchen geradezu langweilig erscheinen ließ.

Unter den Gentlemen, die Lady Chandross so sorgfältig ausgesucht hatte, war einer, auf den sie besondere Hoffnungen setzte. Er erfüllte alle notwendigen Voraussetzungen: gute Familie, doch nicht so gut, um aufgrund seines Stammbaums ein Vermögen heiraten zu können; genügend Energie und Ehrgeiz, um mit der notwendigen Nachhilfe in der Politik zu reüssieren; ein angenehmes Wesen, das von rücksichtslosen Naturen immer zu ihrem Vorteil eingesetzt werden konnte. Der Name dieses jungen Musterknaben war Perry Walford, und er war – wie Lady Chandross Eugenia schon in Mere erklärt hatte – der Sohn eines alten Freundes von Lord Chandross, der in Surrey lebte.

Mr. Walford bat dann auch, nachdem er Eugenia vorgestellt worden war, pflichtgemäß um den nächsten Kontertanz und übte Terpsichores Kunst mit entsprechender Korrektheit aus. Doch da er ein etwas untersetzter junger Mann war, begann er unter den Einflüssen des überheizten Raumes, eines überhohen Hemdkragens und seiner eigenen Anstrengungen heftig zu schwitzen, und Eugenia, die es gewohnt war, sich mit nervösen Pferden zu befassen, die ebenfalls wegen jeder Kleinigkeit ins Schwitzen gerieten, wünschte sich, sie hätte ihn an der Longe, um ihm zeigen zu können, was er zu tun habe.

Mr. Walford, der zu bemerken schien, was Eugenia von seinen Bemühungen hielt, gestand auch nach einer Weile in ziemlich kläglichem Ton, daß er beim Tanzen nicht gerade ein Held sei.

»Oh, sagen Sie das nicht«, sagte Eugenia freundlich. »Aber wahrscheinlich würde es besser gehen, wenn Sie sich nicht so anstrengen würden. Gehen Sie auf die Fuchsjagd?«

Mr. Walford sah sie etwas überrascht an und sagte, daß er manchmal an Jagden teilnehme, wenn er die Gelegenheit dazu habe, daß sein Vater jedoch keinen besonders großen Stall unterhalte.

»Nun, es ist so, als ob Sie über ein Hindernis springen«, erklärte ihm Eugenia. »Sie machen alles so eilig, dabei geht es langsamer viel besser. Aus welcher Gegend von Surrey stammen Sie?« Mr. Walford sagte, daß er aus der Nähe von Guilford stamme, und erzählte ihr dann – ermutigt durch ihre freundliche Art – von seinen vielen Brüdern und Schwestern, von denen er der jüngste sei, und von seiner gegenwärtigen Tätigkeit als Sekretär von Lord Dalingridge. Um diese Stelle, so meinte er, würde er von manchen jungen Männern beneidet, da es fast nichts zu tun gab, doch er würde – um bei der Reitersprache zu bleiben – am Gebiß kauen. »Wenn er nur«, so gestand er ihr, »hin und wieder im Oberhaus sprechen würde, so daß ich ihm seine Rede schreiben könnte, dann wäre es bedeutend vergnüglicher. Aber so tue ich nichts, als mich den

ganzen Tag zu Tode langweilen. Der Sekretär Ihres Onkels«, fuhr er neidisch fort und blickte dabei zu Lord Chandross hinüber, der gerade einen Pflichttanz mit Lady Dalingridge absolvierte, »hat sicher den ganzen Tag über fürchterlich viel zu tun?«
»Ja, das nehme ich an. Cecil hält ja immer Reden«, sagte Eugenia. »Warum gehen Sie nicht einfach nach diesem Tanz einmal zu ihm und sagen ihm, daß Sie gern einen Posten hätten, wo es viel zu tun gibt? Er kennt ja Hunderte von Leuten in der Politik.«
Zu ihrer Überraschung scheute jedoch Mr. Walford vor diesem Vorschlag deutlich zurück. Der Grund dafür war sehr einfach: seine Mutter hatte ihn bei seinem letzten Besuch in Surrey allzu emsig darauf aufmerksam gemacht, daß er sich in London um die Nichte von Lord Chandross kümmern solle, die in dieser Saison debütiere. Ein Engagement in dieser Richtung sei sicher außerordentlich nützlich, da der junge Bolton, der eine entfernte Verwandte von Lord Chandross geheiratet habe, eine erstaunlich schnelle Karriere gemacht habe.
Dies hatte Mr. Walford so erschreckt, daß er Eugenia wahrscheinlich nie aufgefordert hätte, wenn Lady Chandross ihn nicht praktisch dazu gezwungen hätte. Da er jedoch nicht vorhatte, sich wie ein Schaf zur Schlachtbank führen zu lassen, beschloß er, sämtlichen Locktönen Eugenias zu widerstehen, obwohl sie – das mußte er zugeben – ein ganz prächtiges Mädchen war.
Eugenia jedoch, die sich auf Locktöne gar nicht gut verstand, machte nicht den Versuch, ihn zu umgarnen, sondern sagte nur verständnisvoll, daß sie es ihm nicht verübeln könne, da Cecil, wenn er einmal von Politik anfange, nicht mehr damit aufhören könne. Als der Tanz beendet war, traf sie auf Muffet und zog sie – unter dem Vorwand, daß ihr Rocksaum aufgegangen sei – in einen Nebenraum, damit sie sich dort mit ihr unterhalten konnte. Dies sehr zum Ärger von Lady Chandross, die gerade einen jungen Husarenkornett für sie gefunden hatte, der den nächsten Tanz mit ihr absolvieren sollte.
Der Nebenraum war, als Eugenia und Muffet hereinkamen, gerade von einem jungen Leibgardisten mit schneidigem schwarzem Schnurrbart und einer nicht ganz so jungen Dame im himmelblauen Kleid besetzt, die es sich auf einem gelben

Satinsofa bequem gemacht hatten. Eugenia war jedoch so entschlossen, das Feld zu behaupten – da sie draußen sofort von Lady Chandross ergriffen werden würde –, daß die Armee sofort den Widerstand aufgab und sich schmählich zurückzog.

»So ist es schon besser«, sagte Eugenia, als die himmelblauen Hüllen und die elegante Uniform verschwanden. Sie zog Muffet neben sich auf das freigewordene Sofa. »Ich habe dir sehr viel zu erzählen, und wir haben nicht viel Zeit. Du mußt mir nur zuerst versprechen, daß du niemandem ein Sterbenswörtchen davon sagen wirst!«

Muffet, die in den Jahren bei Miß Bascom zur Genüge auf ihre Verschwiegenheit geprüft worden war und noch nicht einmal unter Androhung mittelalterlicher Folter ein Geheimnis preisgegeben hätte, schwor feierlich totales Schweigen.

»Gut«, sagte Eugenia, »dann kann ich ja loslegen. Ich nehme an, du hast schon gehört, was mit meinem Vetter Gerry los ist? Daß er sich als Wegelagerer betätigt hat und jemanden bei einem Raubüberfall tötete?«

Muffet hatte tatsächlich schon gehört, was Gerald Liddiard getan haben sollte. Ganz London hatte offenbar schon davon gehört, sehr zum Ärger von Lord Chandross, der sich überlegte, ob er einige Londoner Zeitungen wegen Verleumdung verklagen sollte, da sie ihn wegen seiner Verwandtschaft mit Gerry zum Gegenstand ihrer politischen Karikaturen gemacht hatten.

»Ja, natürlich habe ich davon gehört«, sagte Muffet. »Doch ich nehme an, daß er gar nicht schuldig ist, oder? Gerry würde doch nie –«

»Nun, das weiß ich nicht«, sagte Eugenia abwägend. »Er hat mir einmal gesagt, daß er alles wenigstens einmal versucht haben wollte, daher könnte er es tatsächlich gemacht haben. Ich meine die Wegelagerei. Aber sicher wollte er dabei niemanden töten. Doch ob er es getan hat oder nicht – die Polizisten sind nun hinter dem falschen Mann her.«

Und sie gab Muffet einen knappen Bericht über ihre sensationellen Erlebnisse seit ihrem Abschied von Bath.

Muffet hörte ihr hingerissen zu und vergaß darüber vollkommen, daß dies ihr erster Londoner Ball war, daß sie bisher nicht genug Partner gehabt hatte, um den Abend auch nur als kleinen Erfolg zu bezeichnen, und daß ihre Tante äußerst enttäuscht von ihr war.

»Oh, Eugenia«, seufzte sie, als ihre Freundin fertig war. »Es ist ganz wie in einem Roman. Wirst du ihn jetzt retten?«
»Nun, das werde ich sicher versuchen«, sagte Eugenia. »Denn immerhin bin ich daran schuld, daß er in diese Lage gekommen ist. Und ich glaube, ich weiß auch, wo er jetzt ist. Ich kann nur nicht für längere Zeit von Gussie fort, so daß ich es nicht sicher herausbekommen kann. Doch das«, sagte sie und fixierte Muffet mit einem befehlenden Generalsblick, »ist nun deine Aufgabe. Du wirst Gussie sagen, daß du mich gebeten hast, dich morgen in den Hyde Park zu begleiten, dann kann ich statt dessen versuchen, Richard zu finden.«
Muffet, die Eugenia bedingungslos ergeben war, sagte, daß sie alles täte, was sie von ihr wolle. Doch was würden sie tun, wenn Lady Chandross es herausbekommen würde?
»Ach, und wenn schon! Dann werde ich ihr sagen, ich hatte eine Verabredung mit einem Mann«, sagte Eugenia in sachlichem Ton.
Muffet riß die Augen auf. »Aber wäre sie nicht wütend?«
»O ja – aber nur, weil ich dann nicht mehr als intakt gelte, wenn man es erfährt. Sie warnt mich immer, daß ich nicht etwas Unvorsichtiges tue, bevor sie mich mit Anstand verheiratet hat. Wenn das geschehen ist und ich einen Erben geliefert habe, kann ich tun, was mir gefällt – genau wie sie es auch tut. Eins muß man Gussie lassen: sie ist nicht scheinheilig.«
Muffet erstarrte vor Ehrfurcht, denn hier kündigte sich eine Eugenia an, die sich innerhalb eines Jahres vom Schulmädchen in eine Weltdame verwandeln und mit den vornehmsten Herren eine Affäre nach der andern haben könnte, alle nach der modischen Eleganz eines Brummell gekleidet, mit Lorgnons bewaffnet, um nach wohlgeformten weiblichen Fesseln Ausschau zu halten. Muffet war in der Tat so hingerissen, daß sie fast vergaß, Eugenia nach der Stunde des gemeinsamen Unternehmens zu fragen.
»Zehn, glaube ich, ist die beste Zeit«, sagte Eugenia. »Gussie wird bis Mittag nicht aufgestanden sein, und bis dahin bin ich sicher zurück. Sie wird mich in der Kutsche zum Haus deiner Tante in der Green Street fahren lassen, und ich kann hineingehen, und wenn wir dann zusammen zu unserem Spaziergang aufgebrochen sind, nehme ich mir eine Droschke und versuche Richard zu finden. Ist dein Mädchen zuverlässig? Ich kann Trimmer wahrscheinlich nicht mitnehmen.«

Muffet sagte, daß sie kein Mädchen habe, doch ihre Tante würde sicher ihres zur Begleitung mitschicken. Dieses Mädchen könnte Mrs. Lighton nicht ausstehen und wäre daher sicher bereit, selbst über alle Schandtaten den Mund zu halten, nur um sie zu ärgern.

»Doch eins muß ich noch wissen«, sagte Eugenia. »Hast du etwas Geld?«

Muffet, die ein sparsames Mädchen war, hatte immer Geld, und sie zeigte sich sofort bereit, Eugenia drei Pfund zu leihen – alles, was sie im Augenblick zur Verfügung hatte, bis sie ihren nächsten Wechsel bekam.

»Es ist für Richard«, erklärte ihr Eugenia. »Er hat gar kein Geld oder fast keines. Natürlich wird er es nicht gern nehmen, doch er muß etwas zum Leben haben, bis diese Geschichte sich aufgeklärt hat. Du kannst es mir morgen geben. Und nun erzähl mir von Tom.«

»Von Tom?« fragte Muffet erstaunt, die immer noch bei Mord, Galgen und tollkühnen Fluchtmanövern verweilte und sich nicht denken konnte, weshalb der Name ihres Bruders jetzt auftauchte.

»Ja«, sagte Eugenia ungeduldig. »Aber wir haben jetzt nicht viel Zeit, denn Gussie oder deine Tante können jeden Augenblick kommen, um nach uns zu sehen. Hast du mit ihm darüber gesprochen, daß er mich heiraten soll?«

Muffet blickte sie schuldbewußt an und sagte, daß sie es versucht habe.

»Was meinst du damit – versucht?« fragte Eugenia. »Er war doch dort im Gutshaus, nicht?«

Muffet gab ziemlich kläglich zu, daß er dort gewesen sei. »Aber ich glaube, er möchte nicht sehr gern über eine Heirat sprechen«, verteidigte sie sich. »Ich meine, ich könnte nicht –«

Eugenia blickte sie halb nachsichtig, halb ärgerlich an. »Nun gut, dann werde ich eben selbst mit ihm sprechen«, sagte sie, »sobald ich nach Kent komme. Aber es ist wirklich blöd, daß noch nicht alles geklärt ist. Ich wette, daß Gussie es bald satthaben wird, mich zu den Bällen zu begleiten, und dann werden sie und Cecil mir in den Ohren liegen, daß ich einen der jungen Männer heiraten soll, die sie mir den ganzen Abend über vorgeführt hat. Es wäre viel angenehmer, wenn ich ihnen sagen könnte, daß zwischen Tom und mir alles klar ist.«

Muffet sagte unglücklich, daß es ihr leid tue, worauf Eugenia sie einen Dummkopf schalt und sie fragte, ob sie den Ball auch genieße.

»O ja, wahnsinnig«, sagte Muffet wenig überzeugend. »Ich habe noch nie in meinem Leben so viele elegante Leute gesehen. London ist ganz anders als Kent – nicht wahr?«

»Ich nehme an«, sagte Eugenia und blickte sie aufmerksam an, »daß du noch nicht genug Partner hattest. Komm jetzt mit mir, ich werde dich mit einigen von meinen bekannt machen. Sie sind fast alle nicht sehr erstrebenswert, doch einer oder zwei sind nicht ganz übel.«

Sie nahm die protestierende Muffet am Arm und brachte sie wieder in den Ballsaal, wo sie sich sofort auf Mr. Walford stürzte – der gerade dabei war, sich zu überlegen, ob er sich in sie verliebt hatte und sie zu einem zweiten Tanz auffordern sollte. Zu ihrer Zufriedenheit führte er aber dann ihre Freundin aufs Parkett, noch bevor Lady Chandross mit einem Viscount bei ihr erschien, den sie gerade eingefangen hatte.

7

Am nächsten Morgen, noch vor zehn Uhr, machte sich Eugenia, nachdem sie ihr Frühstück gegessen hatte, auf den Weg zu den Ställen hinter Chandross House, um nach Haggart zu sehen.

»Ja, ich habe diese Taverne gefunden, Miß Eugenia, aber unser Mann ist nicht dort«, begrüßte er sie, als sie in den Stall kam, wo er gerade mit einem Kutschpferd beschäftigt war, das wahrscheinlich den Spat hatte. »Und passen Sie auf Ihre feinen Kleider auf«, fügte er hinzu und blickte tadelnd auf ihr elegantes Straßenkleid aus blauem französischem Taft, das sie für ihren Ausflug in die Green Street gewählt hatte.

Haggart hatte jedoch aus Prinzip etwas gegen elegante Kleidung.

Eugenia jedoch ignorierte seinen Verweis. »Woher wissen Sie, daß er nicht dort ist?« fragte sie, wobei ihr bei dieser schlechten Nachricht schlimm zumute wurde.

»Woher ich es weiß. Weil ich Ihren Ned Trice gesehen habe. Er ist im ›Fighting Cock‹ in der Duck Lane beschäftigt, und er hat von Mr. Richard Liddiard kein halbes Auge gesehen.«

»Hat er Ihnen das gesagt?«

»Das hat er.«

»Aber, Haggart –« Plötzlich ging Eugenia ein Licht auf. »Natürlich hat er es Ihnen nicht gesagt! Er hat Sie wahrscheinlich für einen Polizisten gehalten.«

»Ich, ein Rotrock?« Haggart blickte sie angewidert an.

»Ja, warum nicht«, meinte Eugenia. »Sie hätten ja einer sein können. Wirkliche Polizisten sagen doch nicht, wer sie sind, wenn sie versuchen, einen Verbrecher zu fangen.«

Haggart brummte und strich mit der Hand über die kräftige Fessel des Braunen.

»Er ist ein listiger kleiner Mann«, sagte er, »einer, dem man nicht über den Weg trauen kann.«

»Nun, wenn er Richard bei sich im ›Fighting Cock‹ hat und nicht zugeben will, daß er dort ist, kann man ihm ja doch trauen. Ich glaube, ich werde selbst einmal hingehen und ihn fragen. Bei mir wird er ja nicht annehmen, daß ich ein Polizist bin.«

Haggart blickte sie entsetzt an. »Gnade Ihnen Gott, Miß Eugenia, das dürfen Sie nicht tun«, sagte er. »Sich an so einen Ort wagen! Eine junge Dame wie Sie!« Er blickte in ihr entschlossenes Gesicht und sagte mit ungewohnter Strenge: »Sie werden mir sofort versprechen, daß Sie so etwas nicht tun, sonst werde ich mich an Lady Chandross wenden müssen.«

»Ist es dort wirklich so schlimm?« fragte Eugenia, die sich nicht festlegen wollte.

»Ja!«

»Also gut, dann werde ich darüber nachdenken«, meinte sie und machte sich schnell davon, bevor er eine Zusicherung aus ihr herauspressen konnte.

Sie hatte jedoch nicht die geringste Absicht, ihren Plan aufzugeben, und eine halbe Stunde später, nachdem sie in Lady Chandross' Karriole zu Mrs. Lightons Haus in der Green Street gebracht worden war, erzählte sie alles Muffet. Sie hatten dabei keine Zuhörer, denn sie wurden auf ihrem Weg zum Hyde Park nur von Mrs. Lightons Mädchen begleitet, das ihnen in gemessenem Abstand folgte.

»Ich werde um zwölf Uhr wieder in der Green Street sein«, sagte Eugenia. »Wenn mir das nicht gelingt, mußt du dir irgend etwas ausdenken, um sie abzulenken. Sag einfach, ich habe ein Mädchen getroffen, das ich von Miß Bascom her kenne, und bin mit ihr zu Gunthers zum Eisessen gegangen – irgend etwas in der Art, das weißt du selbst am besten.« Bei Miß Bascom war es immer Muffet gewesen, welche die Erklärungen für ihre gemeinsamen Übertretungen der Schulregeln zu liefern hatte. »Aber ich muß jetzt weiter – schau, dort ist eine Droschke!«

Und noch bevor Muffet ihren Befürchtungen Ausdruck geben konnte, die nun ebenso lebhaft waren wie die von Haggart, hatte Eugenia den Droschkenkutscher herangewinkt und ihm – sehr zu seinem Erstaunen – die Anweisung gegeben, sie in die Duck Lane zu fahren, einer sehr wenig einnehmenden Gegend.

Eugenia kannte London nicht sehr gut und war daher betroffen von dem Schmutz und Elend, das sie sah, während die Droschke durch die lauten, dichtbevölkerten Straßen fuhr, die zu ihrem Bestimmungsort führten. Der Kutscher, der ihretwegen voller Zweifel war, fragte sich, ob er sie nicht vor den Gefahren ihres Unternehmens warnen müsse oder ihr sogar direkt erklären solle, daß er nur noch bereit wäre, sie nach Hause zu bringen. Schließlich, als die Droschke vor einem niedrigen, heruntergekommenen Haus hielt, über dessen Tür ein schmutziges Schild mit der Darstellung eines Kampfhahnes angebracht war, entschloß er sich, das erstere zu tun.

»Also, Missy«, sagte er in ernstem Ton, »dies ist der ›Fighting Cock‹, doch wenn Sie mich fragen – was Sie nicht tun –, dann sag' ich Ihnen, daß Sie hier nicht hingehören. Besser, ich bringe Sie dorthin zurück, woher Sie gekommen sind.«

»Ja, das können Sie auch sehr bald tun«, sagte Eugenia, »doch zuerst muß ich dort hineingehen, um mich nach etwas zu erkundigen.« Sie sah sich um und betrachtete aufmerksam die finsteren schwarzen Häuser, deren Türen fast alle offenstanden und die vor allem von streitenden Frauen und schreienden Babys bewohnt zu sein schienen. Eine Gruppe älterer Kinder, angezogen durch den ungewohnten Anblick einer Droschke mit einer jungen Dame, hatte sich schon vor der Tür des »Fighting Cock« versammelt, und jetzt verließ auch ein Verkäufer von Backkartoffeln seinen Stand und ein Schuster seine Bude, um sich zu ihnen zu gesellen.

Der Droschkenkutscher sprang nun von seinem Bock, da er eingesehen hatte, daß es zwecklos war, Eugenia am Aussteigen zu hindern. Er machte ihr den Weg zur Tür frei und versprach, auf ihre Rückkehr zu warten. Eugenia dankte ihm, blickte ihre versammelten Zuschauer freundlich an und trat durch die niedere schwarze Tür des »Fighting Cock«. Kaum hatte sie die Schwelle überschritten, wurde sie von einem kleinen, mageren Mann in Cordbreeches, grauen Strümpfen und schmuddeligem Hemd empfangen, der sie mißtrauisch fragte, was sie wolle.

»Sind Sie Ned Trice?« fragte Eugenia ihrerseits.

»Und wenn ich's wäre?«

»Nun, wenn Sie es sind, möchte ich sehr gern mit Ihnen sprechen. Aber privat«, fügte sie hinzu, wobei sie sich nach dem Schuster, dem Kartoffelverkäufer und den zerlumpten Kindern, die sie alle von der Türe her neugierig anstarrten, umsah.

»Weswegen?« frage Mr. Trice hartnäckig.
Eugenia schüttelte den Kopf. »Ich habe gesagt, privat«, erklärte sie mit Bestimmtheit. Sie deutete auf eine Tür, die von dem Gang, in dem sie standen, in eine leere Schankstube führte. »Können wir nicht dort hineingehen?«
Mr. Trice kapitulierte. Er führte sie widerwillig in die Stube und schloß die Tür.
»So ist es schon besser«, sagte Eugenia beifällig. »Was ich Ihnen zu sagen habe, ist nämlich sehr vertraulich.« Sie machte eine kurze Pause, während er sie immer noch mißtrauisch aus seinen gelben Katzenaugen ansah. »Ich bin die Cousine von Richard Liddiard«, sagte sie dann. »Eugenia Liddiard. Ist Richard hier?«
Die gelben Augen verengten sich und sahen nun, wie Eugenia feststellte, noch mehr wie Katzenaugen aus.
»Hier! Was glauben Sie denn?« fragte der Mann barsch. »Ihr Vetter, nicht wahr? Sieht das hier nach feinen Pinkeln aus?«
»Wenn Sie meinen, ob es so aussieht, als ob hier Gentlemen wohnten, so muß ich sagen, nein«, gab Eugenia zu. »Doch es wäre möglich. Richard hat mir gesagt, daß Sie sein einziger Freund sind, den er noch in England hat, und als er in Schwierigkeiten geriet, hatte ich mir gedacht, daß ich hier nach ihm suchen könnte. Sie müssen wissen, daß ich es war, die ihn in diese Lage gebracht hat, und daher muß ich jetzt versuchen, ihm zu helfen. Ist er hier?«
Sie blickte Ned Trice hoffnungsvoll an, dessen mißtrauischer Blick nun erstaunt wurde.
»An was für eine Hilfe denken Sie denn?« fragte er nach einer Weile vorsichtig.
»Erstens einmal Geld«, sagte Eugenia prompt. »Ich habe jetzt noch nicht sehr viel, doch ich werde bald mehr haben. Und wenn es für ihn nicht sicher genug ist, hier zu bleiben, dann weiß ich einen besseren Ort. Meine alte Nurse hat bei Putney ein Cottage, dort lebt sie ganz allein, und sie würde für einen Liddiard alles tun. Niemandem würde es einfallen, dort nach ihm zu suchen.«
Sie machte eine Pause und gab Mr. Trice Zeit, diese Nachricht zu verdauen. Er dachte eine Weile darüber nach, und währenddessen öffnete sich die Tür, und eine schmuddelige junge Frau mit einem Baby an der Brust kam herein und verlangte ein Gläschen Gin. Sie machte große Augen, als sie Eugenia sah,

musterte sie von ihrem schicken Stadthut bis zu den französischen Sandalen, streckte dann die Hand nach ihr aus und bat mit klagender Bettlerstimme um Geld.
»Es tut mir leid, aber ich habe jetzt nichts übrig«, sagte Eugenia und fügte dann hinzu: »Wahrscheinlich hat es keinen Zweck, Ihnen das zu sagen, daß Sie das bißchen, das Sie haben, nicht für Gin ausgeben sollten.« Diese Philosophie entstammte ihrer Erfahrung mit ländlichen Trinkern, doch sie dachte sich, daß die Trinker in der Stadt wohl auch nicht viel anders beschaffen waren.
Die Frau fluchte leise vor sich hin und wurde sofort von Ned Trice aus der Schankstube gedrängt, der sich in der Zwischenzeit seinen Vers auf Eugenia gemacht hatte, ihr aber immer noch nicht ganz zu trauen schien.
»Also, Miß«, sagte er und blickte sie kritisch an, »vielleicht kann ich es möglich machen, Ihren Vetter zu finden. Gibt es etwas, das ich ihm geben kann?«
»Nein, ich möchte ihn bitte selbst sehen«, sagte Eugenia mit Bestimmtheit. »Und es wäre wirklich besser, Sie würden mich sofort zu ihm führen, denn wenn ich Mittag nicht zurück in der Green Street bin, ist der Teufel los. Ist er hier in diesem Haus?«
Ned Trice gab es auf. Mit ein paar handfesten Bemerkungen über feine Damen, die es nicht lassen konnten, sich in Angelegenheiten zu mischen, die sie besser anderen überließen, führte er sie aus der Schankstube hinaus und über enge, schmutzige Stufen zu einer noch dunkleren, engeren Treppe bis hinauf unters Dach, wo er an einer windigen Tür einige Klopfzeichen machte.
Man hörte, wie von innen ein Riegel fortgeschoben wurde, und die Türe öffnete sich.
»Oh, Richard«, sagte Eugenia zu dem jungen Mann in Hemdsärmeln, der in der Tür erschien. »Ich bin es. Kann ich hineinkommen?«
Sie wurde schnell von Ned Trice hineingeschoben, der ihr folgte, die Türe schloß und wieder den Riegel vorschob.
»Sprechen Sie leise«, knurrte er sie an und blickte zu Richard Liddiard hinüber. »Diese feine Lady behauptet, Ihre Cousine zu sein«, sagte er.
Er brauchte gar nichts weiter zu sagen, denn er sah schon an Richards Gesichtsausdruck, was er wissen wollte. Es war keine

Überraschung in seinen Zügen, sondern nur eine Art grimmiger und bewundernder Resignation.
»Eugenia«, sagte er. »Das hätte ich ja wissen können. Ich habe mich schon hundertmal verwünscht, weil ich Neds Namen und Lokal erwähnte.«
»Nun, das war sehr gut so, denn sonst hätte ich Sie niemals finden können«, sagte Eugenia sachlich. Sie blickte sich in der kleinen, niedrigen Kammer mit ihren wenigen rohgezimmerten Möbeln und der kleinen Dachluke um. Dann blickte sie Richard an und sah, daß er fast genauso blaß wie damals war, als sie ihn im »King's Head« in Thatcham getroffen hatte. »Ich glaube, es ist hier nicht besonders gemütlich«, sagte sie.
»Nicht gemütlich«, sagte Ned Trice mit Nachdruck, »und auch nicht sicher. Doch es ist besser als Rumbo.«
»Rumbo?«
»Das Gefängnis in Newgate«, erklärte ihr Richard.
»Ja, und das ist immer noch besser als Meister Strick«, sagte Mr. Trice, womit er wahrscheinlich den Galgen meinte. Er blickte sie an. »Wenn Sie den Zaster haben, ihn ins Ausland zu bringen, kleine Lady, dann tun Sie es, um Gottes willen. Ich muß jetzt hinunter, damit sie mich nicht suchen.«
Und er schob wieder den Riegel zurück und verschwand ohne weitere Formalitäten.
Eugenia blickte Richard an. »Leider habe ich heute nicht mehr als drei Pfund bei mir«, sagte sie und öffnete ihr Ridikül. »Doch Ende des Monats werde ich mehr haben. Wenn Sie so lange warten können?«
Sie hielt ihm Muffets Scheine hin, doch er nahm sie nicht.
»Vielen Dank«, sagte er. »Aber ich werde hierbleiben. Und ich brauche Ihr Geld nicht. Jetzt müssen Sie aber gehen. Wie sind Sie hierhergekommen?«
»Ich habe eine Droschke genommen«, sagte Eugenia. Sie blickte ihn etwas unsicher an, da sie bemerkte, daß er sie, wenn er wollte, durchaus einschüchtern konnte. »Sind Sie mit mir böse, weil ich Sie da hineinverwickelt habe?« fragte sie zaghaft.
»Mein Gott, nein! Es war ja mein eigener Entschluß, nach Mere zu gehen. Doch ich bin böse mit Ihnen, weil Sie hierhergekommen sind. Ich möchte nicht, daß Sie sich noch weiter in diese Sache einmischen. Haben Sie mich verstanden?«
Eugenia blickte ihn ruhig an. »Ja, ich habe verstanden«, sagte sie. »Aber es ist wirklich nicht fair. Was Sie auch immer sagen,

es ist meine Schuld, daß es soweit gekommen ist, und ich möchte Ihnen da heraushelfen. Ich habe darüber nachgedacht, und ich glaube, wenn Sie nach Irland zurückgehen könnten –«

»Ich habe nicht die Absicht, nach Irland zurückzugehen.«

»Oh!« sagte Eugenia und blickte ihn fragend an. »Weshalb nicht? Sie könnten doch dort ohne weiteres Richard Liddiard sein, oder? Unter den Menschen, die Sie kennen. Niemand würde dort annehmen, daß Sie Gerry sind.«

»Um bis zum Ende meines Lebens zu riskieren, als Mörder gefangengenommen zu werden, wenn ich wieder auf englischen Boden komme?« sagte Richard.

Er ging hinüber zur Dachluke, die nur den Blick auf einen Wald grauer Kamine freigab, und blickte hinaus. Plötzlich kam ihr der Gedanke: »Er denkt an Coverts. Er glaubt, wenn er nicht hierher zurückkommen kann, wird Coverts ihm nie gehören.«

»Aber Sie – Sie können hier doch nicht immer bleiben«, begann sie nach einer Weile mit ziemlich unsicherer Stimme.

»Nein«, sagte er mit unbewegtem Gesicht, nachdem er sich wieder zu ihr umgewandt hatte. »Das wird auch nicht nötig sein. Nicht, wenn ich Gerald Liddiard gefunden und dafür gesorgt habe, daß er der Polizei übergeben wird.« Er sah, wie sie leicht zusammenzuckte, und sagte rauh: »Ich weiß, daß Ihnen das nicht gefällt. Doch es ist die einzige Möglichkeit, um diese Angelegenheit für immer zu beenden.«

»Aber er wollte doch niemanden töten, das glaube ich ganz bestimmt«, sagte Eugenia ernst. »Das würde gar nicht zu Gerry passen.«

»Daran kann ich nichts ändern – entweder er oder ich. Ich habe keine Lust, wegen eines Verbrechens, das ich nicht begangen habe, an den Galgen zu kommen.«

Sie blickte ihn an und mußte zugeben, daß er recht hatte, denn sie war ein sehr sachliches Mädchen. Doch da sie ebenso ein loyales Mädchen war, konnte sie ihm nicht dabei helfen, Gerald Liddiard zu finden. Sie hatte für Gerry nie besonders viel übrig gehabt – er war charmant, egoistisch, impertinent und immer fähig, sich Vorteile zu verschaffen –, doch da er ein Liddiard war, konnte sie nicht dazu beitragen, ihn an den Galgen zu liefern.

Sie schüttelte verneinend den Kopf, und Richard, der sie aufmerksam beobachtet hatte, sagte, um das Thema zu beenden:

»Er ist jetzt in London, das habe ich erfahren können. Daher muß ich hierbleiben. Und nun«, sagte er, ging zur Tür und öffnete sie, »werden Sie gehen. Und Sie werden nicht wiederkommen – haben Sie mich verstanden?«

»Ich werde kommen, wenn Sie mich brauchen«, sagte Eugenia in dem Ton, der auch hätte sagen können: »Mein Name ist Eugenia Liddiard.« Dann fügte sie hinzu: »Doch ich kann Ihnen nicht dabei helfen, Gerry zu finden. Wollen Sie wirklich nicht das Geld von mir haben?«

»Nein, sicher nicht.« Seine Hand berührte kurz den Rand ihres eleganten Hutes. »Die sollen Sie nicht zu sehr verwöhnen«, sagte er und lächelte zum erstenmal, seit sie ins Zimmer gekommen war.

»O nein. Nur was die Kleider betrifft.« Sie blickte geringschätzig auf ihr blaues französisches Taftkleid. »Sie können sich nicht denken, wieviel die kosten.«

»Ist Tom damit einverstanden?«

»Tom?«

»Ihr zukünftiger Mann.«

»Oh«, sagte Eugenia. »Den hab' ich noch gar nicht gesehen. Aber ich glaube, er würde es gar nicht bemerken.«

Das Gespräch war zu Ende, und er schloß die Tür. Sie ging hinunter und entdeckte Ned Trice im Flur, wo er offenbar auf sie gewartet hatte. »Nun?« fragte er.

»Er will das Geld nicht nehmen«, sagte sie, »doch vielleicht nimmt er es von Ihnen, wenn er es braucht.« Sie öffnete ihr Ridikül, nahm Muffets drei Pfund wieder heraus und gab dem erstaunten Ned die Scheine. »Und wenn Sie mich erreichen wollen«, fuhr sie fort, »dann schicken Sie eine Nachricht an Haggart, das ist unser Stallmeister in Chandross House am Grosvenor Square. Er wird sie mir dann weitergeben.«

Ned blickte das Geld an. »Nanu«, sagte er, »das ist vielleicht ein Ding! Woher weiß die Miß denn, daß ich nicht jeden Penny davon selbst behalte?«

»O nein«, sagte Eugenia ernst. »Das würden Sie sicher nicht tun. Sie würden ihn ja kaum hier verstecken, wenn Sie ihm nicht ebenso helfen wollten wie ich.«

»Ja, da hat er sich verdammt was eingebrockt«, stimmte ihr Ned zu. »Und was Ned Trice betrifft, so haben Sie recht – der bleibt bei der Stange. Ich würde für Mr. Richard 'ne ganze Menge tun –«

»Sie kennen ihn sicher schon lange?« fragte Eugenia.
»Seit er ein kleiner Knirps war. Ich war Reitknecht beim Reverend Mr. Castle, der ihn erzogen hat. Und alles, was er von Pferden versteht, hat er von mir«, sagte er stolz. »Zu meiner Zeit habe ich die Rennen in Newmarket und Goodwood geritten.«
»Ach ja? Das ist sehr interessant«, sagte Eugenia bewundernd, setzte dann aber sofort sachlich hinzu: »Weshalb ist er hier nicht in Sicherheit?«
Ned hob bedeutungsvoll die Schultern. »Ach, kleine Miß, Sie müssen sich nur umsehn«, sagte er. »Es gibt in der Duck Lane niemanden, der ihn nicht sofort verpfeifen würde für ein Gläschen Gin. Und er bleibt nachts nicht im Haus, denn er sucht nach dem Mann, der ihn hierhergebracht hat. Verdammt scheußliche Lage, in der wir da stecken!«
Er blickte Eugenia aus seinen gelben Augen bekümmert an. Eine Katze, dachte sie sich, auf die man sich verlassen kann. Dann erzählte sie ihm weitere Einzelheiten von dem Cottage ihrer alten Nurse.
»Ich werde morgen zu ihr fahren und ihr berichten, was geschehen ist«, sagte sie. »Und wenn es keinen andern Ausweg gibt, können Sie Richard dorthin schicken. Es ist ein ganz einsames Haus, er wird dort sicher sein.«
Sie verabschiedete sich von ihm und ging durch die niedrige Tür des »Fighting Cock« hinaus zum Kutscher, der sich und sein Pferd vor einem halben Dutzend Straßenbengeln verteidigen mußte, die draußen noch auf sie warteten. Als sie die mageren, listigen Gesichter dieser Kinder betrachtete, wurde ihr klar, daß jedes von ihnen eine Gefahr für Richard sein konnte, wenn er dort oben in der kleinen Dachkammer bleiben würde. Und leider, so dachte sie bekümmert, hatte sie nichts dazu getan, seine Lage zu verbessern, im Gegenteil, sie hatte durch ihr Kommen sogar noch extra auf den »Fighting Cock« aufmerksam gemacht.
Eugenia seufzte und bestieg die Pferdedroschke. Was, so fragte sie sich nun, sollte sie als nächstes unternehmen?

8

Was Lady Chandross betraf, so wußte sie sehr gut, was als nächstes zu unternehmen war, nämlich ein weiterer Ball, eine Maskerade, die an diesem Abend in einem großen Haus in Chiswick stattfand. Zwar war dies nicht ganz die Art der Unterhaltung, die man sich für ein junges Mädchen wünschte, das in die Gesellschaft eingeführt wurde – denn die Gastgeber gehörten zum Kreis des Prinzregenten, der wegen seiner allzu freien Gesinnung etwas berüchtigt war –, doch Lady Chandross war über solche Kleinigkeiten erhaben. Ihr war wichtig, daß an diesem Abend eine genügende Anzahl von Heiratskandidaten vorhanden war, die sie Eugenia zuführen konnte.

»Nicht«, so erklärte sie ihrem Mann sehr unzufrieden, als sie Eugenia beobachtete, die – angetan mit einem apfelgrünen Domino, der ihr orangefarbenes Kleid aus Sarsenett fast völlig verdeckte – gerade von einem ziemlich plumpen Harlekin aufs Parkett geführt wurde, »daß sie das geringste Interesse an irgendeinem dieser jungen Männer hätte. Stell' dir nur vor, der junge Beardsmore hat heute nachmittag bei ihr angefragt, ob sie morgen mit ihm zum Botanischen Garten fahren wolle, und sie hat ihm doch tatsächlich einen Korb gegeben, weil sie, wie sie sagte, verpflichtet sei, ihre alte Nurse zu besuchen! Sicher wird sie für diesen kleinen Ausflug von mir die Kutsche haben wollen. Doch ich werde sie ihr nicht geben!«

»Es wäre aber besser, du würdest es tun«, sagte Lord Chandross und blickte unfreundlich auf Eugenia, die sich pflichtgetreu mit ihrem Partner unterhielt, nachdem sie sich zum Tanz aufgestellt hatten. »Sie wird nämlich sonst nur eine Droschke nehmen. Verdammt komisches Mädchen, man weiß nie, was sie sich einfallen läßt. Das kommt davon, daß sie ohne die angemessene weibliche Obhut aufgewachsen ist. Ich habe Walter immer gesagt, er solle wieder heiraten.«

»Walter Liddiard«, sagte Lady Chandross geringschätzig, »hat

sich für nichts interessiert als für Coverts und seine Pferde. Und natürlich für Eugenia, die er ganz in diesem Sinn erzogen hat. Schau sie dir doch nur an! Natürlich interessiert sie sich nicht für den aufgeblasenen Gecken, mit dem sie gerade tanzt, doch muß sie dabei ein Gesicht machen, als würde sie einen Pflichtbesuch bei einer alten Tante machen?«
Lord Chandross schüttelte den Kopf und blickte finster vor sich hin. »Wirklich schade«, sagte er. »Dabei ist sie ein attraktives kleines Ding. Aber wenn das so weitergeht, wirst du sie nie unter die Haube bringen.«
Er ging davon und überließ es Lady Chandross, sich auf Mr. Walford zu stürzen, dessen stämmige Gestalt sie unter einem phantasielosen schwarzen Domino entdeckt hatte. Es gelang ihr, ihn auf einen Platz zu manövrieren, der es ihm gestattete, Eugenia um die nächste Quadrille zu bitten.
Dies war nicht weiter schwierig, da Mr. Walford sich inzwichen zu einem glühenden Bewunderer Eugenias entwickelt hatte. Dieses Mädchen gefiel ihm, denn es war nicht so töricht wie andere, und man konnte sich wirklich gut mit ihm unterhalten. Er war also nur allzu willig, sich in die Falle locken zu lassen, und dankte Lady Chandross überschwenglich, weil sie ihm verraten hatte, unter welcher Maske sich die junge Dame versteckte, mit der er zu tanzen wünschte.
Eugenia jedoch, die unter anderen Umständen ihren Spaß an diesem Maskenball gehabt hätte – ebenso wie sie früher ihren Spaß an gemeinsamen Scharaden mit Muffet und Tom hatte –, fand es im Augenblick ausgesprochen trübselig, sich angesichts der Vorgänge im »Fighting Cock« mit solchen Unwichtigkeiten abgeben zu müssen. Es wurde ihr immer klarer, daß Richard auf keinen Fall länger als notwendig dieser gefährlichen Situation ausgeliefert bleiben durfte. Sobald sie mit Old Nan – wie sie ihre alte Nurse nannte, die eigentlich Mrs. Minchinton hieß – besprochen hatte, ihn in ihrem Cottage an der Themse aufzunehmen, mußte sie Haggart mit einer Nachricht zu Ned Trice schicken. So absolvierte sie mechanisch ihre Schritte durch einen Kontertanz, eine Quadrille und den Boulanger, doch ihre Gedanken waren nicht in dem prächtigen Ballsaal, der sie umgab, sondern in einem kleinen Dachstübchen in Tothill Fields.
Da sie nicht das geringste Interesse am Flirten hatte, war sie bisher noch nicht in das allgemeine frivole Treiben hineinge-

zogen worden, das Bälle dieser Art so anrüchig machte. Dabei hätte sie durchaus Gelegenheit dazu gehabt, denn Lady Chandross – die Lord Rushton in der Maske Louis XIV entdeckt hatte – hatte im Augenblick besseres zu tun, als auf sie aufzupassen. Als der Boulanger jedoch beendet war, schien auch Eugenia das Schicksal zu ereilen. Ein Gentleman in scharlachrotem Domino, den sie kurz zuvor an der Tür hatte stehen sehen, griff sie um die Taille und drängte sie auf diese Tür zu.
»Ach – lassen Sie das«, rief sie entrüstet und bemühte sich, der Umklammerung zu entkommen.
Ein tiefes Lachen kam hinter der Maske hervor, die das Gesicht des scharlachroten Dominos verdeckte, und eine ihr bekannte Stimme sagte: »Eugenia! Das habe ich mir doch gedacht. Als du dich zum Tanz aufstelltest und kurz die Maske hochhobst, glaubte ich dich zu erkennen. Verdammt unvorsichtig übrigens bei einer Maskerade, aber diese Dinger können wirklich in so einem heißen Raum scheußlich unangenehm werden –«
Die Stimme schwieg, als Eugenia, die zunächst vor Überraschung starr war, sich nun nicht mehr gegen den männlichen Arm wehrte, sondern sich willig in ein kleines Nebenzimmer führen ließ.
Als sie drinnen waren, wandte sie sich ungläubig zu der großen Gestalt in dem scharlachroten Domino um.
»Gerry«, sagte sie. »Es ist doch Gerry, nicht wahr? Nicht – Richard?«
»Wer ist Richard?« fragte der scharlachrote Domino und schloß hinter sich die Tür. »Du willst mir doch nicht sagen, daß du einen Flirt begonnen hast, mein Kind. Als ich dich das letztemal sah, warst du kaum der Wiege entronnen!«
»Du bist es wirklich!« sagte Eugenia erschrocken, ließ sich auf ein weiß-goldenes Sheraton-Sofa fallen und nahm ihre Maske ab. »Ich kann es nicht glauben! Weißt du denn nicht, daß die Polizei hinter dir her ist?«
Der schöngeschwungene Mund unter der schwarzen Maske verzog sich zu einem reumütigen Lächeln.
»Natürlich weiß es es! Deshalb bin ich ja heute hier auf dieser verdammten Maskerade«, sagte Gerry Liddiard und setzte sich gemütlich neben sie. »Ich konnte ja nicht einfach schnurstracks zur Tür von Chandross House gehen und Gleaves fragen, ob Cecil zu Hause ist. Das wäre nicht sehr sinnvoll gewesen. Man kann den Dienstboten heutzutage nicht mehr

trauen, die könnten einen ja verpfeifen. Soviel ich weiß, ist eine Belohnung ausgesetzt.«

»Ja, das stimmt, aber – oh, Gerry, du mußt mir sofort alles erzählen«, rief Eugenia besorgt. »Hast du es getan?«

»Was – eine Kugel durch das Gehirn eines dummen Kutschers zu jagen, weil ich nicht zur gleichen Zeit mit einem Pferd und einer blöden Pistole fertig geworden bin? Wofür hältst du mich eigentlich?« sagte Gerald entrüstet. »Tatsächlich war ich noch nicht einmal dort! Es war dieser idiotische MacGoff –«

»Aber Gerry, jeder sagt, daß du es warst –«

»Ja, weil sie nicht wissen, wovon sie reden«, erklärte Gerry aufgebracht. »Der Bursche hat meine Stute genommen. Und meinen Mantel außerdem. Ich weiß nicht, ob er es willentlich getan hat – obwohl ich nicht glaube, daß er überhaupt genug Hirn besitzt, um an so etwas zu denken. Die Hauptsache ist aber, daß Barnstaple – das ist der Mann, den er überfallen hat – die Stute erkannt hat. Und er hat auch den Mantel erkannt, da er aus der Werkstatt von Stulz kommt –«

»Willst du damit sagen«, unterbrach ihn Eugenia, die der verwirrenden Erzählung Gerrys gespannt gefolgt war, »daß es Captain MacGoff war – unser Captain MacGoff aus Kent –, der die Kutsche angehalten und den Mann erschossen hat? Und er hat deinen Mantel getragen und deine Stute geritten? Aber weshalb hast du das zugelassen?«

»Ich war nicht in der Verfassung, ihn aufzuhalten«, sagte Gerald, der nun selbst einen etwas törichten Eindruck machte. »Tatsächlich wußte ich noch nicht einmal, daß er fort war. Ich hatte nämlich einen verdammt ausgedehnten Abend – ein oder zwei Glas mehr ›Blue Ruin‹, als unbedingt nötig war –«

»Das heißt also, du warst betrunken«, sagte Eugenia streng. »So betrunken, daß du nicht gewußt hast, was vor sich geht. Denn wenn das nicht der Fall gewesen wäre, hättest du dich nicht mit diesem schrecklichen MacGoff zusammengetan, um Lord Barnstaples Wagen zu überfallen. Gerry, wie konntest du –«

»Nur, weil wir uns zurückholen wollten, was uns gehörte«, verteidigte sich Gerald. »Wir waren so blöd und haben mit ihm Karten gespielt, und der Kerl hat die Karten gezinkt. Und als wir ihn zur Rede stellten, ist er grob geworden, und, zum Kukkuck, wir haben es ihm nicht beweisen können. Zu allem Überdruß hat er uns dann noch weitere fünfhundert abgenommen.

Als wir dann hörten, daß er nach Bath fährt, haben wir uns gedacht, wir halten den Wagen auf und erleichtern ihn um das, was er uns gekostet hat. Der Bursche ist ein verdammter Dandy, mußt du wissen, er hätte genügend Ringe und Siegel und anderen Firlefanz bei sich gehabt, um uns zu entschädigen.«

»Nur, daß du dann zuviel getrunken hast und nicht mitmachen konntest, so daß Captain MacGoff dein Pferd und deinen Mantel genommen und den Kutscher versehentlich erschossen hat. Nun glauben alle, daß du es getan hast«, beendete Eugenia die Erzählung für ihn. »O Gerry, du bist doch wirklich ein Narr! Du weißt doch, was mit MacGoff los ist! Papa hat immer gesagt, der würde besser in einen Boxring passen als in eine Abendgesellschaft, weil er so entsetzlich primitiv ist, und Papa war wirklich nicht besonders anspruchsvoll.«

Gerald blickte sie trotzig an. Selbst hinter der Maske, die er zum Glück nicht abgenommen hatte, konnte Eugenia nun sehen, wie verschieden dieses Gesicht von dem Richards war, trotz der erstaunlichen Ähnlichkeit der Züge und Farbe. Das Gesicht, das sie jetzt anblickte, verriet eine gutmütige Unbekümmertheit, die sie bei Richard nie entdeckt hatte, und nichts von dessen kühler Entschlossenheit zeigte sich in der Unbesonnenheit, die alles auszeichnete, was dieser junge Mann, der dort vor ihr saß, sagte oder tat.

»Du lieber Gott«, sagte er nun in einem Ton, der sie beschwichtigen sollte, »da kennt man alle möglichen Leute, und MacGoff ist wirklich ein prima Kerl. Hat immer ein lustiges Lied und eine hübsche Geschichte auf Lager, ist zu allen tollen Streichen bereit –«

»Ja, alles schön und gut, doch er hat dich jetzt fein in die Klemme gebracht«, sagte Eugenia. »Von Richard gar nicht erst zu sprechen –«

»Schon wieder Richard! Wer ist Richard?« fragte Gerry. »Und was hat er dabei zu tun?«

Eugenia umriß mit ein paar Worten die Geschichte von Richard Liddiards Verwicklung in diese unglückselige Angelegenheit. »Verdammt noch mal«, stieß Gerald zornig hervor, als sie geendet hatte. »Entschuldige, Eugenia, aber das ist wirklich starker Tobak! Und du beschimpfst mich, weil ich mich in die Tinte geritten habe? Wo steckt denn jetzt dieser Bastard von Onkel Charles?«

»Nun, das werde ich dir nicht sagen«, erklärte Eugenia. »Denn wenn du dort hingehen würdest, könnte es ihm einfallen, dich der Polizei auszuliefern –«

»Das soll er nur mal versuchen!«

»Oh, ich glaube, das könnte er schon«, sagte Eugenia ohne Umschweife. »Er ist nämlich sehr stark, obwohl er krank war, und sehr entschlossen, dich vor den Richter zu bringen, damit er sich nicht für alle Ewigkeit verstecken muß, nur weil er dir ähnlich sieht. Es ist wirklich eine scheußliche Lage, in der er steckt!«

»Nun, für mich ist es ebenso scheußlich«, sagte Gerald ziemlich schroff. »Es macht nämlich alles noch viel schlimmer, denn wenn er unvorsichtig genug ist, sich von der Polizei fangen zu lassen, werde ich gezwungen sein, mich zu stellen. Würde mir nicht einfallen, einen Unschuldigen an den Galgen zu liefern, selbst wenn er ein Schwindler ist, der ebensowenig Recht hat, sich als Liddiard zu bezeichnen wie ich, mich Prinzregent zu nennen! Nicht, daß ich nicht ebenso unschuldig wäre wie er – wenn es darum geht!«

»Ja«, sagte Eugenia, die darüber nachdachte. »Und deshalb glaube ich, daß es viel besser wäre, du würdest dich jetzt der Polizei stellen und die Wahrheit sagen. Ich habe dir geglaubt –«

»O ja, du hast mir geglaubt«, sagte Gerald bitter. »Weil du eine Frau bist. Frauen neigen dazu, von Männern immer das Beste zu denken. Doch wird mir so ein alter, ausgedorrter Fuchs glauben, der da im Richterstuhl sitzt? Das ist die Frage! Und außerdem, wird Cecil mir glauben? Was meinst du?«

Eugenia dachte darüber nach und mußte zugeben: »Ich weiß es wirklich nicht. Er ist nämlich ziemlich wütend auf dich und sagt, daß du der Familie in jeder Weise Schande gemacht hast und daß er nichts mehr tun wird, um dir zu helfen.«

»Siehst du«, sagte Gerald. »Und genau das und noch viel mehr werde ich von einem Beamten hören, wenn es mir nicht gelingt, MacGoff zu erwischen und irgendwie die Wahrheit aus ihm herauszuquetschen. Oder diesen Mann – seinen Reitknecht, Kammerdiener, Schläger oder was immer er ist. Denn er kennt die Wahrheit, weil er in der Nacht, als das alles passierte, bei MacGoff war –«

»Wo ist er jetzt? Wo sind sie beide?« fragte Eugenia.

»Sie haben sich nach Kent aus dem Staub gemacht, soviel ich

weiß. Würde mich nicht wundern, wenn er plant, ins Ausland zu gehen, obwohl das natürlich vorläufig nicht nötig ist, solange die Polizisten hinter mir her sind. Wenn ich selbst nach Kent fahren könnte, würde ich sehr schnell herausbekommen, was er vorhat, doch das ist zu riskant, ich kann mich im Augenblick nicht fortwagen. Ich wäre auch heute nacht nicht hierhergekommen, doch ich wollte versuchen, mit Cecil zu sprechen. Freddy Smythson – der Freund, der mich versteckt – hat jetzt genug von mir und will, daß ich verdufte. Er hatte eine Einladung für diese Maskerade, und so habe ich ihm gesagt, er soll sie mir geben und für mich eine Maske und einen Domino beschaffen, dann würde ich ihn von meiner Gegenwart befreien und sehen, was der alte Cecil für mich tun könnte. Schäbiger Kerl, dieser Freddy. Wenn ich dran denke, wie oft ich ihm schon aus der Patsche geholfen hab' –«

»Ja, aber diesmal ist es mehr als eine Patsche, Gerry«, wandte Eugenia ein. Sie klopfte, während sie konzentriert nachdachte, geistesabwesend mit dem Absatz ihrer Sandale an das vergoldete Sofabein. »Meinst du«, fragte sie nach einer Weile, »daß du nicht mehr in Mr. Smythons Haus zurückkehren kannst?«

»Das möchte ich nicht. Der hat heute den ganzen Tag wie auf dem Pulverfaß gesessen. Daher habe ich ihm erklärt, daß ich mich heute nacht davonmache.«

»Ohne zu wissen, wohin du willst? Oh, Gerry!« sagte Eugenia vorwurfsvoll. »Das ist doch wieder einmal typisch! Ich glaube es ist das beste, wenn du gleich von hier aus versuchst, zu Old Nans Cottage zu kommen. Wenigstens bist du dort heute Nacht sicher, bis ich mit Gussie gesprochen habe und weiß, ob es einen Sinn hat, Cecil um Hilfe zu bitten –«

»Old Nan! Natürlich! Weshalb habe ich denn nicht selbst daran gedacht!« sagte Gerald erfreut. Er blickte sie anerkennend an. »Das ist genau der richtige Ort.«

»Ja, aber du kannst dich dort nicht länger als eine Nacht aufhalten«, sagte Eugenia. »Denn Richard ist dort, wo er gerade ist, auch nicht in Sicherheit, und ich habe seinem alten Freund gesagt, daß er ihn zu Old Nans Cottage schicken kann. Doch das wird erst in ein oder zwei Tagen geschehen, so daß du solange dort bleiben kannst. Ich werde Old Nan morgen besuchen, und dann werde ich dir sagen können, wie die Lage ist, was Cecil betrifft.«

Gerald erklärte ihr, daß sie wirklich ein tolles Mädchen sei, und da sie an dieser Stelle von einem schneidigen Kavalier und einer schüchternen Maria Stuart unterbrochen wurden, die es offenbar auf ihr Sofa abgesehen hatten, schob Eugenia schnell ihre Maske übers Gesicht und drängte Gerald zum Aufbruch. »Ich hoffe, du kommst sicher an«, meinte sie besorgt, doch Gerald beruhigte sie und sagtc, sic brauche sich deswegen keine Gedanken zu machen. Es war eine dunkle, mondlose Nacht, und er würde den Weg über den Fluß nehmen. Wenn er seinen Hut tief übers Gesicht zog, würde ihn sicher keiner der Schiffer erkennen können, zumal sie ja alle verschlafen wären.

9

Etwa eine Stunde, bevor diese Unterhaltung stattfand, ging ein großer junger Mann in olivgrünem Mantel, den Hut tief ins Gesicht gezogen, vom Kai hinunter nach Westminster Steps, wo er einen Fährmann fand, der bereit war, ihn nach Putney zu rudern. Über dem dunklen Wasser stieg ein leichter Nebel hoch und verhüllte das flackernde Licht der Leuchtfeuer am Ende der Stufen. Da es schon nach elf Uhr war, waren nur wenige Leute unterwegs, und weder sie noch der gähnende Fährmann kümmerten sich besonders um den großen jungen Mann, der sich in dem schmalen Boot einen Platz suchte.

Der Fährmann ruderte ihn pflichtgemäß an den Lichtern der City vorbei bis nach Vauxhall und Chelsea und zu den grünen Ufern der Themse, die dicht mit Buchen und Eichen bestanden waren, hin und wieder unterbrochen von kleinen Bauernhäusern. Der junge Mann war schweigsam, und auch der Fährmann äußerte nichts als hin und wieder ein lautes Gähnen, so daß bis auf das Knarren und Quietschen der Ruder in den Dollen kaum etwas zu hören war.

Schließlich, als sich die hölzerne Brücke von Putney zeigte, deutete der junge Mann auf eine der Anlegestellen, an der ein einzelnes kleines Boot vertäut war. Der Fährmann legte dort an, der junge Mann zahlte seine Fahrt, stieg aus und verschwand schnell im dichten Nebel.

Er schlug einen Weg ein, der ihn bald zu einem kleinen, hübschen Cottage mit strohbedecktem Dach führte, das von Heckenrosen umwachsen war. Der junge Mann klopfte an der verwitterten Eisentüre. Von innen kam keine Antwort, doch als er noch einmal klopfte, tauchte aus dem Dunkel neben dem Haus eine große weiße Katze auf, die sich einige Meter von ihm entfernt auf den Weg setzte und ihm nicht ganz zu trauen schien.

Der junge Mann fluchte leise vor sich hin. Er war gerade dabei,

die Türe ein drittes Mal zu attackieren, als er endlich das Quietschen eines Riegels hörte, und kurz darauf stand eine sehr kleine alte Dame vor ihm, deren Nachthäubchen kaum an seinen Ellbogen reichte. Sie hatte eine Kerze in der Hand und hielt sie hoch, um sein Gesicht zu sehen.
»Mitten in der Nacht einfach hier einzudringen«, sagte sie streng und setzte offenbar einen Monolog fort, der schon lange begonnen hatte, bevor sie die Türe aufriegelte. »So etwas ist mir wirklich noch nicht vorgekommen. Was wollen Sie? Los, junger Mann, machen Sie Ihren Mund auf und starren Sie mich nicht an, als sei ich ein Gespenst! Wer sind Sie und was tun Sie –«
Doch plötzlich schien sie zu begreifen, denn ihre kleinen schwarzen Augen öffneten sich weit. »Master Gerald«, rief sie aus mit einer Stimme, die Generationen von Liddiards wohlbekannt war. »Master Gerald! Kommen Sie sofort herein! Und vergessen Sie nicht, Ihre Schuhe abzutreten!«
Der große junge Mann zögerte jedoch und folgte nicht ihrem Befehl.
»Es ist nicht Gerald. Es ist Richard«, sagte er. »Hat Miß Liddiard – Eugenia – Ihnen nicht gesagt –«
»Ich habe Miß Eugenia seit Monaten nicht gesehen«, raunzte Old Nan. »Und ich wäre Ihnen sehr dankbar, Master Gerald, wenn Sie Ihre dummen Späße nicht an mich verschwenden würden. Ich kenne Sie ja, und Sie sollten wissen, daß ich nicht darauf hereinfalle.«
Richard Liddiard blieb nun nichts anderes übrig, als seine Schuhe an der Matte abzutreten und einzutreten. Der kleine Vorraum, in dem er nun stand, wurde zwar durch das spärliche Licht der Kerze nur knapp beleuchtet, doch er konnte trotzdem das Glänzen von liebevoll poliertem Holz und Messing und einen makellos sauberen Ziegelboden erkennen. Die weiße Katze, die neben ihm ins Haus geschlüpft war, sprang mit einem Satz auf die Bank in der Kaminecke, rollte sich gemütlich zusammen und harrte der kommenden Ereignisse.
»Die Polizei hinter Ihnen her – wirklich eine schöne Schande für einen Gentleman!« schimpfte Old Nan vor sich hin, während sie die Kerze auf einen Tisch setzte und sich bemühte, die Tür wieder zu verriegeln. Richard kam ihr schnell zu Hilfe, und als er fertig war und sich umdrehte, bemerkte er, wie sie ihn mit offenem Mund anstarrte. »Oh«, sagte sie mit bebender

Stimme. »Oh, Sie sind nicht Master Gerald! Das kann unmöglich sein!«
»Nein, ich bin es auch nicht. Das habe ich ja bereits gesagt«, antwortete Richard sanft. »Doch weshalb sind Sie so sicher? Eugenia hat mir nicht geglaubt, als ich sagte, ich wäre nicht Gerald, und Lady Chandross hat nie den geringsten Zweifel gehabt.«
»Miß Eugenia«, sagte Old Nan geringschätzig, als sie sich von ihrem Schreck erholt hatte. »Die hat ihn ja auch nicht gekannt, als er noch in kurzen Hosen steckte. Aber ich! Master Gerald wäre nie auf den Gedanken gekommen, mir mit dieser Türe so zu helfen wie Sie.« Sie blickte ihn argwöhnisch an. »Und wer sind Sie, wenn ich fragen darf?«
»Ich habe es Ihnen bereits gesagt, ich bin Richard Liddiard«, sagte Richard, »der Sohn von Charles Liddiard.«
»Der Sohn von Mr. Charles! Aber –«
»Ich weiß, ich weiß. Charles Liddiard hat nie geheiratet, daher kann er keinen Sohn haben –«
Old Nan sagte beschwichtigend: »Nein, nein, keine Sorge, junger Mann! Ich erkenne einen Liddiard, wenn ich einen sehe. Sie sind Master Gerald so ähnlich wie ein Ei dem andern. Mit diesem wilden Gesicht, das Sie haben –«
»Nun, für mein Gesicht kann ich nichts, nicht wahr?« sagte Richard ungerührt. »Und ich sage Ihnen eins, Nannie – wenn ich könnte, würde ich es auf der Stelle austauschen. Denn wenn ich nicht wie Gerald Liddiard aussehen würde, wäre jetzt nicht die Polizei hinter mir her, und ich wäre nicht zu Ihnen gekommen.«
»Unsinn!« sagte Old Nan, hob die weiße Katze von der Bank und ließ sie auf den Kaminvorleger fallen, als ob sie sich damit erleichtern wollte. »Ihr seid doch alle gleich!« Sie stand vor ihm und blickte ihn eindringlich an. »Nicht ganz in Ordnung?« fragte sie. »Fieber?«
»Das habe ich hinter mir.«
»Ja, wahrscheinlich. Doch arm wie eine Kirchenmaus. Ich nehme an, Sie haben eine Woche nichts Richtiges gegessen. Warten Sie hier, ich komme gleich wieder.«
Sie humpelte davon, die Kerze in der Hand, und ließ ihn in der Dunkelheit zurück mitsamt der weißen Katze, die sich jetzt dazu entschlossen hatte, freundlich zu sein, und sich schmeichlerisch an seinen Beinen rieb. Es dauerte nicht lange,

und Nan kehrte zurück mit einem Teller, der bis an den Rand mit Taubenpastete gefüllt war, und sie stellte ihn einladend auf einen kleinen Tisch. Richard, dem die Kost im »Fighting Cock« wenig behagt hatte, war sofort bereit, der Einladung zu folgen, denn er hatte – da die Polizei sich in der Wirtschaft wieder einmal gezeigt hatte – tatsächlich lange nichts gegessen.
Während des Essens erzählte er Old Nan einiges aus seinem Leben und war erleichtert, als er merkte, daß ihre Loyalität den Liddiards gegenüber so groß war, daß sie auch mit ihm, der von der Familie nicht anerkannt wurde, keine Ausnahme machte. Sie sagte ihm, daß er so lange er wolle bei ihr im Cottage bleiben könne und daß er hier sicher sei, vorausgesetzt, die Polizei sei ihm nicht von London aus gefolgt. Sie jedenfalls wolle es mit jedem aufnehmen, der bei ihr den Versuch mache, herumzuschnüffeln – eine Feststellung, die er ihr sofort glaubte. Dann sagte sie streng, daß er nun leider auf der Bank schlafen müsse, holte eine Decke und ein Kissen für ihn und stieg dann mühsam wie ein Kind, jede Stufe einzeln nehmend, die Treppe hinauf zu ihrem Schlafzimmer.
Richard, der nun allein in dem kleinen Vorraum war – denn die weiße Katze war wieder hinausgelassen worden –, bemühte sich, seine langen Glieder so bequem wie möglich auf der Bank unterzubringen, und da er nicht geneigt war, sich mit den Problemen des nächsten Tages zu befassen, schlief er sehr rasch ein.
Jedoch schon nach kurzer Zeit wurde er durch ein vorsichtiges Klopfen an der Tür geweckt. Er setzte sich auf, warf die Decke beiseite und zog schnell seine Stiefel an. Das Klopfen wurde nun mit zunehmender Heftigkeit fortgesetzt, begleitet von einer tiefen, drängenden männlichen Stimme: »Nan! Nan! Wach auf! Ich bin's, Gerry!«
»Verdammt noch mal, ausgerechnet das mußte passieren«, dachte Richard.
Sofort war er an der Tür und schob den Riegel zurück. Dann öffnete er blitzschnell, stürzte sich auf die dunkle Gestalt, die davor stand, und zerrte sie in den Vorraum.
Gerald, der durch diese plötzliche und völlig unerwartete Attacke einen Moment lang verwirrt war, faßte sich schnell und wehrte sich verzweifelt, um sich aus der Gewalt seines unbekannten Angreifers zu befreien. Die beiden Männer waren gleich groß und gleich schwer, und obwohl Richard – wie Eu-

genia gerechterweise zugegeben hatte – wegen seiner Tätigkeit im Freien der Stärkere war, erwies es sich nicht als vergebens, daß Gerald in dem berühmten Boxing Saloon in der Bond Street bei Gentleman Jackson selbst die hohe Schule der Boxkunst erlernt hatte. Es entwickelte sich ein gigantischer Kampf, in dessen Verlauf die Stühle an die Wand flogen, die Bank mit einem heftigen Krach umstürzte und Fensterscheiben zerbarsten. Die Kämpfer waren so mit sich beschäftigt, daß sie nicht bemerkten, wie sich ein Kerzenlicht von der Treppe her langsam auf sie zubewegte. Erst als Gerald, von Richard mit kühnem Schwung zu Boden geworfen, einige Augenblicke ausgestreckt und halb benommen in der Kaminecke lag, wurde den beiden klargemacht, daß sie noch einen dritten Mitkämpfer hatten.

In diesem Moment nämlich spürte Richard das kräftige Klopfen eines Besenstiels an seinen Beinen und hörte eine schrille Stimme in seiner unmittelbaren Nähe.

»Ihr macht mir meine ganzen Möbel kaputt«, schrie die erboste Stimme, wobei sie jedes Wort mit einem kräftigen Schlag ihres Besens unterstrich. »Ihr verdammten, unnützen Schurken –«

Richard blickte zu ihr hinab und beruhigte sie. »Ich werd' schon alles wieder in Ordnung bringen, Nan«, sagte er sanft. »Aber lassen Sie das jetzt mal«, schlug er vor, wand ihr den Besen aus der Hand und lehnte ihn an die Wand. »Geben Sie mir lieber ein Stück Seil, damit ich diesen Burschen fesseln kann.«

Old Nan blickte ihn empört an, und die Bänder ihrer Nachthaube zitterten vor Empörung mit.

»Master Gerald fesseln!« rief sie. »Unglaublich! Wahrscheinlich haben Sie ihn schon getötet, Sie Unmensch! Und es geschieht ihm recht. Mitten in der Nacht in meinem Haus streiten und alles kaputtmachen!«

Sie beugte sich über Gerald, der sich jedoch bereits bewegte und seine Stirn rieb, an der sich eine bemerkenswerte Beule befand. Als sie sah, daß er noch am Leben war, wandte sie sich mißbilligend ab und ging daran, Stühle aufzustellen und Kissen an ihren alten Platz zu setzen, wobei sie auch die Reste einer ehemaligen Prachtvase entdeckte, die bei dem Streit in Scherben gegangen war. Als sie dann die Bank wieder aufrichten wollte, was jedoch über ihre Kraft ging, kam ihr Richard zu Hilfe. Gerald setzte sich auf.

»Zum Teufel!« brummte er, immer noch benommen, als er aufblickte und Richards Gesicht sah, das von der Kerze beleuchtet wurde. »Sie sind Eugenias Richard?«
»Ich bin Richard Liddiard – ja«, sagte Richard grimmig und blickte ihn an. »Und Sie und ich, Mr. Gerald Liddiard, werden nun gemeinsam eine hübsche Reise zur Polizei in der Bow Street unternehmen –«
»Seien Sie nicht so dumm, Mensch!« sagte Gerald, der immer noch seinen Kopf hielt. »Ich habe doch diesen verdammten Kutscher gar nicht umgebracht – es war Will MacGoff. Das habe ich Eugenia heute abend bereits beigebracht.« Er erhob sich schwankend. »Nan, haben Sie nicht irgendwo einen Tropfen Brandy? Ich habe rasende Kopfschmerzen«, klagte er.
»Geschieht Ihnen recht«, sagte Old Nan schadenfroh. »Und ich wünschte, er hätte sie auch. Unglaublich! In meinem Haus einen Streit anzufangen!«
Sie schlurfte in Richtung Küche davon, und Gerald, der sich auf die Bank hatte fallen lassen, sagte in grimmiger Bewunderung zu Richard: »Sie haben mir einen rechten Haken versetzt, nicht wahr? Ich bin in schlechter Kondition, sonst hätte ich Ihnen mehr geboten. Wahrscheinlich zuviel Schnaps getrunken in der letzten Zeit. Doch leider«, fügte er hinzu, »sind Sie auf der falschen Fährte, wenn Sie meinen, daß ich Barnstaples Kutscher eine Kugel in den Kopf gejagt habe. Ein Bekannter, MacGoff, hat sich meine Stute und meinen Mantel genommen und die Kutsche überfallen. Er hatte natürlich eine Maske vor dem Gesicht, und daher hat Barnstaple ihn mit mir verwechselt. Verdammt blöder Irrtum, aber so ist es nun mal.«
Richard blickte ihn zweifelnd an. »Wer ist dieser MacGoff?« fragte er.
»Will MacGoff«, sagte Old Nan, bevor Gerald eine Antwort geben konnte. Sie stand mit einem Becher in der Hand in der Tür. »Captain Will MacGoff«, wiederholte sie zornig. »Ein schöner Captain ist mir das! Ein übler Kerl, den Mr. Walter nie leiden konnte. Wenn das die Gesellschaft ist, in der Sie sich befinden, Master Gerald, dann ist es kein Wunder, wenn Sie nun in der Klemme sitzen.«
Gerald nahm den Brandy dankend entgegen und schüttete ihn mit einem Satz hinunter.
»Ach was, es hat keinen Sinn, jetzt darüber nachzudenken«, sagte er. »Wichtiger wäre es, an den Kerl heranzukommen und

irgendwie die Wahrheit aus ihm herauszupressen.« Er blickte Richard vorwurfsvoll an, der immer noch drohend vor ihm stand. »Übrigens bin ich heute bei Lassiters Maskerade aufgekreuzt und konnte ein paar Worte mit Eugenia sprechen. Sie hat mir von Ihrem kleinen Spielchen berichtet. Ich muß gestehen, dazu gehört eine Menge Dreistigkeit, einfach in Mere zu erscheinen und so zu tun, als wären Sie ich. Sie können mir wirklich nicht den Vorwurf machen, daß ich Sie in diese Geschichte hineingezogen habe.«

»Nein, wahrscheinlich nicht«, gab Richard zu. »Doch wenn Sie diesen Kutscher erschossen haben –«

»Ich erklärte Ihnen doch, ich habe ihn nicht erschossen«, sagte Gerald ungeduldig. »Wenn Sie wissen wollen, wo ich in jener Nacht war: ich war in einem Wirtshaus in der Nähe von Hounslow und habe geschlafen. Ich war ein bißchen blau, und daher hat sich MacGoff meine Stute und meinen Mantel nehmen können und ist mit seinem Burschen hinter Barnstaple hergeritten. Der Kerl hatte seine Karten gezinkt und hat uns Geld abgenommen, das MacGoff sich zurückholen wollte. Und ich habe nichts davon gewußt, bis ich am nächsten Morgen in die Gaststube kam und jeder dort erzählte, daß Barnstaple den Mann, der seinen verdammten Kutscher erschoß, als Gerald Liddiard identifiziert hatte. Zum Glück wußte dort niemand, daß ich dieser Gerald Liddiard bin, und so konnte ich mich leise aus dem Staub machen. Natürlich kann ich nicht beweisen, daß ich das Zimmer dort nachts nicht verlassen habe –«

»Ein dummer Tor sind Sie, Master Gerald, und waren es immer«, schimpfte Old Nan. »Doch Sie kommen jetzt besser mit mir in die Küche, damit ich mich um Ihren Kopf kümmern kann. Sie bluten ja! Wir werden etwas englisches Pflaster brauchen.«

Sie zerrte ihn mit sich in die Küche, und Richard, der nun allein war, setzte sich nieder, um darüber nachzudenken, was zu tun war. Sein Ziel – Gerald Liddiard zu stellen – hatte er erreicht. Doch wie konnte er Gerald der Polizei übergeben, da er ja – vorausgesetzt, er sagte die Wahrheit – unschuldig war?

Es war wirklich eine teuflische Situation, denn im Grunde war er geneigt, Geralds Erzählung zu glauben. In der Bow Street würde man ihm sicher keinen Glauben schenken, doch dort hatte man auch nicht gesehen, wie Old Nan Geralds Bericht

aufgenommen hatte. Wenn Gerald gelogen hätte, so wäre Old Nan die erste gewesen, es zu merken, doch sie hatte seine Erzählung ohne den geringsten Zweifel akzeptiert.
Richard seufzte verzweifelt. Es gab also keine andere Möglichkeit, als sich auf die Suche nach einem Mann zu machen, von dessen Existenz er bis vor wenigen Minuten nichts gewußt hatte. Er fragte sich, was man in der Bow Street tun würde, wenn sie beide einträchtig dort erschienen und den Beamten die Entscheidung überließen, wer Gerald Liddiard war. Sie konnten ja nicht zwei Männer wegen eines Verbrechens festnehmen, das nur einer begangen hatte. Eine verlockende Lösung, die manches für sich hatte, doch wäre es auf die Dauer nicht die richtige Lösung des Problems. Nein, irgendwie mußte er es zuwege bringen, Will MacGoff zu finden, und Gerald Liddiard mußte ihm einen Hinweis geben, wo er im Augenblick stecken könnte.

10

Am nächsten Morgen – bei Schinken, Ei und Toast in Old Nans Küche – wurde gemeinsam besprochen, wie man Captain MacGoff am besten finden könne. Während Gerald und Richard beisammensaßen, kam auch Eugenia an, die in Grosvenor Square ein ungewohnt frühes Frühstück eingenommen hatte. Sie war erwartet worden, denn Gerald hatte den anderen schon gesagt, daß sie ihrer alten Nurse an diesem Morgen einen Besuch machen wollte. Eugenia allerdings war sehr überrascht, als sie Richard dort vorfand, zumal er sein Frühstück in Gegenwart eines Mannes offenbar genoß, den er doch der Polizei hatte ausliefern wollen.

»Richard! Was machen Sie denn hier?« rief sie aus und wandte sich dann, noch ehe die Antwort gekommen war, mit banger Stimme an Gerald. »Wird er dich der Polizei übergeben?« fragte sie. »Und was ist mit deinem Kopf geschehen?«

»Immer der Reihe nach«, sagte Richard gelassen. »Erstens bin ich hier, weil die Polizei gestern abend noch einmal im ›Fighting Cock‹ erschienen ist. Zweitens habe ich im Augenblick nicht die Absicht, Ihren Vetter –«

»Und ebenso Ihren!« warf Gerald grinsend ein.

»– der Polizei zu übergeben. Und drittens ziert dieses englische Pflaster seinen Kopf, weil wir bei seiner Ankunft eine kleine Meinungsverschiedenheit hatten.«

»Eine kleine Meinungsverschiedenheit!« sagte Old Nan erbost. »Das würde ich anders bezeichnen, Miß Eugenia! Sie haben mir das halbe Haus kaputtgeschlagen und auch die schöne grün-gelbe Vase nicht verschont, die Minchinton mir von Yarmouth mitgebracht hat. Ganz abgesehen davon, daß Master Gerald ein gewaltiges Loch im Kopf hat.« Sie musterte, während sie dies sagte, mit grollender Bewunderung Eugenias elegantes Kleid aus mandelgrünem Musselin und ihren hübschen Stadthut. »Ich fürchte, Sie sind nun eine zu feine Dame, um in meiner Küche Platz zu nehmen«, sagte sie. »Es ist genügend Schinken da und eine Menge gebutterter Toast.«

»O ja, bitte, Nan«, sagte Eugenia glücklich. »Ich habe zwar in Grosvenor Square schon mein Frühstück gehabt, und es ist jetzt Mode, dünn zu sein. Man wird verächtlich angesehen, wenn man richtig ißt und nicht nur damenhaft am Essen nippt.«

»Wenn Sie noch dünner wären, würden Sie wegfliegen«, erklärte Old Nan zornig. »Ich kann Leute nicht leiden, die einem Mädchen, das noch wächst, ein anständiges Essen verübeln.«

»Nun, wachsen werde ich wahrscheinlich nicht mehr, aber ich würde doch sehr gern etwas von dem Schinken haben«, sagte Eugenia und setzte sich zwischen Gerald und Richard auf einen Stuhl, während Old Nan ihren Teller mit köstlichen Dingen füllte. Sie wandte sich an Gerald. »Es tut mir leid wegen deinem Kopf, doch ich habe dir ja gesagt, daß Richard sehr stark ist«, sagte sie ernst. »Und es tut mir auch leid, daß ich keine guten Nachrichten für dich habe, was Cecil betrifft. Ich habe gestern nacht, als wir von der Maskerade nach Grosvenor Square zurückfuhren, versucht, ganz vorsichtig die Sprache auf dich zu bringen. Ich habe nur gesagt, daß ich mit jemandem gesprochen habe, der dich in London gesehen zu haben glaubt. Und alles, was Cecil gesagt hat, war, daß es viel besser wäre, wenn man dich bald festnehmen würde, damit endlich das ganze Gerede um dich aufhöre und die ganze Geschichte in Vergessenheit geriete. Als ich sagte, daß er dir vielleicht dabei helfen könnte, ins Ausland zu kommen, falls man dich fände, sagte er, daß er das bestimmt nicht tun werde. Dann würdest du nämlich nur wieder zurückkommen und etwas noch Schlimmeres tun, obwohl ich wirklich nicht weiß, was noch schlimmer sein könnte als ein Mord. Doch er war in sehr kritischer Stimmung, daher habe ich mir gedacht, es sei besser, das Thema nicht weiter zu behandeln, wenigstens im Augenblick.«

»Um Gottes willen, bloß nicht!« sagte Gerald heftig. »Wenn der in der geeigneten Stimmung ist, wird er mich noch selbst der Polizei ausliefern. Wir werden ohne ihn auskommen müssen, das ist mir klar. Weißt du irgendeinen Weg, wie Richard und ich nach Kent kommen können, ohne daß uns unterwegs jemand sieht?« fragte er.

»Nein«, sagte Eugenia und nahm sich ein gebuttertes Stück Toast. »Wirklich nicht, da ihr beide zu groß seid, um in einer Hutschachtel Platz zu haben oder sogar in einem Koffer. Doch wenn dir etwas einfällt, würde ich gern mit nach Kent kommen und selbst auf die Suche nach Captain MacGoff gehen. Denn Gussie wird allmählich sehr lästig mit diesem Perry Walford, der mich unbedingt heiraten soll. Oh«, unterbrach sie sich, und ihre Augen begannen plötzlich zu glänzen. »Das heißt – das heißt, es könnte immerhin eine Möglichkeit geben! Ich meine, eine Möglichkeit für uns alle drei. Natürlich müßte ich dabei Muffets Hilfe haben. Aber niemand wird auf die Idee kommen, sich Lakaien genauer anzusehen, nicht? Ich meine, man würde nur denken, daß ihr beide euch ähnlich seht. Und wenn man nach einem Verbrecher sucht, wird man nicht erwarten, zwei zu finden, nicht wahr?«

Richard und Gerald blickten sich an.

»Haben Sie die geringste Ahnung«, fragte Richard, »was sie meinen könnte?«

»Nicht die allergeringste«, sagte Gerald vergnügt. »Ich habe fast den Eindruck, sie plant eine weitere Maskerade, bei der wir beide als Lakaien auftreten sollen. Aber weswegen Muffet?« fragte er Eugenia. »Ich nehme an, du meinst die junge Miß Rowntree?«

»Ja. Ich möchte dir mitteilen, daß ich Tom Rowntree heiraten werde«, sagte Eugenia. »Das heißt, ich werde es tun, wenn es mir gelingt, nach Kent zu kommen, um es ihm zu sagen.«

»Es ihm zu sagen?« wiederholte Gerald ungläubig.

»Ja«, sagte Richard und blickte seinen Vetter bedeutungsvoll an. »Sie müssen nämlich wissen, daß Miß Liddiard es für unfair hält, wenn wir immer diejenigen sind, die zuerst einen Antrag machen.«

»Nur nicht so überheblich«, sagte Eugenia gelassen. »Und sagen Sie bitte ›Eugenia‹ zu mir.« Sie blickte ihre beiden Vettern an, die beiden gutgeschnittenen Gesichter mit den dunklen Brauen, die sich in ihren Zügen so ähnlich waren, jedoch in ihrem Ausdruck so verschieden. »Es ist eine phantastische Idee«, sagte sie. »Vor allem dann, wenn ich erst mal alles bis zum Ende durchdacht habe. Wenn ich nämlich Gussie und Cecil sage, daß Tom mir einen Antrag machen will, aber im Augenblick nicht von zu Hause wegkann, dann werden sie mir sicher anbieten, mich zu Besuch nach Kent zu schicken. Dann kann

Haggart die angemessenen Livreen für euch besorgen, und ihr könnt beide als Lakaien mitkommen.«
Richard und Gerald blickten einander wieder an.
»Ich kann«, sagte Richard nach einer Weile nachdenklich, »mindestens sechs entscheidende Haken in diesem Plan entdecken. Soll ich sie Ihnen nennen? Erstens sind Sie gar nicht eingeladen worden, die Rowntrees zu besuchen –«
»Oh, das spielt keine Rolle. Ich kann ja sagen, daß Mrs. Rowntree mir geschrieben hat und daß ich den Brief verlegt habe. Und Mrs. Rowntree wird gar nichts dagegen haben, wenn ich komme. Sie mag mich nämlich sehr gern.«
»Glauben Sie nicht«, sagte Richard, »daß es ziemlich schwierig sein wird, ihr klarzumachen, weshalb Sie mitten in der Gesellschaftssaison vor ihrer Tür erscheinen, wo sie doch eigentlich in London sein sollten?«
»Ach, daran habe ich noch nicht gedacht«, gab Eugenia zu. »Doch ich nehme an, es wird mir – oder Muffet – unterwegs schon etwas einfallen, bevor wir dort ankommen. Muffet war immer sehr gut in Ausreden, obwohl man es ihr gar nicht ansieht.«
»Oh«, sagte Richard höflich. »Miß Rowntree wird Sie also begleiten?«
»Aber natürlich! Ohne Muffet könnte ich gar nichts anfangen«, sagte Eugenia, nachdem sie noch einmal herzhaft von ihrem Stück Toast abgebissen hatte. »Wenn ich versuchen würde, allein zu fahren, würde man mir ja Trimmer aufzwingen, und dann hätte alles keinen Zweck. Doch wenn Muffet auch mitkommt, kann sie ihrer Tante sagen, daß Gussie mir Trimmer mitgibt, und ich kann Gussie sagen, daß Muffet von Mrs. Lightons Zofe begleitet wird. Und so wird es uns gelingen, mit keiner von beiden zu reisen.«
Sie blickte triumphierend von Richard zu Gerald, die als echte Männer jedem Plan mißtrauten, den sie nicht selbst ausgedacht hatten.
»Das letzte Mal, als ich einem Ihrer gutgemeinten Ratschläge folgte, Miß Liddiard – Verzeihung, Eugenia«, sagte Richard, »endete es damit, daß ich von der Polizei wegen Mordes gesucht wurde. Sie können sich daher denken, daß ich diesmal nicht ganz so begeistert einstimme. Wenn ich Ihnen dann noch einige andere undichte Stellen in Ihrem Plan nennen darf? Was wird zum Beispiel der Kutscher von Lady Chan-

dross denken, wenn ihm zwei Lakaien beigegeben werden, die er noch nie gesehen hat?«
»Aber es wird doch nicht der Kutscher sein, es wird Haggart sein«, sagte Eugenia, die diesem Einwand ebenso erfindungsreich begegnete wie dem anderen zuvor. »Ich werde Gussie fragen, ob er nicht die Kutsche statt Suggs fahren kann oder statt uns in der Postkutsche reisen zu lassen, da er unbedingt seine Schwester in Kent besuchen muß, die sehr krank ist –«
»Hat Haggart überhaupt eine Schwester – krank oder nicht krank?« fragte Richard unerbittlich.
»Nein«, sagte Eugenia. »Doch das weiß Gussie nicht.«
Sie blickte ihn etwas schuldbewußt an. Gerald brach in schallendes Gelächter aus.
»All die Dinge, die Gussie nicht weiß und nicht wissen soll«, sagte er. »Du hast wirklich Fortschritte gemacht, seit ich dich zum letzten Mal gesehen habe, Mädchen! Wieviele Flirts sind denn bei dir im Gange, von denen Gussie auch nichts weiß?«
»Überhaupt keine«, sagte Eugenia indigniert. »Und damit hat es auch nichts zu tun. Jetzt geht es wirklich um Leben oder Tod.« Sie blickte ihn argwöhnisch an. »Soll das heißen, daß du es nicht tun willst?« fragte sie. »Mein liebes Cousinchen«, sagte Gerald. »Ich würde es auf der Stelle tun, wenn ich der Ansicht wäre, daß wir es durchführen könnten. Doch –«
»Ihr würdet euch beide sehr gut als Lakaien eignen«, sagte Eugenia ermunternd. »Ihr habt genau die richtige Größe. Gussie ist doch so snobistisch, daß sie sich einen Lakaien unter eins achtzig niemals zulegen würde. Daher würden euch die Livreen der Chandross-Lakaien sicher passen. James muß allerdings, glaube ich, seine Waden wattieren, doch ihr werdet vielleicht –«
Sie blickte die beiden jungen Männer fragend an.
»Wofür hältst du uns eigentlich?« sagte Gerald leicht gekränkt. »Wir haben doch keine Storchenbeine! Sicher kann ich wie jeder andere ein Paar weiße Seidenstrümpfe ausfüllen, und was Richard betrifft, so wird er bei seinen Boxkünsten bestimmt auch überall die notwendigen Muskeln aufzuweisen haben!«
»Vielen Dank!« sagte Richard leicht sarkastisch. »Und vielleicht können Sie oder Eugenia mir nun sagen, was mit diesen bemerkenswerten Zwillingslakaien geschehen wird, wenn sie nach Kent kommen, wo ja ihre Gesichter außerordentlich gut bekannt sein dürften –«

»Nun, daran habe ich noch nicht gedacht«, gestand Gerald. »Dort können wir natürlich nicht als Lakaien erscheinen, das ist klar.«

Er blickte Eugenia an, die gerade mit ihrem Toast und Schinken fertig geworden war und die beiden Männer stirnrunzelnd anblickte, das Kinn in die Hand gestützt. Die weiße Katze zeigte sich plötzlich im offenen Flügelfenster, sprang mit einem anmutigen Satz auf den Boden und setzte sich neben sie, wobei sie erwartungsvoll zu den Fleischresten auf dem Teller hochblickte. Eugenia begann sie geistesabwesend zu füttern. Auf einmal hörte sie damit auf, und ihre Augen blitzten triumphierend.

»Lady B.!« verkündete sie.

»Was?« fragten Gerald und Richard gleichzeitig.

»Lady Brassborough«, erklärte Eugenia ungeduldig. »Gerald, du mußt zugeben, daß sie genau die Richtige wäre. Niemand besucht Dower House – jedenfalls kein Mensch, der einen guten Ruf hat –, und ihre Angestellten sprechen kein Englisch. Und da sie so alt wie Methusalem ist und nie ins Dorf kommt –«

Sie blickte Gerald hoffnungsvoll an, der ihre Worte zu überlegen schien.

»Du meinst, sie würde uns aufnehmen – wie?« fragte er nach einer Weile.

»Sicher würde sie das tun. Sie wäre hingerissen! Du weißt, sie hat dich immer gern gehabt – und mich auch.« Sie blickte zu Old Nan hinüber und sagte vergnügt blinzelnd: »Ich weiß nicht, wie oft der arme Papa von Old Nan ausgeschimpft wurde, weil er mir erlauben wollte, Dower House zu besuchen.«

Old Nan hob ihre Nase in die Luft und sagte gekränkt: »Meine Sache war es ja nicht, Mr. Walter zu sagen, wie er Sie zu erziehen hatte. Doch für meine Begriffe ist es unglaublich, ein sittsames junges Mädchen den Fängen einer anrüchigen Frau auszuliefern –«

»Oh, Nan! Lady B. ist keine anrüchige Frau. Jedenfalls nicht mehr, seit sie Lord Brassborough geheiratet hat, und der ist seit zwölf Jahren tot.«

»Doch bevor sie ihn geheiratet hat, war sie beim Theater«, sagte Old Nan verächtlich. »Und hat dort ihre Beine gezeigt, nach allem, was man hört.«

Gerald sagte grinsend: »Und sicher waren das zwei prachtvolle Beine, obwohl sie seitdem natürlich allerhand Gewicht zugelegt hat.« Er blickte Eugenia an. »Ja, das könnte klappen«, gab er zu. »So etwas könnte ihr Spaß machen. Und du hast ganz recht, bei ihr werden wir sicher sein. Keiner der Angestellten wird im Dorf herumklatschen.«

Eugenia wandte sich an Richard. »Wahrscheinlich sollte ich Ihnen erklären, daß wir von der Witwe Lady Brassborough reden, die in ihren jungen Jahren beim Theater war. Vielleicht haben Sie sogar von ihr gehört – Meg Morvin? Jetzt lebt sie ganz in der Nähe des Gutshauses und hat nur französische Angestellte, weil sie und Lord Brassborough immer im Ausland gelebt haben. Als er starb, kam sie zurück, um in Dower House zu leben und um die jetzige Lady Spite zu ärgern, wie sie sagt, die eine fürchterlich eingebildete Person ist –«

Sie legte eine Pause ein, weil sie ziemlich atemlos geworden war, und blickte ihn aufgeregt an.

»Ich glaube«, bemerkte Richard im Plauderton, »daß ihr beide verrückt geworden seid. Wenn ich bedenke, daß ich früher immer die Bekanntschaft meiner vornehmen Verwandten machen wollte –«

»Oh, Eugenia und ich sind nicht vornehm«, erklärte Gerald gemütlich. »Das ist nur Cecil, und dessen Bekanntschaft sollten Sie gar nicht erst machen, denn mit dem können Sie sicher nichts anfangen. Und ich kann nicht verstehen, weshalb Sie meinen, wir hätten nicht alle Tassen im Schrank, denn ein tolleres Ding, als Sie in Mere gedreht haben, gibt es ja gar nicht. Was wir jetzt vorhaben, ist nicht halb so schlimm. Wir werden in Dower House so sicher sein wie in Abrahams Schoß, und von dort aus können wir beide diesen schurkischen MacGoff ausfindig machen und dafür sorgen, daß er seinen gerechten Lohn bekommt.«

Er und Eugenia gingen nun daran, den Plan weiter auszuarbeiten, damit sie ihn so bald wie möglich in die Praxis umsetzen konnten. Richard jedoch, der von der gemütlichen kleinen Küche aus auf die blühenden Büsche und Hecken blickte, hing seinen Gedanken nach. Als er die beiden beobachtete, wurde ihm bewußt, daß sie noch Kinder waren, obwohl Gerald sicher nicht jünger war als er selbst und Eugenia ihre eigene Art von Weisheit hatte und eine Lebenspraxis, die ihrem Alter nicht entsprach.

Doch er selbst hatte einmal einen Mann am Galgen sterben sehen, einen Mann, den er gekannt hatte und mit dem er in Irland zusammengearbeitet hatte. Was für ihn und Gerald Liddiard am Ende bei dieser Angelegenheit herauskommen konnte, war kein Kinderspiel, über das man am Schluß nur lachte.

Er sah, wie Eugenia ihn plötzlich anblickte, da sie zu bemerken schien, wie nachdenklich er war.

»Richard«, sagte sie ernst. »Sie werden es doch tun, nicht wahr? Wirklich, es ist alles ganz ungefährlich. Ich würde es Ihnen wirklich nicht vorschlagen, wenn es nicht so wäre!«

»Ganz ungefährlich«, dachte er sich. Eine abscheuliche Maskerade, deren Erfolg von ihrer Kühnheit abhing. Und das gemeinsam mit zwei Schulmädchen und einem leichtsinnigen jungen Tunichtgut.

Doch es war der einzige Weg, der ihm offenstand. Er konnte sich nicht ständig in Old Nans Cottage verstecken, und er wollte es auch nicht Gerald Liddiard überlassen, die Wahrheit über jene Nacht an der Bath Road allein an die Öffentlichkeit zu bringen. Sicher war dies nun auch seine Aufgabe, da er in Mere die Rolle Geralds gespielt hatte.

»Also gut«, sagte er ruhig – ebenso ruhig wie in Thatcham im »King's Head«, als ihm ein anderer und ebenso riskanter Vorschlag gemacht worden war. »Ich bin dabei.« Und er sah, wie ihre Augen erleichtert und erregt zu leuchten begannen.

»Oh, Richard, ich bin so froh!« sagte Eugenia. »Ich bin fest davon überzeugt, daß alles wunderbar klappen wird.«

Gerald sagte: »Famos!« und Old Nan, die wie immer ihre Mißbilligung zu erkennen gab, jedoch zugleich praktisch dachte, fragte, ob irgend jemand noch Schinken oder Toast wolle.

11

Es sollte sich jedoch zeigen, daß Eugenia bezüglich der Durchführung ihrer Pläne allzu optimistisch gewesen war. Als sie Old Nans Cottage verlassen und den Kutscher angewiesen hatte, sie in die Green Street und nicht direkt zurück zum Grosvenor Square zu fahren, konnte sie sich kurz darauf mit Muffet besprechen und war alles andere als zufrieden mit deren Reaktion. Es zeigte sich nämlich, daß ihre Freundin trotz aller Loyalität die größten Bedenken hatte.

Sie erklärte Eugenia eindringlich, daß man so etwas niemals machen könne, und was solle sie denn um alles in der Welt ihrer Mama sagen, wenn sie beide so unerwartet in Kent ankämen?

»Ich kann ihr doch nicht sagen, daß du gekommen bist, weil Tom dich heiraten will«, sagte sie aufgebracht, »denn vielleicht will er es gar nicht. Er wäre sehr böse mit mir, wenn ich ihm sagen würde, er solle es tun! Und überlege dir doch mal, in welche Situation ich ihn damit brächte. Er würde ja gezwungen sein, dir einen Antrag zu machen!«

»Unsinn!« sagte Eugenia ungeduldig. »Natürlich brauchst du deiner Mama gar nicht zu sagen, daß Tom mich heiraten will. Das werde ich nur Gussie sagen müssen, damit sie mir erlaubt, nach Kent zu fahren. Du hast nichts anderes zu tun, als ihr zu schreiben, daß wir durch all unsere Verpflichtungen hier in London völlig erledigt sind und daß Gussie es für eine gute Idee hält, wenn wir eine oder zwei Wochen ruhig auf dem Land verbringen.«

»Aber Tante Lizzie wird das nicht wollen! Was soll ich ihr denn sagen?«

»Sag ihr, daß Gussie mich für erholungsbedürftig hält und daß du mich zu einem Besuch im Gutshaus eingeladen hast. Doch du mußt ihr unbedingt auch sagen«, fügte Eugenia welterfahren hinzu, »daß Lord Chandross uns in seiner Kutsche hinbringen lassen will. Sie hat doch eine große Vorliebe für Wappen, nicht wahr?«

Muffet gab unwillig zu, daß Mrs. Lighton sicher mit allem einverstanden war, wenn die Chance bestand, daß sie und ihre Nichte in die Kreise des Hochadels eingeführt würden. Sie war jedoch immer noch voller Zweifel, ob sie dieses gewaltige Täuschungsmanöver durchführen könne, so daß Eugenia ihr schließlich versprach, daß sie selbst Mrs. Lighton und auch Gussie von der Einladung ins Gutshaus und einem verlegten Brief berichten würde.

Für eine junge Dame, die sich als schlechte Lügnerin bezeichnet hatte, geriet sie nun allerdings in beträchtliche Schwierigkeiten, doch sie tröstete sich damit, daß alles zu einem guten Zweck geschähe und sie es nur als Rolle auffassen müsse, wie damals, als sie Richard nach Mere brachte.

Sie fuhr also zurück zum Grosvenor Square – in die Höhle des Löwen.

Die Höhle des Löwen erwies sich als Gussies Schlafzimmer, denn Lady Chandross war eine notorische Spätaufsteherin und gerade dabei, ihr Schokoladenfrühstück inmitten ihrer weichen Kissen und rosa Seidendraperien zu beenden. Sie war nicht in allerbester Stimmung, denn sie hatte gerade die Einladung zu einer sehr verlockenden Party bei einer besonders indiskreten Dame der Gesellschaft bekommen, die sie gern angenommen hätte, zu der sie Eugenia jedoch nicht mitnehmen konnte. Als Eugenia ihr Schlafzimmer betrat, gab sie sich gerade den trübsinnigsten Vorstellungen von weiteren langweiligen Monaten hin, die sie mit ihrer heiratsunwilligen Nichte verbringen mußte, und dabei zeigte sich eine unmutige Falte zwischen ihren Brauen. Eugenia hätte tatsächlich keinen besseren Moment wählen können, um ihr von Toms angeblichen Heiratsabsichten zu berichten.

»Der junge Rowntree!« Eugenia konnte, als sie ihre Rede beendet hatte, förmlich sehen, welche Gedanken nun durch Gussies Kopf jagten: »Zwar keine besonders glänzende Partie, jedoch immerhin eine angemessene. Ein beträchtlicher Besitz, soviel ich gehört habe, und er ist der einzige Sohn. Natürlich ist er wahrscheinlich ein fürchterlicher Bauerntölpel, doch man muß die beiden ja nicht oft in Mere haben. Ich kann mir nicht denken, daß Cecil etwas dagegen haben wird – nicht, wenn er sich davon überzeugt hat, wie dieses Mädchen jede

Chance, die wir ihr geboten haben, in den Wind geschlagen hat.«
Laut sagte Gussie jedoch nur: »Gut, meine Liebe. Aber wie gerissen du doch bist! Deshalb hast du jedem anderen Bewerber, den ich dir angeboten habe, die kalte Schulter gezeigt. Ist er ein gutaussehender Junge, dein Tom?«
Eugenia, die nie darüber nachgedacht hatte, da Tom für sie eben Tom war, den sie schon kannte, als sie ihre ersten Schritte tat, sagte nach einer Weile, daß er es wahrscheinlich sei.
Gussie lachte. »Nun, du scheinst mir aber gar nicht so begeistert zu sein«, sagte sie. »Jedenfalls nicht wie ein Mädchen, das bis über beide Ohren verliebt ist.«
Eugenia beeilte sich zu sagen, daß sie Tom sehr gern habe, doch zur gleichen Zeit regte sich ein ziemlich ungemütliches Gefühl der Ungewißheit in ihr – es war ein ungewohntes Gefühl, denn sie war es nicht gewohnt, ihre eigenen Entscheidungen anzuzweifeln. In einigen Tagen würde sie – wenn alles wie geplant verliefe – in Kent sein und konnte Tom sagen, welche Vorteile es für sie beide haben würde, miteinander verheiratet zu sein. Er würde ihr sicher zustimmen, und dann würde eine Nachricht an die »Morning Post« geschickt werden, was eine unaufhörliche Folge von Ereignissen auslösen würde, die alle schließlich bei ihr als Mrs. Thomas Rowntree endeten. Das war es dann genau, was sie gewünscht und geplant hatte.
Weshalb also auf einmal dieses unangenehme, unsichere Gefühl?
Sie verwies diese Gedanken jedoch vorläufig noch in den hintersten Winkel ihres Gemüts und fuhr in ihren Unterhandlungen mit Gussie fort, die zu einem außerordentlich befriedigenden Ende führten. Dann besuchte sie Haggart in seiner Löwenhöhle – den Stallungen – und informierte ihn über die Rolle, die er bei der Flucht nach Kent zu spielen habe. Wie zu erwarten gewesen war, zeigte er sich entrüstet und erteilte ihr eine ernste Lektion über die Unziemlichkeit, sich in so eine Angelegenheit zu verwickeln. Schließlich erklärte er sich jedoch, wenn auch nur grollend, damit einverstanden, seine Rolle zu spielen.
Nun blieb nur noch Mrs. Lighton übrig, mit der man fertig zu werden hatte, und dies zeigte sich unerwarteterweise als schwierigster Teil. Trotz aller Vorliebe für adelige Wappen war sie nicht geneigt, Muffet so ohne weiteres aus London zu ent-

lassen – just in dem Moment, wo sie auf dem besten Wege war, unter die Haube zu kommen.
»Sie haben sicherlich bemerkt, meine Liebe«, sagte sie, »daß Mr. Blenkinsopp sich außerordentlich aufmerksam ihr gegenüber zeigt, und es ist niemals dienlich, so lange zu warten, bis ein Gentleman vielleicht kalte Füße bekommt. Eine Abwesenheit von einer oder zwei Wochen kann sich als außerordentlich fatal erweisen – so begehrt, wie er ist.«
Eugenia, die genau wußte, daß Muffet nicht die geringste Neigung für Mr. Blenkinsopp verspürte – ein grünes Bürschchen, das zwar einen bemerkenswerten Besitz in Derbyshire zu erwarten hatte, sonst jedoch nichts aufweisen konnte, was ihn einer jungen Dame empfahl –, überkam eine Erleuchtung, und sie wiederholte ein Gerücht, das sie von Gussie gehört hatte. Der junge Blenkinsopp, so sagte sie, habe sich offenbar allzuweit in die Londoner Spielhöllen vorgewagt und werde nun von seinem erbosten Papa nach Derbyshire zurückkommandiert.
Mrs. Lighton, die von dieser Neuigkeit offensichtlich beeindruckt war, äußerte sofort, daß man sich dann eben auf Mr. Fincher konzentrieren müsse, der zwar ein Witwer sei und etwas alt für die liebe Amelia, jedoch insgesamt keine schlechte Wahl darstelle.
Zum Glück zeigte sich aber, daß Mr. Fincher London unerwarteterweise aus geschäftlichen Gründen verlassen mußte und erst in vierzehn Tagen zurückerwartet wurde. So bekam Muffet die Erlaubnis, eine Weile die Hauptstadt zu verlassen und ihrem Heim in Kent einen kurzen Besuch abzustatten. Eugenia und Muffet feierten ihren Triumph mit einem improvisierten Walzer in der oberen Halle des Hauses in der Green Street und machten sich dann an die Arbeit, um die notwendigen Briefe zu schreiben. Muffet informierte ihre Mama kurz über ihre bevorstehende Ankunft, und Eugenia sandte einen etwas längeren und ziemlich geheimnisvollen Brief an Lady Brassborough und bat sie um Hilfe in einer Sache, bei der es um Leben oder Tod ging. Gleichzeitig bat sie darum, »zwei unschuldige Opfer widriger Umstände« in ihrem Haus unterbringen zu dürfen.
Inzwischen wurden die beiden Opfer widriger Umstände durch Haggart davon in Kenntnis gesetzt, sich bereitzuhalten, da am frühen Montagmorgen die Abreise nach Kent geplant sei. Falls sie bezüglich des Plans doch noch ihre Zweifel hatten,

so konnte man es ihnen jedenfalls nicht ansehen. Zwei prächtige Gestalten in der rot-silbernen Livree des Hauses Chandross – von Haggart zuvor geliefert – verließen Old Nans Cottage, wobei der eine, Gerald, vor sich hin grinste und der andere, Richard, seine übliche Gelassenheit zur Schau trug. Nach einigen kurzen Worten mit Eugenia nahmen sie ihre Plätze hinten auf der Kutsche ein, und fort ging die Fahrt nach Kent bei herrlichstem Sonnenschein.

Während der ersten Stunde hatte Eugenia ständig das Gefühl, daß die Kutsche zweimal so groß und auffallend war wie sonst und daß die Leute auf der Straße sie besonders aufmerksam anblickten. Es schien ihr, als hätte man Gerald und Richard genausogut ein Plakat umhängen können, auf dem sie steckbrieflich gesucht wurden. Mit der Zeit gewöhnte sie sich jedoch an diese Lage, und als sie schließlich an einem Gasthaus hielten, um die Pferde zu tränken und zu füttern, gelang es ihr sogar, mit größter Souveränität vom Wagen zu steigen und gemeinsam mit Muffet einen Imbiß zu nehmen, während Haggart und die beiden »Lakaien« in den Schankraum gingen, um sich dort mit kaltem Roastbeef und hausgebrautem Bier zu stärken.

Im Gegensatz zu Eugenia war Muffet außerordentlich nervös und erwartete jeden Augenblick das Auftauchen der Polizisten aus der Bow Street, was die Gemütlichkeit des Mahles empfindlich störte. Eugenia hatte einige Mühe mit ihr und war sogar gezwungen, sie energisch in den Arm zu kneifen, als der Kellner unerwartet erschien, um ihnen eine zweite Kanne Kaffee zu bringen.

Tatsächlich hatte es jedoch, wie sie später erfuhren, einige Schwierigkeiten gegeben, und zwar durch einen alten Mann, der allgemein in einem schlechten Ruf stand und bösartig genug war, alle Gäste in der Schenke auf die bemerkenswerte Ähnlichkeit der beiden Lakaien mit dem gesuchten Gerald Liddiard hinzuweisen. Dieser, so sagte er, sei wegen Mordes gesucht, das habe er einem Steckbrief entnommen, der vor einiger Zeit im Wirtshaus angeschlagen war.

»Tja, wenn zwei gesucht würden, hätten wir sie nun beide«, sagte er, »so ähnlich, wie die sich sind.« Und er begeisterte sich so über seine eigene Findigkeit, daß er beim Wirt ein zweites Glas Bier bestellte.

Gerald, der nicht so leicht in Verlegenheit zu bringen war, er-

klärte mit gut vorgetäuschtem Sarkasmus, daß er sofort mit Gerald Liddiard tauschen würde, denn der sei, wie man hört, ein Gentleman und würde daher sicherlich niemals mit dem Galgen Bekanntschaft machen, da seine Verwandtschaft ihm schon aus der Klemme helfen würde.
»Ah«, sagte er mit Überzeugung, »der kann jederzeit an meine Stelle treten, und ich werde seine übernehmen. Was meinst du, Dick?« fragte er seinen »Zwilling«.
Richard jedoch meinte, daß er die gegenwärtige Stelle für nicht ganz so schlecht halte, im Vergleich zur letzten, worauf das Gespräch sich einem weniger bedenklichen Thema zuwandte, wie Haggart erleichtert bemerkte. Als die beiden schließlich wieder draußen waren und auf ihre Plätze stiegen, ließ er seinen Gefühlen freien Lauf und erklärte ihnen, einer sei so schlimm wie der andere, und sie sollten es gefälligst unterlassen, das Schicksal weiter herauszufordern. Gerald jedoch erklärte, daß er das Zwillingsdasein höchst erfreulich fände, denn so könne man für alles, was man selbst verbrochen habe, dem andern die Schuld zuschieben.
Eugenia war mit dem bisherigen Verlauf der Reise voll zufrieden, und als sie sah, daß man sich heimatlichen Gefilden näherte, kam sie erst recht in Stimmung.
Große, würdige Gutshäuser inmitten blühender Hecken, sanfte Hügel und dichte Wälder – dies war die Welt ihrer Kindheit, zu der sie zurückkehren würde, wenn sie Tom heiratete.
Bei dem Gedanken an Tom wurde ihr jedoch wieder sehr ungemütlich ums Herz, und sie konnte dieser merkwürdigen Empfindung nur entkommen, indem sie sich die Situation in Dower House ausmalte und sich fragte, wie Lady Brassborough die beiden »unschuldigen Opfer widriger Umstände« wohl aufnehmen würde.
Dower House – ein Bau aus jakobinischer Zeit, der den Brassboroughs als Hauptwohnsitz gedient hatte, bis der sechste Baron unter Georg II. ein größeres und prächtigeres Gebäude auf einem Hügel in der Nähe errichten ließ – lag wohlverborgen hinter einer Kastanienallee und doppelten schmiedeeisernen Toren am Ende des Dorfes. Als die Kutsche die Allee hinaufrollte und vor der Südfront hielt, sah Eugenia, wie sich die Eingangstüre öffnete und eine imponierende, gewichtige Gestalt in der Türöffnung erschien. Dies war kein diskreter, unauffäl-

lig gekleideter Butler, sondern Lady Brassborough selbst, mit Brokat und Juwelen geschmückt, farbenprächtig und schillernd wie ein Pfau. Sie bewegte sich langsam die Stufen zur Kutsche hinunter, und als Gerald herabsprang, die Wagentüre öffnete und Eugenia und Muffet beim Aussteigen half, hob sie ihre Lorgnette ans Auge, um zunächst Gerald und dann Richard zu mustern.

»Ha!« rief sie mit einer Stimme, die einstens das Drury Lane Theatre erschüttert hatte, als sie dort noch als Heroine auftrat. »Wen haben wir hier? Nicht nur einen Gerry, sondern gleich zwei. Wenn du mir sagen willst, mein Junge, wie es dir gelungen ist, dich in zwei Teile zu teilen, werde ich dir ewig dankbar sein. Doch weshalb als Lakaien? Soll ich euch beide anstellen? Es wird mir ein Vergnügen sein! Eugenia, mein liebes Kind –« Sie umarmte Eugenia mit großer Gebärde und deutete dann auf Muffet. »Und wer ist das?« fragte sie.

Muffet, die die großen, lebensklugen und skeptischen Augen der Lady auf sich gerichtet fühlte, erklärte schüchtern, daß sie Amelia Rowntree sei.

»Sie kennen doch die Rowntrees, Lady B.«, sagte Eugenia. »Ihr Land grenzt an unseres – ich meine, an Coverts.«

»Ah, ja«, sagte Lady Brassborough, die Muffet immer noch eindringlich beäugte. »Ihre liebe Mama macht mir nicht die Ehre, mich anzuerkennen, glaube ich«, sagte sie mit ihrer tiefen Stimme. »Erkennen Sie mich an, Miß Rowntree?«

Muffet nickte schnell und ängstlich, da es ihr nicht gelang, einen vernünftigen Satz zu bilden. Eugenia sagte mit gewohnter Sachlichkeit: »Natürlich erkennt sie Sie an, Lady B., sonst wäre sie ja nicht hier. Doch können wir jetzt hineingehen? Und vielleicht können Gerry und Richard hinaufgehen und sich sofort umziehen, so daß Ihre Angestellten sich nicht wundern, daß Sie Lakaien als Gäste haben. Denn Sie wissen doch, daß sie Ihre Gäste sein müssen und daß absolut niemand erfahren darf, daß sie hier sind – nicht wahr?« fragte sie ängstlich.

»Weiß ich das?« sagte Lady Brassborough und hob die Brauen. »Dein Brief war ziemlich unklar, mein liebes Kind. Doch wenn du mir zwei hübsche junge Männer ganz zu meinem eigenen Gebrauch daläßt, werde ich dir noch einmal verzeihen. Hier in diesem Teil von Kent gibt es nämlich bedauernswert wenig hübsche junge Männer. Komm mit mir, Gerry.«

»Das ist aber Richard«, rief Eugenia hinter ihnen her, als Lady

Brassborough Richards Arm nahm und mit ihm davonzog. Sie beeilte sich, ihr mit Muffet und Gerald zu folgen. »Er ist der Sohn von Charles Liddiard«, erklärte sie. »Haben Sie Onkel Charles gekannt, Lady Brassborough?«

»Ja, als ich mit dem armen B. verheiratet war, habe ich ihn einen kurzen, glorreichen Augenblick lang erlebt«, sagte Lady Brassborough, ohne sich umzudrehen. »Ich bin mit ihm nach Kent gekommen, das heißt mit B., und wenn mein Gedächtnis mich nicht täuscht, haben Charles und ich bei einem Jagdfrühstück miteinander geschäkert. Ein charmanter Junge, doch unbeständig, furchtbar unbeständig. Jedenfalls glaube ich, daß sein Name Liddiard war.«

Sie waren in die Halle gekommen – die mit schwarzweißem Rautenmarmor am Boden und hellen, verblaßten Wandbehängen geschmückt war –, als ein außerordentlich alter Butler auf sie zutrottete, um Hüte und Mäntel entgegenzunehmen. Er schien keineswegs erstaunt darüber zu sein, seine Herrin Arm in Arm mit einem Lakaien in voller Livree anzutreffen.

»Matthieu, mon cher«, wandte sich Lady Brassborough in einem sehr anglisierten Französisch an ihn. »Dies sind meine Freunde, les Messieurs Liddiard, die mir einen kurzen Besuch machen. Niemand außer Haus darf wissen, daß sie hier sind – comprenez-vous? Und sagen Sie Dunoyer, daß sie das Blaue und das Grüne Schlafzimmer bekommen. Allez-vous-en!« endete sie mit einem dramatischen Winken des Arms.

Der alte Butler nickte und trottete die breite alte Eichentreppe hinauf, gefolgt von les Messieurs Liddiard. Lady Brassborough führte dann Eugenia und Muffet in einen großen Salon, der vollgestopft war mit erlesenen französischen Möbeln, Porträts, Miniaturen, Theatererinnerungen, Stickrahmen, Romanen und eleganten Nippes, worauf Muffet, die dergleichen noch nie gesehen hatte, so verwirrt war, daß sie sich beinahe in einen Louis-Seize-Fauteuil gesetzt hätte, der bereits von einem fetten, kampflustigen Mops okkupiert war.

»Nein, nein, nicht dorthin, meine Liebe«, sagte Lady Brassborough tadelnd. »Das ist Wellingtons Sessel. Er gestattet es niemandem, sich dorthin zu setzen, außer sich selbst.« Sie nahm den Mops auf den Arm, so daß Muffet nicht umhin konnte, einen Vergleich zwischen ihrem und Wellingtons Gesicht zu ziehen, die sich in ihrem aggressiven Ausdruck außerordentlich ähnlich waren. Lady B. nahm auf einem zarten vergolde-

ten Sofa mit einer theatralischen Anmut Platz, die sowohl ihrem Gewicht als auch ihren Jahren alle Ehre machte, und sagte ermunternd zu Eugenia: »Und nun, liebes Kind, mußt du mir alles genau erzählen, was dein kleines Geheimnis betrifft und warum Gerry auf einmal einen Zwilling bekommen hat und außerdem zum Lakaien wurde.«
»Also gut«, stimmte Eugenia zu. »Doch wir können nicht lange bleiben, weil wir im Haus der Rowntrees erwartet werden. Aber Sie wissen sicher schon von dem Mißgeschick, das Gerry geschehen ist?«
Sie blickte Lady Brassborough fragend an, die gerade ihr und Muffet Bonbons anbot, wobei sie Wellington mit strenger Stimme erklärte, daß er zu fett sei, um auch nur einen zu bekommen. Dann wählte sie einen für sich selbst.
»Nicht«, sagte sie gemütlich, »daß ich nicht auch zu fett wäre, doch zum Glück kann Wellington mir das nicht vorhalten, obwohl er es wahrscheinlich sehr gern täte. Ist das die Geschichte von Barnstaples Kutscher, von der du sprichst?«
»Ja«, sagte Eugenia, »doch Gerald hat es in Wirklichkeit nicht getan. Es war Captain MacGoff, der sich Gerrys Stute und Mantel genommen hat, und daher hat Lord Barnstaple der Polizei gesagt, daß es Gerry war, und natürlich haben sie ihm geglaubt.«
Sie beeilte sich, Lady Brassborough einen ausführlichen Bericht zu geben, und vergaß auch nicht zu erzählen, wie Richard Liddiard in die ganze Geschichte hineinverwickelt wurde. Als sie geendet hatte, mußte sie feststellen, daß Lady Brassborough sie unbewegt und mit der gleichen erfahrenen Skepsis anblickte, mit der sie immer der Welt begegnete.
»Toll!« erklärte sie. »Toll, ihr alle zusammen! Natürlich bin ich entzückt, euch zu helfen, mein liebes Kind, doch es ist ja nicht ausgeschlossen – nicht wahr? –, daß deine beiden jungen Männer gezwungen sind, mir einen recht ausgedehnten Besuch zu machen, falls dieser schreckliche MacGoff nicht gefunden wird. Er hat mir vor etwa sechs Jahren die zweifelhafte Ehre erwiesen«, sagte sie mokant, »mir die Ehe anzubieten. Er muß völlig geblendet gewesen sein, nehme ich an, als er dies sah – und sie streckte ihre prachtvoll beringten Hände aus –, und dachte wohl, daß es die einzige Heilung für ihn sein könnte. Ich glaube, ich habe an diesem Abend auch die Pontowski-Smaragde getragen, was natürlich das Seinige dazu

beigetragen hat, ihn völlig außer Fassung geraten zu lassen.«
»Wie schrecklich für Sie«, sagte Eugenia entrüstet. »Ich frage mich, wie er es gewagt hat –«
»Mein liebes Kind, ein Heiratsantrag ist nie ganz von der Hand zu weisen, wenn man mehr als neununddreißig Lenze erlebt hat«, sagte Lady Brassborough, »ganz egal, von wem er kommt, auch wenn er durch Diamanten und nicht durch strahlende Augen hervorgerufen wurde. Es ist immer noch bei weitem amüsanter als Patiencen zu legen und erinnert einen an glücklichere Tage, als man Herzöge und Marquis ad infinitum abgewiesen hat, wenn das der richtige Ausdruck ist – oder ist es ad nauseam? Nur habe ich das nie getan, denn ich habe es immer genossen, selbst wenn sie ziemlich dick waren, wie der arme Aldersworth, oder etwas dämlich, wie der alte Lord Parradine, der mir aus Peru ein ausgestopftes Lama mitgebracht hat – wie eine Katze, die einem eine Maus vor die Tür legt, um zu beweisen, wie tüchtig sie ist. Es war natürlich viel zu groß, um es zu behalten –«
Eugenia, die voraussah, daß Lady Brassboroughs Redefluß in absehbarer Zeit nicht aufzuhalten sein würde, entschuldigte sich an dieser Stelle und erklärte, daß sie unbedingt aufbrechen müßten. Sie nahm Muffet beim Arm und drängte sie hinaus zur wartenden Kutsche.

12

Zwanzig Minuten später fuhr die Kutsche vor dem Gutshaus vor, einem stattlichen Gebäude im charakteristischen Fachwerk der Tudorzeit mit seinen weinblauen Wealdenziegeln. Mrs. Rowntree hielt bereits nach ihnen Ausschau und kam in die Halle geeilt, sobald ihnen die Tür geöffnet worden war. Sie war eine stämmige, gemütliche Frau, obgleich sie im Augenblick nicht sehr gemütlich aussah, da sie – seit sie Muffets Nachricht von ihrer und Eugenias Ankunft bekommen hatte – den Gedanken nicht mehr hatte loswerden können, daß eine von beiden sich entweder schändlich benommen hatte oder todkrank war.

Als sie die beiden jedoch quietschvergnügt hineinmarschieren sah, ließ sie ihren Gefühlen freien Lauf und schimpfte sie fürchterlich aus. Sie wurde jedoch bald durch das Erscheinen des Squire unterbrochen, der gerade zusammen mit seinem Verwalter einen Inspektionsritt gemacht hatte und sehr glücklich war, seine kleine Muffet wieder zu Hause zu sehen.

»Also hast du von London genug gehabt«, sagte er und kniff sie in die Wange. »Na ja, es war ja auch die Idee deiner Mutter, dich dorthin zu schicken, denn ich habe gar nichts davon gehalten. Eines Tages wird sie uns so einen städtischen Schlawiner daherbringen und als zukünftigen Schwiegersohn präsentieren, habe ich ihr gesagt.«

»O nein, Papa«, rief Muffet entrüstet. »Ich werde überhaupt nicht heiraten und sicherlich keinen städtischen Schlawiner, was immer du auch darunter verstehst. Ich werde immer hier zusammen mit euch und Tom leben.«

Der Squire war ein großer, freundlicher Mann, der nun herzlich lachte und ihr sagte, daß das sicher in bester Ordnung wäre, solange er und ihre Mutter noch lebten. Doch wenn Tom erst einmal verheiratet sei, wäre seine Frau vielleicht nicht ganz so erfreut, sie im Haus zu haben – was Muffet dazu veranlaßte, Eugenia einen verschwörerischen Blick zuzuwerfen und zu lächeln. Worauf Eugenia zu ihrem eigenen Entsetzen rot wurde, und als Tom, der auf Kaninchenjagd gewesen war, erschien, hatte sie das dringende Bedürfnis, auf der Stelle davonzulaufen.

Tom war ein großer, blonder junger Mann mit frischem Gesicht und blauen Augen, ganz wie sein Vater. Wenn er älter würde, käme er sicher noch mehr auf den Squire hinaus, würde ebenso stämmig und jovial wie dieser werden und sein Land gut in Schuß halten – genau der Mann, auf den die Grafschaft sich verlassen konnte. Eugenia war natürlich viel zu jung, um dies alles jetzt schon wissen zu können, doch sie fühlte, daß Tom der beste Freund war, den sie je hatte, abgesehen von Muffet, und wenn sie auf einmal mit schrecklicher Deutlichkeit erkannte, daß sie ihn nicht heiraten wollte und es nie tun würde, dann nur, weil mit ihr selbst etwas nicht stimmte und nicht mit ihm.

Als Folge davon verspürte sie während des ganzen vorzüglichen Dinners ein heftiges Schuldgefühl und konnte nicht mit dem üblichen Appetit all die aufgetragenen Köstlichkeiten verspeisen – es gab Enten, einen jungen Hasen, eine Suppe aus jungen Erbsen und den Savoy-Cake, den sie immer so gerne aß. Als der Squire sich nach dem Essen in das Herrenzimmer zurückzog und Mrs. Rowntree – die ihren Stickrahmen nahm – vorschlug, daß die jungen Leute doch noch an die gute Luft gehen sollten, fiel es Eugenia schwer, dieser Aufforderung zu folgen, weil sie wenig Lust hatte, sich zu einem Gespräch à trois mit Muffet und Tom zu begeben.

Dieses Gespräch wandte sich jedoch zum Glück zunächst einem Gegenstand zu, der wenig mit der quälenden Frage einer Ehe mit Tom zu tun hatte. Sie und Muffet hatten zuvor besprochen, daß es am besten sei, Tom ins Vertrauen zu ziehen und sich seiner Hilfe zu versichern, damit man herausfinden könne, ob sich Captain MacGoff in diesem Teil von Kent aufhalte. Tom könnte in der Nachbarschaft Erkundigungen einziehen, ohne Verdacht zu erregen, und er könnte vielleicht selbst schon etwas in dieser Hinsicht gehört haben.

Kaum waren sie – trotz eines heraufziehenden Gewitters – aus dem Haus und in die Dämmerung hineingeschritten, da begann Muffet schon, ihrem Bruder zu erzählen, was der eigentliche Grund ihrer Reise nach Kent war. Tom hörte ihr voller

Spannung zu. Wie jeder richtige junge Mann fand er Geschmack an Abenteuern und erklärte sich sofort bereit, nicht nur zu erforschen, ob sich MacGoff in der Nähe aufhalte, sondern auch persönlich dafür zu sorgen, daß er der Polizei übergeben werde.

»Ja, aber ich glaube, es wäre nicht ganz richtig, wenn du das tun würdest«, sagte Eugenia, »denn natürlich wird er ableugnen, mit der Sache etwas zu tun zu haben, bevor Gerry und Richard sich nicht überlegt haben, wie sie ihm am besten ein Geständnis abzwingen. Gerry hat gesagt, er wolle es mit Gewalt aus ihm herauspressen, doch Richard meint, es wäre sinnvoller, die Wahrheit aus seinem Burschen herauszubekommen, der ja dabei war, als es passierte, und der vielleicht bereit wäre, Kronzeuge zu werden. Auf jeden Fall glaube ich, daß es besser ist, es ihnen zu überlassen.«

Tom erklärte rebellisch, daß er sich nicht ausschließen lassen werde, doch er versprach, nichts zu unternehmen, ohne Gerald und Richard vorher Bescheid gesagt zu haben, wenn es ihm gelingen sollte, MacGoffs Aufenthaltsort herauszufinden.

Inzwischen waren sie beim Küchengarten hinter dem Haus angekommen und machten sich trotz des zuvor genossenen exzellenten Dinners mit größtem Appett über die jungen Erbsen her.

»Tom«, begann nun Muffet, die sich nicht länger zurückhalten konnte, »Eugenia hat dir noch nicht gesagt, daß sie einen zweiten Grund hatte, mit mir hierherzukommen. Sie hat eine ganz wundervolle Idee – wenigstens hoffe ich, du wirst sie auch wundervoll finden.«

Sie blickte Eugenia erwartungsvoll an. Diese geriet sofort wieder in Panik, zumal sie Toms fragenden Blick bemerkte, und erklärte ausweichend, man könne diese Angelegenheit ja auch ein andermal besprechen.

Muffet blickte sie überrascht an. »Aber du hast mir doch gesagt, daß du ihn fragen willst, sobald du ihn siehst«, sagte sie.

»Mich was fragen?« erkundigte sich Tom.

Eugenia, die sich nun in die Enge getrieben sah, sagte gequält, daß es sich, wenn er es unbedingt wissen müsse, darum handle, sich zu verheiraten.

»Sich zu verheiraten?« wiederholte Tom erstaunt. »Wer will heiraten? Hast du die Absicht –«

»O, nein – nein!« sagte Eugenia hastig. Sie sah, wie Muffet sie erstaunt anblickte, und machte einen neuen Anlauf, so verzweifelt, als müsse sie sich in einen Abgrund stürzen. »Das heißt, nein, wenn du nicht auch willst –«
»Ich nicht auch will?« sagte Tom und starrte sie an. »Wenn ich was nicht will?« Auf einmal schien ihm die Erleuchtung zu kommen. »Wenn ich dich nicht heiraten will?« fragte er und blickte sie entgeistert an.
Eugenia nickte kläglich. Wie konnte sie sich jemals eingebildet haben, so fragte sie sich jetzt, daß es so einfach sei, einen Mann zu fragen, ob er sie heiraten wolle. Und das schlimmste war, daß er nun, da sie diese Frage gestellt hatte, nicht so unritterlich sein konnte, nicht zuzustimmen. Und sie müßte dann den Rest ihres Lebens mit einem Mann verbringen (denn Tom war ein Mann und kein Junge mehr, das war ihr plötzlich klargeworden), der sie nur aus Pflichtgefühl geheiratet hatte.
Doch in diesem Fall hatte sie die Rechnung ohne Tom gemacht. Obwohl er sich, wie durch Zauberhand, für sie auf einmal in einen Mann verwandelt hatte, war sie für ihn immer noch das kleine Mädchen von früher, das zwar zu allen Streichen bereit war und unbeirrbar zu ihm hielt, das jedoch auch manchmal recht lästig werden konnte. Er blickte sie verständnislos an.
»Du bist wohl nicht ganz bei Trost«, sagte er. »Wieso sollte ich dich auf einmal heiraten wollen – oder irgend jemanden, wenn wir schon mal darüber sprechen? Ja, sicher werde ich das eines Tages tun müssen, schon um einen Stammhalter zu haben, doch es wird noch viele Jahre dauern, bis ich dazu bereit bin. Ja, verdammt noch mal, sehr viele Jahre!«
Eugenia fühlte sich auf einmal sehr erleichtert, doch bevor sie etwas sagen konnte, hatte Muffet sich schon in die Bresche gestürzt.
»O nein, Tom! Wie kannst du nur so grausam sein!« rief sie vorwurfsvoll. »Weißt du denn nicht, daß Eugenia dann gezwungen ist, irgendeinen schrecklichen Menschen wie Mr. Walford oder Lord Cazdens Sohn zu heiraten, wenn du es nicht tun willst. Und sie wird im Ausland leben müssen, in diplomatischen Kreisen, oder wenigstens in London, und wir werden sie nie wiedersehen! Und es könnte alles so hübsch werden, wenn du nur wolltest –«
Tom, der jetzt wie ein störrischer Stier aussah, der die Hörner

gesenkt hatte und entschlossen war, seinen eigenen Willen durchzusetzen, meinte, daß dies alles schön und gut sei, doch er sähe nicht ein, weshalb sie überhaupt irgendeinen dieser Männer heiraten müsse.

»Weil«, sagte Muffet mit der Stimme eines Lehrers, der seinem Schüler eine sonnenklare Tatsache zu erklären versuchte, »sie nicht das kleinste bißchen Geld hat! Und du kannst wirklich nicht von ihr erwarten, daß sie für immer und ewig weiter in Mere leben wird!«

Tom murmelte eigensinnig vor sich hin, daß dies ja nicht das schlechteste sei, wurde jedoch im selben Augenblick von einem grellen Blitz unterbrochen, der im Westen aufleuchtete, gefolgt von einem nachdrücklichen Donnergrollen und einem plötzlichen Platzregen, der auf die Erbsenstauden niederprasselte. Dadurch kam das Gespräch zu einem schnellen Ende, und sie kehrten schleunigst ins Haus zurück.

Als sie dort ankamen, goß es bereits in Strömen, so daß sie den nächsten Eingang über die Küche wählten. Hier standen die Köchin, zwei Hausmädchen und das Küchenmädchen beisammen, und alle waren offenbar in höchster Erregung.

»Oh, Master Tom!« stöhnte die Köchin, als die jungen Leute atemlos hereinstürzten. »Wie haben Sie mich erschreckt! Einfach so hereinzustürmen, wo ich doch sowieso schon halbtot bin vor Schreck über dieses Gewitter und die Polizisten, die eben ins Haus gekommen sind.«

»Polizisten!« Gleichzeitig kam es aus dem Mund der drei Freunde, seitens Toms in ungläubigem Entzücken, seitens der Mädchen in blankem Entsetzen.

Die Köchin, die mit Befriedigung bemerkte, daß die sensationelle Nachricht ihre Wirkung tat, fügte bescheiden hinzu, daß sie sie selbst nicht gesehen habe, sondern Gladys (wobei sie auf das ältere der Hausmädchen deutete), die man ausgeschickt habe, um Miß Amelia und Miß Eugenia zu suchen, da sie es offenbar seien, welche die Polizisten zu sehen wünschten.

»Oh«, sagte Muffet mit erstickter Stimme. »Uns wollen sie sehen? Wie merkwürdig! Was können die denn von uns wollen?«

Sie blickte hilfesuchend auf Eugenia, die sich gerade schreckensbleich ausmalte, wie Gerald und Richard bereits in Dower House entdeckt und nach Newgate geschleppt worden waren.

»Ja, es ist wirklich sehr merkwürdig«, sagte sie dann jedoch mit fester Stimme, wobei sie einen warnenden Blick auf die beiden Rowntrees warf. »Ich glaube, wir müssen jetzt selbst einmal nachsehen, um zu erfahren, was sie von uns wollen, meint ihr nicht auch? Vielleicht ist es, weil wir gerade erst aus London gekommen sind, obwohl mir unterwegs keine verdächtigen Personen aufgefallen sind.«

»Gladys meint, es könnte etwas mit Mr. Gerald zu tun haben, Miß Eugenia«, warf die Köchin triumphierend ein, doch diesmal verfehlten die Worte ihre Wirkung, denn Eugenia war mit ihren beiden Freunden bereits auf dem Weg hinaus.

Aus dem Wohnzimmer waren Stimmen zu hören, daher ging sie entschlossen auf diesen Raum zu. Als sie hineinkam, erkannte sie sofort die beiden Polizisten der Bow Street, die sie an dem Tag, als Richard nach London geflohen war, in Mere Court gesehen hatte. Sie standen da, breitbeinig und grimmig, während der Squire, der offenbar gerade mit einer Schimpfkanonade fertig geworden war, einen wütenden Eindruck machte.

Mrs. Rowntree, die bei all ihrer sonstigen Gutmütigkeit ziemlich aufgebracht und verzweifelt wirkte, sah die drei jungen Leute zuerst und sagte sofort voller Erleichterung: »Oh, da seid ihr ja, meine Lieben! Wo seid ihr denn um Gottes willen gewesen bei diesem Unwetter?«

»Jetzt aber Schluß, Millie!« sagte der Squire. Er schritt durch den Raum und stellte sich entschlossen neben Muffet. »Nun, Baker, oder was immer Ihr Name ist«, wandte er sich mit einem ärgerlichen Blick an den größeren der beiden Polizisten, »hier sind meine Tochter und Miß Liddiard, und ich wäre Ihnen sehr dankbar, wenn Sie jetzt wiederholen würden, welch unglaubliche Anschuldigungen Sie hinter ihrem Rücken vorgebracht haben!«

Baker, der den Squire aus seinen dichten Brauen heraus störrisch anblickte, erklärte, daß er keine Anschuldigungen vorbringen werde.

»Es ist nur«, sagte er an Eugenia gewandt, da Muffet sich inzwischen hinter der kräftigen Gestalt ihres Vaters versteckt hatte, so daß nur noch die Nase und ein paar ängstliche Augen zu sehen waren, »es ist nur, daß man uns berichtet hat, zwei junge Damen wären heute nach Kent gekommen, die mit einem Bediensteten reisten, der große Ähnlichkeit mit einem gewissen Gerald Liddiard haben soll. Liddiard wird wegen Mordes und Raubüberfalls gesucht –«

»Was nur wieder einmal beweist«, unterbrach ihn Mrs. Rowntree ernst und wandte sich gleichzeitig an Eugenia, »wie sehr die Polizei sich irrt, meine Liebe, denn Haggart hat nun wirklich nicht die geringste Ähnlichkeit mit dem armen Gerry. Ganz abgesehen davon, daß er alt genug ist, um sein Großvater zu sein. Und übrigens«, fuhr sie an die Polizisten gewandt fort, »haben Sie beide ja gesagt, daß es zwei Bedienstete waren, was beweist, daß Ihr Informant betrunken gewesen sein muß, denn man wird wohl kaum mit zwei Kutschern auf die Reise gehen, selbst wenn sie sich gleichen wie ein Ei dem andern.«

»Es waren keine Kutscher, Missus«, wandte der zweite Polizist, der Cartwright hieß, plötzlich ein. »Es waren Lakaien.« Worauf er wieder in schüchternes Schweigen verfiel.

»Nun, das macht es nur noch schlimmer«, erklärte Mrs. Rowntree, die sich nicht so leicht einschüchtern ließ. »Denn das sieht ja so aus, als ob diese zwei Kinder ganz allein, das heißt nur in Begleitung von Haggart reisen durften, ohne Zofe oder Lakaien oder irgendeine andere Dienerschaft, was natürlich ganz außerordentlich leichtsinnig von meiner Schwester und Lady Chandross war, und das werde ich ihnen auch sagen, wenn ich sie das nächste Mal sehe. Ich bin vielleicht etwas altmodisch, doch zu meiner Zeit –«

»Millie!« ermahnte sie der Squire noch einmal mit drohender Stimme.

Mrs. Rowntree, die keinerlei Furcht vor ihrem Mann kannte, blickte ihn verärgert an, gab jedoch um des Familienfriedens willen nach.

»Sie sehen also«, sagte der Squire und wandte sich wieder an Mr. Baker, was ihn deutliche Überwindung zu kosten schien, »daß meine Frau meine Erklärung bestätigt: meine Tochter und Miß Liddiard sind heute nur in Begleitung eines älteren Kutschers hier erschienen, den wir seit Ewigkeiten als Haggart kennen und der wirklich nicht die geringste Ähnlichkeit mit Mr. Gerald Liddiard hat. Im übrigen hat Gerald Liddiard, wie ich ganz genau weiß, keinen Zwillingsbruder. Er war einziges Kind, was man in der Bow Street bisher vielleicht auch festgestellt haben könnte, wenn man sich die Mühe gemacht hätte.«

»Das wissen wir, Sir«, brachte Mr. Baker ziemlich gequält heraus. »Das ist es ja, was uns so gewundert hat. Doch die Miß hat

uns damals gesagt, als wir in Mere Court nach ihm gesucht haben, daß er es nicht war, der dort gewesen ist, sondern ein anderer Mann, der ihm wie ein Zwilling ähnlich sieht –«
Er blickte Eugenia an, die nun das kalte Entsetzen ergriff, während sie sich überlegte: »Wenn er mich nun direkt fragt und ich ihn anlüge, wird er es sofort merken. Ich muß irgend etwas tun –«
Doch zu ihrem Erstaunen – und auch zum Erstaunen aller Anwesenden – war es Muffet, die jetzt in die Bresche sprang. Sie trat aus dem schützenden Schatten ihres Vaters hervor und sagte mit der Ruhe der Verzweiflung, die sie auch schon bei Miß Bascom gezeigt hatte, wenn es darum ging, Eugenia und sich aus einer fatalen Situation zu retten: »Bitte, Papa, dazu möchte ich etwas sagen. Lady Chandross hat zwei Lakaien zur Begleitung mitgeschickt. Sie sind aber nicht mit hierhergekommen, weil ihre Mutter, die in Tunbridge Wells lebt, krank ist, und sie wollten sie so gern besuchen. Daher hat Eugenia es ihnen erlaubt. Und Haggart wird sie wieder abholen, wenn er nach London zurückfährt, so daß Lady Chandross es gar nicht erfahren muß, daß sie nicht mit uns hierhergekommen sind.«
Sie vermied es, dank langjähriger Erfahrung, dem Squire oder den Polizisten ins Gesicht zu blicken, und schaute statt dessen auf das dunkle Porträt einer Ahnin, die von der gegenüberliegenden Wand sittsam auf sie herabäugte.
Mr. Baker war der erste, der die Fassung wiedergewann. »Und wo«, fragte er den Squire schonungslos, »ist nun dieser Haggart, Sir, wenn ich bitten darf?«
Der Squire, den die Eröffnungen seiner Tochter offensichtlich noch zu beschäftigen schienen, blickte ihn leicht verwirrt an. »Ja«, sagte er nach einer Weile langsam, »er hat gesagt, daß er seine Schwester besuchen wollte. Ja, das hat er wohl gesagt.«
Auf seinem geröteten Gesicht zeigte sich ein verwundertes Stirnrunzeln, und er wandte sich an seine Frau: »Meine Liebe«, sagte er, »hast du jemals gehört, daß Haggart eine Schwester hat?«
»Natürlich hat er keine Schwester«, erklärte Mrs. Rowntree. »Und wenn er eine hat, muß sie in Schottland wohnen. Vielleicht ist es so, obwohl ich es merkwürdig finde, daß er über Kent nach Schottland will –«
Die Polizisten machten den Eindruck, als würden sie das auch sehr merkwürdig finden. Mr. Baker wandte sich wieder an Eu-

genia und blickte sie grimmig an. »Wie waren die Namen dieser beiden Lakaien, Miß, wenn ich bitten darf?«
»Charles«, äußerte sie prompt. »Charles und James.«
Da jeder zweite Lakai so hieß, fiel ihr die Antwort nicht weiter schwer.
»Charles und James, und wie weiter?«
Sie hob mit leichtem Hochmut die Brauen. »Dafür habe ich mich wirklich nicht interessiert«, sagte Miß Eugenia Liddiard, die von jedem Angestellten, der mit ihr unter einem Dach wohnte, immer die vollen Namen, familiären Zusammenhänge und häuslichen Probleme kannte.
Die Männer machten nun einen deutlich niedergeschlagenen Eindruck und fühlten sich zudem zurechtgewiesen. Der schweigsame Polizist hielt es für angemessen, sich zu seiner Berufsehre zu bekennen, und erklärte im Amtston: »Einen Beamten im Dienst des Gesetzes an der Ausübung seiner Pflichten zu hindern –«
»Unsinn!« sagte der Squire gereizt. »Niemand hindert sie, lieber Mann. Meine Tochter hat Ihnen die Angelegenheit sehr deutlich klargemacht. Wenn Sie sich nach Tunbridge Wells begeben und dort nach diesen Lakaien der Chandross' suchen wollen, können Sie das natürlich tun, und niemand wird Sie daran hindern. Allerdings kann ich mir nicht vorstellen, weswegen Chandross seinen eigenen Neffen als Lakaien anstellen und außerdem noch einen zweiten im Dienst haben sollte, der sein Zwilling sein könnte.«
Er blickte die Polizisten angewidert an, die sich nun kurz und mit gedämpfter Stimme miteinander berieten, wobei Eugenia nur die Worte »Tunbridge Wells« und »beschwindeln« verstehen konnte. Offensichtlich hielten sie sich für die Opfer einer Verschwörung, doch wußten sie nicht, wen von den fünf Leuten, mit denen sie es hier zu tun hatten, sie der Täuschung bezichtigen sollten.
Es blieb ihnen also nichts anderes übrig, als sich zu verabschieden – im Augenblick ein ziemlich mißliches Unternehmen, da es draußen immer noch in Strömen goß, der Sturm sich nicht gelegt hatte und hin und wieder laute Donnerschläge zu vernehmen waren. Doch weder der Squire noch seine Lady, die in der Nachbarschaft allgemein wegen ihrer Gastfreundschaft bekannt waren, zeigten den unglücklichen Gesetzeshütern gegenüber Erbarmen, die nun in die dunkle Nacht hinausgingen,

die Krägen hochgestellt und die Köpfe vor dem Sturm gesenkt.
»Eine Schande!« sagte der Spuire zornig, als sich die Türe hinter ihnen geschlossen hatte. »Man kann sich nur fragen, wo das noch enden soll, wenn sie solche Leute losschicken, um das Recht zu schützen. Als ob Gerry Liddiard so dämlich wäre, auf einer Kutsche in der Gegend herumzufahren, wo jeder Polizist im Lande nach ihm Ausschau hält!«
Muffet, die nach ihrem heldenhaften Einschreiten einen ziemlich geschwächten Eindruck machte, blickte Eugenia auffordernd an, und diese erklärte auch sofort, müde zu sein und es für das Beste zu halten, gleich ins Bett zu gehen.

13

»Du siehst also«, sagte Muffet niedergeschlagen, als sie und Eugenia schließlich allein in Muffets Schlafzimmer waren und sich – angetan mit ihren Nachthemden und Schlafhäubchen – zusammen auf dem großen Pfostenbett hingesetzt hatten, »es war das einzige, was ich sagen konnte. Mir ist ganz elend zumute, weil ich Papa getäuscht habe, aber ich konnte Gerry einfach nicht im Stich lassen –«

»Nein, natürlich konntest du das nicht«, sagte Eugenia herzlich. »Und du hast es einfach wunderbar gemacht – viel besser, als ich es hätte tun können, denn ich war in diesem Moment völlig durcheinander. Die beiden Polizisten sollen jetzt ruhig mal nach Tunbridge Wells ziehen, so können wir Zeit gewinnen und uns ausdenken, was wir zu tun haben –«

In diesem Moment klopfte es.

»Ich nehme an, das wird Tom sein«, sagte Muffet, rutschte vom Bett und rannte zur Tür, um ihn einzulassen.

Es war tatsächlich Tom, der hereinkam, ganz rot im Gesicht vor Aufregung, und der sich nicht viel dabei zu denken schien, daß Muffet und Eugenia beide en déshabillé waren.

»Also«, begann er sofort, »was sollen wir jetzt tun? Soll ich schnell nach Dower House hinüberreiten und Gerry vor den Polizisten warnen?«

»Um Gottes willen, bloß nicht«, sagte Eugenia entsetzt. »Diese beiden Leute können ja immer noch in der Gegend herumlungern, um abzuwarten, ob wir nicht genau so etwas tun und sie damit auf die richtige Fährte setzen. Nein, in die Nähe von Dower House dürfen wir jetzt auf keinen Fall gehen.«

Tom, der offensichtlich darauf brannte, etwas zu unternehmen, blickte sie enttäuscht an und fragte, was man denn dann tun solle?

»Nach Captain MacGoff suchen, natürlich«, erklärte Eugenia prompt. »Das ist das Allerwichtigste. Muffet und ich werden dabei sicher nicht sehr nützlich sein, weil wir ja nicht in der Schenke ›Zum Schwan‹ mit den Leuten sprechen können und erst recht nicht in dieser unmöglichen kleinen Herberge, in der er immer abstieg, wenn er nicht in London war. Das wird alles deine Sache sein, Tom.«

Sie hatte inzwischen beinahe vergessen, was sich zuvor im Küchengarten abgespielt hatte, und war daher überrascht, als sie bemerkte, daß Tom, statt ihr eine Antwort zu geben, mit einer gewissen Verwirrung auf ihr meergrünes Nachthemd blickte. Dieses elegante Kleidungsstück war aus der gleichen feinen Brüsseler Spitze wie ihr Nachthäubchen, unter dem ihr dunkes Haar in losen Locken auf die Schulter fiel. Tom hatte sie zwar früher schon mit offenen Haaren gesehen, doch aus irgendeinem komischen Grund schien ihm der Anblick, der sich ihm nun bot, den Atem zu rauben.

Er konnte sich nicht mehr genau daran erinnern, was dort unten alles gesagt worden war, denn es war ihm wirklich höchst lächerlich vorgekommen, daß die kleine Eugenia Liddiard auf einmal etwas von einer Ehe daherplapperte. Doch nun auf einmal entdeckte er, daß sie nicht mehr die kleine Eugenia Liddiard von früher war, sondern ein fremdes junges Mädchen mit einem bezaubernden Gesicht und einer reizenden Figur –

»Tom!« holte Muffets überraschte Stimme ihn aus seinen verwirrten Überlegungen zurück. »Was ist denn bloß mit dir los? Hast du nicht gehört, was Eugenia gesagt hat?«

Tom riß sich zusammen und sagte ruppiger als unbedingt nötig, daß er es natürlich gehört habe. Er war auf einmal in sehr gehobener Stimmung, doch wollte er es sich nicht anmerken lassen. Er malte sich in Gedanken aus, wie er MacGoff finden, ein Geständnis aus ihm herauspressen und ihn im Triumph den Polizisten übergeben würde, so daß diese neue Eugenia nichts anderes tun könnte, als ihn mit Bewunderung und Dankbarkeit zu belohnen. Wenn er darüber hinaus noch erreichen könnte, sie vor Verfolgung und Gefahr zu retten, würde das Leben wirklich vollkommen sein.

In der Zwischenzeit hatten Eugenia und Muffet, Tom nicht weiter beachtend, damit begonnen, für den nächsten Tag ihre eigenen Pläne zu schmieden. Sie hatten sich dazu entschlossen, zwei Fliegen mit einer Klappe zu schlagen: erstens wollten sie die Polizisten von Dower House fortlocken, falls die sich dort in der Nähe herumtreiben sollten, und zweitens bei der Gelegenheit versuchen, ob sie Richard dabei helfen konnten, seine legitime Herkunft zu beweisen. Dies wäre am besten zu bewerkstelligen, indem man alle Pfarrstellen der Umgegend durchkämmte, um nach einer Eintragung zu suchen, die anläßlich der Heirat von Charles Liddiard und Susan Justis erfolgt sein mußte. Dem Squire und Mrs. Rowntree würden sie nur sagen, sie brächen zu einem langen Geländeritt mit Tom auf, doch in Wirklichkeit wollte man sich kurz nach dem Verlassen des Gutshauses trennen. Tom sollte ins Dorf reiten, um dort seine Nachforschungen bezüglich Captain MacGoff anzustellen, und Eugenia und Muffet wollten ihre eigenen Wege zu den Pfarreien einschlagen.

»Wenn sich also die Polizisten dazu entschließen sollten, uns zu folgen«, sagte Eugenia, »anstatt in Tunbridge Wells nach Gerry zu suchen, werden sie ihre Zeit verschwenden, und Gerry und Richard werden in Dower House ganz ungefährdet sein. Ich wünschte, wir könnten sie davor warnen, daß die Polizei hier nach ihnen sucht, doch ich glaube, das Risiko ist zu groß, und ich nehme doch an, daß sie so vernünftig sind und sich nicht in der Nachbarschaft zeigen.«

Tom machte sich, als er aus Muffets Schlafzimmer entlassen wurde, auf den Weg in sein eigenes Zimmer, um die Heldentaten des nächsten Tages zu planen. Dieser Tag erwies sich dann trotz des stürmischen Abends als außerordentlich freundlich und sonnig, so daß Mrs. Rowntree nichts dagegen hatte, als die jungen Leute ihr von dem geplanten Geländeritt erzählten. Eugenia, die ein elegantes blaues Reitkleid mit dazu passendem Federhut (der das seine tat, um Toms Verwirrung noch zu verstärken) trug, trennte sich am Ende des Weges, der zur Hauptstraße führte, von den beiden. Wenige Minuten später galoppierte sie einen staubigen Landweg hinunter – umsäumt von Ehrenpreis und Lichtnelken – in Richtung auf die Dörfer, die östlich des Gutshauses lagen.

Sie hatte sich nicht überlegt, daß die Nachforschungen bezüglich einer Heirat zwischen Charles Liddiard und Susan Justis, die vielleicht vor einem Vierteljahrhundert stattgefunden hatte, nicht nur erfolglos sein könnten, sondern auch beträchtliches Aufsehen erregen würden. Der Name Liddiard war in der ganzen Umgebung wohlbekannt, und selbst der diskreteste Pfarrer – das stellte sie bald fest – konnte nicht ganz seine Neugierde darüber verbergen, was sie zu diesem Interesse an seinen Kirchenbüchern veranlaßte. Alle waren sie außerordentlich höflich und hilfsbereit – so höflich, daß sie in einem Pfarrhaus sogar zu einem kalten Imbiß eingeladen wurde und sich anschließend die Kirche von St. Faith mit sämtlichen Grabmälern ansehen mußte.

Alle diese kirchlichen Herren platzten, wie gesagt, vor Neugierde und wollten erfahren, weshalb Miß Eugenia Liddiard die Gegend wie ein Jagdhund durchstöberte, um nach einem Beweis für die Eheschließung zwischen einem längst verstorbenen Onkel und einer jungen Frau zu suchen, deren Namen hier niemand kannte. Es war nun ein Vierteljahrhundert her, daß die Familie Justis aus Kent verschwunden war, und keiner der geistlichen Herren, die Eugenia an diesem Tag antraf, war so lange in seiner Pfarrei im Amt gewesen. Alles, was sie ihr sagen konnten, war, daß es keine Eintragung bezüglich einer Eheschließung zwischen Charles Liddiard und Susan Justis gab, und daher war Eugenia, als sie nachmittags wieder mit Muffet und Tom zusammentraf, sichtlich enttäuscht.

Ihre Stimmung wurde noch weiter getrübt, als Muffet und Tom von den Ergebnissen ihrer Nachforschungen berichteten. Muffet hatte ebenso wenig erfahren können wie Eugenia, während Tom nur etwas mehr Erfolg gehabt hatte. Er hatte von zwei verschiedenen Seiten gehört, daß MacGoff in der Nachbarschaft gesehen wurde, doch keiner seiner Informanten hatte ihm sagen können, wo genau der Captain sich jetzt aufhielt. Und es war durchaus möglich, so sagte Tom, daß er Kent schon wieder verlassen habe, denn man hatte erst vor kurzem eine hübsche Karriole auf dem Weg nach Tunbridge Wells gesehen, auf der er zusammen mit seinem Reitknecht saß.

»Nun, wir werden es morgen eben noch einmal versuchen müssen«, sagte Eugenia, die sich bemühte, die anderen zu ermutigen. Es zeigte sich jedoch, daß auch dies auf Schwierigkeiten stoßen sollte, denn als sie in das Gutshaus zurückkehrten, fanden sie eine aufgeregte Mrs. Rowntree vor, die sich über ihre lange Abwesenheit beklagte und begierig war, ihnen von einem gesellschaftlichen Ereignis zu berichten, das ihnen bevorstand.

»Ein junger Mann namens Walford hat seinen Besuch gemacht, während ihr fort wart«, berichtete sie ihnen hastig. »Solch ein angenehmer junger Mann, meine Lieben! Und er hat gesagt, daß er euch in London kennengelernt hat, und als er von Lady Chandross hörte, daß ihr hier in Kent seid, während er gerade in der Nähe einen Onkel besuchte, ist er heute hergeritten, um zu fragen, ob ihr an einem Sommerfest teilnehmen wollt, das sein Onkel morgen gibt. Oh, ich habe euch noch gar nicht erzählt, daß sein Onkel Mr. Childrey ist, der Pfarrer von St. Aldwyns. Natürlich habe ich schon lange von ihm gehört. Ich weiß selbst nicht, weshalb ich ihn noch nicht kennengelernt habe, doch wir haben in dem Teil der Grafschaft nie viel zu tun gehabt, nur damals, als meine arme Mama noch lebte, denn ihre Schwester Lizzie lebte viele Jahre lang in Dymchurch –«

An dieser Stelle mußte Mrs. Rowntree eine Pause machen, da sie eingesehen hatte, daß sie sich im Irrgarten ihrer eigenen Worte verloren hatte.

»Und natürlich«, fuhr sie nach einer Weile munter fort, »habe ich ihm gesagt, daß ihr mit dem größten Vergnügen die Einladung annehmen würdet.« Als sie sah, daß die drei keine sehr erfreuten Gesichter machten, sagte sie tadelnd: »Ich weiß, ihr seid von all euren Londoner Vergnügungen erschöpft, doch es wäre wirklich sehr unhöflich gewesen, abzulehnen, denn Mr. Walford war ja den ganzen Weg bis hierher geritten, um euch die Einladung zu überbringen. Und es wird ganz anders sein als ein Londoner Ball – nur ein paar Leute, und bei dem herrlichen Wetter –«

Eugenia und Muffet fügten sich dem Unvermeidlichen und sagten resigniert, daß sie natürlich gehen würden, doch konnten sie es später, als sie unter sich waren, nicht lassen, einige erbitterte Worte über wohlmeinende Eltern loszuwerden. Sie trösteten sich dann damit, daß sie am nächsten Morgen noch je eine Pfarrei aufsuchen konnten, ehe man sich zu dem blödsinnigen Fest von Mr. Walfords Onkel begeben mußte. Eugenia fügte noch hinzu, daß die Polizisten, falls sie noch in der Nähe seien, jetzt sicher von all ihren Unternehmungen völlig durcheinandergebracht wären und wahrscheinlich vermuteten, daß Gerry in einer Kirche Zuflucht fand, wie Verbrecher es im Mittelalter getan hatten.

Am darauffolgenden Tag – nach einem weiteren fruchtlosen Morgenausflug – zog Eugenia sich ein besonders reizvolles Kleid aus rosa Kambrik mit reichverziertem Saum an, während Muffet ein Musselinkleid wählte, das zwar weniger elegant war, ihr jedoch sehr gut stand. Sie stülpten sich noch beide die breitkrempigen Sonnenhüte über und wurden dann in der altmodischen Kutsche der Rowntrees auf die kurze Reise geschickt. Tom, der sich geweigert hatte, sie zu begleiten, obwohl auch er eingeladen war, hatte die Absicht, seine Suche nach Captain MacGoff fortzusetzen, so daß der Nachmittag doch nicht ganz verloren sein würde.

Das Pfarrhaus, in dem Mr. Waldfords Onkel, Mr. Childrey, nahezu vierzig geruhsame Jahre verbracht hatte, lag am westlichen Ende eines jener Dörfer von Kent, in denen die Zeit seit mehreren hundert Jahren stillzustehen schien. Die Häuser mit ihrem schönen Fachwerk waren in Sommerblumen und Sommergrün eingebettet, Enten trieben friedlich auf einem kleinen Fluß dahin, und das alte Wirtshaus mit seinen winzigen Fenstern lag gemütlich zwischen grünen Hängen im hellen Sommerlicht.

Das Pfarrhaus selbst, aus roten Ziegeln gebaut, lag hinter einer niedrigen Ziegelmauer und einem schmiedeeisernen Gitter und machte einen recht verträumten Eindruck. Der ansehnliche Garten, der es umgab, war von einer Reihe großer Linden umsäumt und reichte hinunter bis zum Fluß.

Der junge Mr. Walford, der schon nach ihnen Ausschau gehalten hatte, führte sie ins Haus, das innen ebenso friedlich war, wie es von außen wirkte – alles glänzendes altes Holz und verblaßte chinesische Tapeten –, und machte sie dann mit dem Pfarrer bekannt. Mr. Childrey war ein großer, dünner, höflicher Gentleman mit silberweißem Haar, der aussah, als sei er genau für diesen Posten ausgesucht worden, denn sein friedliches altes Haus bedurfte eines friedlichen alten Pfarrers, um ganz vollkommen zu sein. Tatsächlich war er jedoch, als er nach St. Aldwyns kam, ein schneidiger Junggeselle gewesen, und er hatte vierzig Jahre dazu gebraucht, um die Würde zu erlangen, die ihn heute auszeichnete.

»Guten Tag, ich freue mich, Sie zu sehen«, sagte er, als er Eugenia herzlich die Hand gab. »Ich kannte nämlich Ihren Vater. Was für ein prächtiger junger Mann! Natürlich ist das viele, viele Jahre her. Sie und Perry haben also vor, sich zu –«

»Nein, nein, Onkel!« unterbrach ihn Mr. Walfords entsetzte Stimme. Eugenia, die sofort bemerkt hatte, daß Mr. Childrey – bei dem, wie bei vielen zerstreuten Menschen, Vergangenheit, Gegenwart und Zukunft ineinanderflossen – der Meinung war, daß das, was zweifellos hier als Zukunftsplan erörtert worden war, schon ein Fait accompli war, mußte sich zusammennehmen, um nicht herauszulachen. Mr. Walford blieb nichts anderes übrig, als einige unzusammenhängende Worte zu stammeln und sich verzweifelt um eine Konversation zu bemühen, die das prekäre Thema einer eventuellen Eheschließung mit Eugenia vermied.

Indem er dies tat, drängte er Muffet und sie zum Haus hinaus, fort von der Gegenwart seines Onkels, und führte sie zu einer kleinen Gruppe junger Damen und Herren, die sich zwischen den wohlgepflegten Erdbeerbeeten ergötzten und sich hin und wieder eine der sonnenwarmen Früchte schmecken ließen. Es sei aber, wie Mr. Walford sie weiter stammelnd belehrte, im Eßzimmer auch ein kaltes Buffet bereitet, da es ja ein so warmer Tag wäre, doch vielleicht wolle man sich zuvor damit begnügen, die Erdbeeren zu versuchen?

Eugenia, die immer einen ausgezeichneten Appetit hatte, erklärte sich natürlich einverstanden. Sie wurde, nachdem sie mit den anderen Gästen bekannt gemacht worden war, mit einem kleinen Körbchen ausgestattet und hätte sich sicherlich sehr gut unterhalten, wenn sie sich von den bedrückenden Gedanken an Richard und Gerald hätte freimachen können.

Sollte nicht einer von ihnen, so überlegte sie sich, alle Vorsicht außer acht lassen und hinüber nach Dower House reiten, um zu sehen, wie die Dinge dort standen? Offenbar waren die Polizisten nicht mehr in der Nähe, denn niemand hatte mehr etwas von ihnen gehört oder gesehen, seit sie an jenem stürmischen Abend das Gutshaus verlassen hatten. Wahrscheinlich waren sie jetzt in Tunbridge Wells und suchten nach Zwillingen in Lakaienlivree, vielleicht waren sie aber auch schon wieder in London angekommen. Sie hatte das Gefühl, daß sie unbedingt bald mit den beiden jungen Männern sprechen mußte, um ihnen zu versichern, daß die Suche nach MacGoff eingeleitet war. Wer weiß, ob nicht einer von ihnen (oder sogar beide) sonst allmählich ungeduldig wurde und etwas Unbesonnenes unternahm. Plötzlich hörte sie eine Stimme neben sich, die sie aus ihren Gedanken aufschreckte.

»Miß Liddiard!« Es war der junge Mr. Walford – ziemlich rot im Gesicht, vielleicht von den Erdbeeren, vielleicht aber auch von bedrängenden Seelennöten. »Dürfte ich – dürfte ich vielleicht ein bißchen mit Ihnen sprechen?« fragte er, nun wirklich puterrot. »Dort – dort ist es vielleicht etwas kühler –«

Er deutete auf einen kleinen Steinwall am Ende des Gartens, von dem aus man hinunter zum Fluß blicken konnte. Eugenia sah ihn überrascht an.
»Du lieber Himmel, ich fürchte, der will mir einen Antrag machen«, dachte sie, jedoch ohne den Triumph und die innere Verwirrung, die ein sittsames junges Mädchen bei solcher Gelegenheit zu empfinden hatte. »Wie komisch der jetzt aussieht, nein wirklich!«
Sie fragte sich, ob sie ihm nicht sofort sagen sollte, daß sie nicht die Absicht habe, ihn zu heiraten, schon um ihn von seiner Bedrängnis zu befreien. Doch leider war dies möglich, da er sie ja noch gar nicht gefragt hatte und da verschiedene Leute in der Nähe waren, die jedes Wort mithören konnten. Sie folgte ihm also fügsam auf dem Weg durch den Garten und hinunter zum Steinwall, nahm dort Platz und wartete freundlich darauf, daß er nun sprechen würde.
Nichts geschah jedoch. Wenn sie seine Gedanken hätte lesen können, wäre ihr aufgegangen, daß der junge Mr. Walford fieberhaft überlegte, ob er a) neben ihr auf dem Steinwall Platz nehmen, b) sich sofort vor ihr auf die Knie werfen oder c) auf den Beinen bleiben sollte, um sich wie ein würdiges Mitglied des Parlaments in die Debatte über ein gewisses Thema hineinzubegeben. Eugenia, die im allgemeinen nicht zu träumerischen Phantasien neigte, mußte unwillkürlich an das Märchen von Dornröschen denken, doch war der arme Mr. Walford sicher nicht der Prinz, der in der Lage war, sie zu wecken. Sie beugte sich nach vorn, und da die Mauer sehr niedrig war und der Fluß sehr hoch stand, konnte sie mit ihren Händen das sanft fließende Wasser erreichen.
»Oh, Miß Liddiard!« sagte Mr. Walford plötzlich, der angesichts dieses poetischen Anblicks – eine elegante junge Dame in einem bezaubernden Kleid, die ihre Hand malerisch ins Wasser streckte – nicht mehr an sich halten konnte. Noch einmal legte er seine ganze Seele in diese Worte: »Oh, Miß Liddiard!«
Eugenia blickte ihn fragend an. Im nächsten Augenblick war der junge Mr. Walford, von dem sie eine so romantische Handlung gar nicht erwartet hatte, bereits auf die Knie gesunken und ergriff feurig ihre Hände.
»Oh, Miß Liddiard!« sagte er noch einmal, als ob dieser Name allein genügte, um ihn völlig der Sinne zu berauben. »Euge-

nia!« (Das, so mußte sie feststellen, gefiel ihr schon bedeutend besser.) »Wollen Sie die meine sein? Wollen Sie meine Frau werden?« Dann verdarb er alles, indem er pflichtgemäß hinzufügte: »Ich habe die Erlaubnis von Lord Chandross, Ihnen meinen Antrag zu machen –«

Eugenia, die angesichts dieser Szene eine merkwürdige, sie selbst völlig verwirrende Erfahrung machte, indem sie auf einmal den Eindruck hatte, daß dieser Mann vor ihr gar nicht Mr. Walford war, sondern ein anderer, der diese Worte zu ihr sprach, kam bei der Nennung von Lord Chandross' Namen auf einmal zu sich. Sehr schnell war sie aus ihrem merkwürdigen Traum erwacht und erklärte mit der ihr eigenen Sachlichkeit, daß Lord Chandross mit dieser Angelegenheit wirklich nichts zu tun habe. »Der sagt nämlich nichts anderes, als daß ich jeden heiraten könnte, der gut genug sei, um in Mere empfangen zu werden«, erklärte sie ungerührt. »Stehen Sie jetzt auf, Perry. Natürlich werden wir immer gute Freunde sein, doch heiraten kann ich Sie wirklich nicht.«

»Warum nicht?« fragte Mr. Walford, der angesichts dieser zwar freundlichen, doch sehr bestimmten Abfuhr auch wieder begann, die Angelegenheit sachlich einzuschätzen. Er stand auf und klopfte den Staub von seinen rehfarbenen Breeches. »Ich glaube, wir würden ausgezeichnet zueinander passen.«

Eugenia erklärte, immer noch freundlich, doch auch ein wenig ungeduldig, daß sie nicht seiner Ansicht sei.

»Ich sehe nicht ein, weshalb nicht«, wandte Mr. Walford ein, obwohl sich bei ihm nun auch Zweifel regen mußten, denn eine Dame, die zu einer so kühlen Antwort fähig war, konnte kaum zu dem Bild passen, das man sich kurz zuvor noch von ihr gemacht hatte. »Gibt es – gibt es denn jemanden anderen?« fragte er mit plötzlich aufsteigendem eifersüchtigem Verdacht.

Eugenia fing an, ihm gereizt zu erklären, daß es natürlich keinen anderen gäbe, doch plötzlich verstummte sie und konnte einfach nicht weitersprechen. Denn während sie Mr. Walford vor sich sah, verschwamm auf einmal seine Gestalt im flimmernden Sonnenlicht, und ein anderer erschien an seiner Stelle, ein großer Mann mit gebräuntem Gesicht und schwarzen Augen unter kräftigen dunklen Brauen. »Ach, das ist es also«, sagte sie zu sich selbst, da ihr nun aufgegangen war, was sie bisher nur undeutlich empfunden hatte. Und Perry, der ihre strahlenden Augen bemerkt hatte, vergaß alles, was er eben gehört hatte, und fragte sie noch einmal, ob sie ihn nicht heiraten wolle.

»Nein, Perry, ich kann nicht, wirklich, ich kann nicht«, sagte Eugenia, doch nun sehr viel sanfter und in einer merkwürdig geistesabwesenden Art.

Sie wandte sich wieder von ihm ab und blickte ins Wasser. Mr. Walford, der fühlte, daß er entlassen war, schluckte einige Male, versuchte dann vergebens, nochmal etwas zu äußern, und ging nach einigen Augenblicken betrübt davon. Eugenia jedoch blieb versonnen sitzen. Einige Enten paddelten heran, die Sonne versteckte sich kurz hinter den Wolken, und sie hatte das Gefühl, als lebe sie in einem Traum. Alles war anders als zuvor, und die Welt, die sich ihr nun eröffnete, konnte manches für sie bereithalten, darunter auch viel Schmerz. Denn Richard liebte sie ja gar nicht und betrachtete sie sicher nur als lästiges kleines Mädchen, das plötzlich erschienen war, um in seinem Leben einige Verheerung anzurichten. Doch man konnte nicht alles haben, und was sie nun hatte, war die Freude, die Liebe einmal erfahren zu haben.

Auf einmal hörte sie neben sich eine Stimme, die sie aus ihren Gedanken riß.

»Meine liebe Miß Liddiard, Sie sitzen ja hier ganz allein! Das ist aber nicht schön.« Es war Mr. Childrey, der sich nun neben sie setzte und sie freundlich anlächelte. »Wir wollen jetzt alle hineingehen und etwas Richtiges essen«, fügte er hinzu. »Sonnenwarme Erdbeeren schmecken ganz gut, doch sie genügen nicht. Ich hoffe, Sie haben sich gut unterhalten?« fragte er etwas unsicher.

Eugenia, die in Gedanken noch bei Richard war, sagte, daß sie sich sehr gut unterhalten habe. Dann kam ihr auf einmal in den Sinn, daß sie eigentlich, da sie schon einmal in St. Aldwyns war, auch hier nachfragen könnte, ob es irgendwelche Eintragungen bezüglich einer Ehe zwischen Charles Liddiard und Susan Justis gäbe. Der Pfarrer erleichterte es ihr, indem er auf einmal wehmütig sagte: »Ich habe doch Ihren Vater und Ihre Mutter getraut. Ach ja, wie lang ist das schon her, und welch schönes Paar waren sie doch. Deswegen hat es mich so gefreut, als Perry mich heute mit Ihnen bekannt gemacht hat und ich mich überzeugen konnte, welch glückliche Frucht diese Verbindung gebracht hat –«

Er unterbrach sich, weil Eugenia ihn völlig entgeistert anstarrte.

»Aber – aber –«, stammelte sie nach einer Weile, »das ist doch ganz unmöglich! Sie können Papa und Mama gar nicht getraut haben. Sie haben ja in London, in St. Georges am Hanover Square, geheiratet. Oh, Mr. Childrey, erzählen Sie mir ganz schnell – sind Sie ganz sicher, daß es nicht Charles Liddiard war, den Sie getraut haben, sondern Walter?«

Mr. Childrey blickte sie verwundert an und begann zu überlegen.

»Ja, was soll ich dazu sagen«, meinte er versonnen. »Ich habe natürlich gedacht, als Perry mir zuerst Ihren Namen nannte, daß Sie die Tochter des Mr. Liddiard sind, dem Coverts gehörte –«

»Ja, das bin ich auch«, sagte Eugenia ernst. »Doch Sie können ihn wirklich unmöglich getraut haben, Mr. Childrey, also muß es ein anderer Liddiard gewesen sein. Könnte es nicht sein Vetter Charles gewesen sein, was meinen Sie? Er hat vor sechsundzwanzig Jahren geheiratet, und wir nehmen an, daß es irgendwo in Kent war – doch sicher wäre das in den Kirchenbüchern zu finden, nicht wahr? Oh, Mr. Childrey, können wir bitte ganz schnell nachsehen?«

Sie war aufgesprungen und blickte ihn erwartungsvoll und bittend an. Mr. Childrey schien ziemlich verwirrt.

»Ja, gewiß«, sagte er. »Mein verflixtes Gedächtnis – ich kann mich wirklich nicht mehr daran erinnern, ob der junge Mann Charles oder Walter hieß, mein Kind. Wir müssen uns natürlich das Register ansehen. Doch im Augenblick, Sie müssen verstehen, kann ich meine Gäste nicht allein lassen.«

Er war jetzt auch aufgestanden und bot ihr den Arm an, um sie ins Haus zu geleiten. Es blieb ihr also nichts anderes übrig, als ihm zu folgen und sich eine halbe Ewigkeit lang – so kam es ihr jedenfalls vor – durch Sandwiches, Aspik, Kuchen und Limonade hindurchzuquälen, die ihr ausnahmsweise einmal gar nicht schmecken wollten. Ihre Gedanken waren ganz woanders, und sie empfand zugleich Freude und Furcht. Furcht davor, daß Mr. Childreys Erinnerung sich als trügerisch erweisen könnte und daß in St. Aldwyns niemals ein Gentleman namens Liddiard getraut wurde. Freude, ja sogar Jubel, weil sie vielleicht bald beweisen konnte, daß Richard ein echter Liddiard war und daher Anspruch auf Coverts hatte.

Am andern Ende des Raums wurde Perry Walford, der einen gekränkten Eindruck machte, gerade von Muffet getröstet. Er hatte ihr die ganze Geschichte von Anfang bis Ende anvertraut, und da sie selbst für Eugenia eine Art Heldenverehrung empfand, war sie in der Lage, mit ihm zu fühlen. Die beiden würden ein ausgezeichnetes Paar abgeben, dachte Eugenia, als sie beobachtete, wie tröstend und zugleich hoffnungsvoll Muffets blaue Augen Perry anblickten. Und mit der Anteilnahme einer neu Verliebten schwor sie sich in diesem Moment, alles zu tun, was in ihrer Kraft stand, um auch Muffet zu dem Glück zu verhelfen, das sie selbst empfand, und den jungen Mr. Walford in die richtige Richtung zu weisen.
Endlich war es soweit. Die letzten Gäste hatten sich verabschiedet, und Mr. Childrey, der seine Pflicht als Gastgeber erfüllt hatte, konnte mit ihr beginnen, die Kirchenbücher nach dem Namen des Charles Liddiard zu durchforschen.
»Ich erinnere mich ganz genau daran – nur nicht an den Namen, das heißt den Vornamen«, erklärte er einer atemlos erwartungsvollen Eugenia, während seine knochigen Hände die staubigen Seiten des Kirchenregisters umblätterten, in das viele, viele Paare aus Kent, die nun inzwischen Großeltern waren, hoffnungsfroh ihre Namen geschrieben hatten. »Eine so wunderschöne Frau, nur ziemlich aufgeregt, hatte ich den Eindruck, was kein Wunder war, bei den Umständen, denn sie haben ja mit Sondergenehmigung geheiratet, und er war von zu Hause davongelaufen. Ah, aber hier haben wir es!«
Sein dünner Zeigefinger deutete auf zwei verblaßte Unterschriften – eine kühn und unbekümmert, die andere gewissenhaft und zitternd: Charles Frederick Norrys Liddiard, Susan Elizabeth Justis.
»Es stimmt also«, sagte Mr. Childrey triumphierend. »Ich wußte, daß ich mich nicht irren konnte.« Er wandte sich eifrig nach Eugenia um und bemerkte, daß ihre Augen feucht waren. »Aber mein liebes Kind, Sie weinen doch nicht etwa?« fragte er.
»O ja, ich weine«, sagte Eugenia, die über ihre eigene Schwäche entsetzt war, sich jedoch so voller Freude fühlte, daß es sie nicht weiter bekümmerte. »Aber nur, weil ich so glücklich bin! Oh, Mr. Childrey, Sie werden doch bitte gut auf das Buch aufpassen, nicht wahr! Denn Sie müssen wissen, daß sehr, sehr viel davon abhängt!«

14

In derselben goldenen Wärme des späten Nachmittags, die das Pfarrhaus von St. Aldwyns einhüllte, döste auch Dower House dahin, eingeschläfert vom Summen der Bienen und dem Rascheln einer leichten Brise in den Kastanienbäumen. Oben in ihrem Schafzimmer wurde Lady Brassborough – die sich inzwischen auch ihren eigenen Plan ausgeheckt hatte, den sie ihren beiden Gästen jedoch noch nicht unterbreitete, weil sie jungen Männern keine Diskretion zutraute – von ihrer alten Zofe Hortense gerade bei ihrer Abendtoilette unterstützt. Sie hatte ein außerordenlich prächtiges Gewand aus karmesinrotem Brokat gewählt, einen Turban aus karmesinrotem Satin, der von einem Buschen Straußenfedern gekrönt wurde, dazu einen glitzernden Schal, spanische Sandalen und das Pontowski-Smaragdgehänge, das ihren majestätischen Busen zierte und von dort aus in reichen Kaskaden zu ihrer nicht existierenden Taille herabfiel. Ihre wundervollen dunklen Augen leuchteten vor Übermut, und auch ihr breiter, beweglicher Mund verriet heute nicht ihre übliche Skepsis, sondern ganz im Gegenteil größte Befriedigung.
In dem großen Salon unter ihr langweilte sich Richard Liddiard beim Durchblättern eines Romans und dachte sehnsüchtig an einen ausgedehnten Galopp über die Felder. Er hatte gerade beim Pikett mehrere tausend Pfund von Gerald gewonnen – allerdings ein reichlich theoretischer Gewinn, denn sie beide hatten keinen Pfennig Geld, es bestand auch nicht die Aussicht, zu Geld zu kommen. Gerald, der dem gegenwärtigen Lebensstil noch weniger abgewinnen konnte als Richard, hatte erklärt, daß er hinauf in sein Schlafzimmer gehen werde, um sich bis zum Dinner schlafen zu legen, doch insgeheim hatte er sich aus dem Haus geschlichen.
Das war ziemlich unklug, wenngleich man sich nicht vorstellen konnte, daß hinter den Kastanienbäumen oder dem Rho-

dodendron Gefahr lauern könnte. Doch selbst als Gerald nur ziellos auf der Terrasse herumspazierte, sollte es sich zeigen, daß ein Paar scharfe Augen auf ihn gerichtet waren, und wenn er nicht von der vielen Langeweile und der Hitze des Tages leicht schläfrig gewesen wäre, hätte er sicher bemerkt, daß sich hinter ihm auf einmal die Büsche teilten und eine dunkle Gestalt sich leise an ihn heranschlich.
Mr. Baker von der Bow Street war berühmt für die unerwarteten Attacken, mit denen er seine ahnungslosen Opfer ergriff.
Gerald war gerade am Ende der Terrasse angekommen und drehte sich um. Die Sonne schien ihm direkt in die Augen, so daß er nur noch blinzeln konnte, und in diesem Moment packte ihn von hinten ein kräftiger Arm.
»Ich habe ihn!« rief Mr. Bakers Stimme triumphierend.
Gerald, der sich verzweifelt wehrte, mühte sich vergebens, denn schon war eine zweite Gestalt herangekommen, und Mr. Cartwright, um den es sich natürlich handelte, hatte sich im Nu seines Armes bemächtigt.
»Ich habe ihn!« kam es wie ein Echo aus seinem Munde, während Mr. Baker ein Paar Handschellen aus seiner Tasche zog und sie geschickt um Geralds Handgelenke legte.
»Im Namen des Gesetzes, ich verhafte Sie, Gerald Liddiard, wegen Mordes an Josiah Slook«, sagte Mr. Baker etwas atemlos, da ihn die Strapazen des Auflauerns offenbar mitgenommen hatten. »Ein gutes Stück Arbeit!« lobte er sich dann selbst hochbefriedigt.
Gerald, der gerade dabei war, einen wütenden Protest loszulassen, wurde unterbrochen, denn an der Eingangstüre von Dower House erschien sein Double, das die beiden Polizisten anstarrten, als handle es sich um ein Gespenst. Die Erscheinung, die einen Roman in der Hand hielt, bewegte sich mit größter Gelassenheit auf sie zu.
»Mein guter Junge«, sagte er zu Gerald und blickte die beiden Polizisten erstaunt an, »was soll denn das heißen? Ich nehme an, es handelt sich um einen Scherz? Doch ich würde sagen, es ist ein reichlich schlechter Scherz!«
Die beiden Polizisten, die immer noch Geralds Arme gepackt hielten, blickten einander erschrocken an. Offenbar bemühten sie sich fieberhaft, die Frage zu klären, ob sie ihr gegenwärtiges Opfer freilassen und statt dessen das andere ergreifen sollten. Doch da der neu Hinzugekommene nicht die geringsten An-

stalten machte, vor ihnen zu fliehen, sondern ganz im Gegenteil offenbar die Absicht hatte, genau dort zu bleiben, wo er war, kamen sie zu dem Schluß, daß der Spatz in der Hand besser sei als die Taube auf dem Dach.

Gerald, der sofort begriff, was Richard im Sinn hatte, sagte kein Wort, sondern überließ es den Gesetzeshütern, den nächsten Schachzug zu machen.

Es war Mr. Baker, der zu sprechen begann. »Und wer sind Sie, Sir?« fragte er Richard vorsichtig.

Die kräftigen Brauen des Angesprochenen hoben sich erstaunt. »Ich habe den Eindruck«, sagte er in seiner gedehnten Sprechweise, »daß ich es eigentlich sein sollte, der diese Frage zu stellen hat. Auch würde ich ganz gerne wissen, wie Sie dazu kommen, einem Gentleman Handschellen anzulegen, der in diesem Hause Gast ist. Ich fürchte, Lady Brassborough wird sich so etwas kaum bieten –«

Mr. Baker, der sich nicht so leicht einschüchtern ließ, erklärte, daß sie Polizisten aus der Bow Street seien und daß er einen gesetzlichen Haftbefehl für einen Gerald Liddiard habe.

»Ein Gerald Liddiard«, wiederholte Richard nachdenklich. »Ein Gerald Liddiard. Gibt es denn zwei?«

Mr. Baker blickte verdutzt drein.

»Natürlich nicht zwei Gerald Liddiard«, erklärte er, immer noch die Entschlossenheit eines Kampfhundes zeigend. »Doch einer von Ihnen ist es, und welcher, das werde ich noch herausbekommen.«

»Nun, ich werde es Ihnen nicht sagen«, erklärte Richard kalt. »Und da Sie nicht zwei Haftbefehle haben, schlage ich Ihnen vor, daß Sie diesen Gentleman freilassen, ehe Sie nicht genau wissen, welchen von uns Sie haben wollen. Übrigens kann ich Ihnen verraten, daß Sie in Wirklichkeit gar niemanden von uns haben wollen. Denn dieser Mord wurde nicht von Gerald Liddiard begangen, sondern von einem Captain Will MacGoff, der Gerald Liddiards Stute geritten und seinen Mantel getragen hat. Diese Umstände haben dazu geführt, daß Lord Barnstaple einen falschen Mann identifizierte.«

Diese Ausflucht – denn als solche mußte sie den Beamten erscheinen – war jedoch nicht angetan, sie von ihrer Entschlossenheit, Gerald Liddiard festzunehmen, abzubringen. Mr. Baker sagte mit deutlichem Argwohn, daß sein Haftbefehl Gerald Liddiard beträfe und nicht Will MacGoff, und es sei Gerald Liddiard, den sie daher festnehmen würden, selbst wenn sie gezwungen wären, Lady Brassborough selbst um die Identifizierung zu bitten.

»Bitte, dann fragen Sie sie doch«, sagte Richard friedfertig. »Aber ich kann mir nicht denken, daß sie sehr erbaut sein wird, Sie zu empfangen, und ich zweifle auch daran, daß sie in der Lage sein wird, Ihnen zu sagen, wer von uns beiden Gerald Liddiard ist. Doch stellen Sie ihr ruhig die Frage, wenn es unbedingt sein muß. Ich würde jedoch empfehlen, diese unangenehmen Handschellen vorher zu entfernen. Lady Brassborough ist zwar eine ungemein tolerante Dame, doch wahrscheinlich wird sie es nicht sehr freundlich aufnehmen, einen ihrer Gäste in diesem Zustand vorzufinden.«

Dazu konnte sich Mr. Baker jedoch unter keinen Umständen bereit erklären. Es war ihm gelungen, wenigstens einen eventuellen Gerald Liddiard außer Gefecht zu setzen, und da er die Größe und Muskelbeschaffenheit des anderen abschätzte, hatte er nicht die geringste Neigung, sich und seinen Kollegen der Übermacht von zwei solchen Burschen auszusetzen.

So war also Gerald zu seinem größten Unbehagen gezwungen, Dower House in Handschellen und unter den diskreten Augen des alten Matthieu zu betreten, der als Butler schon so viel gesehen hatte, daß es ihn nicht einmal aus der Fassung gebracht hätte, wenn der Prinzregent selbst inmitten zweier Wächter hereinmarschiert wäre.

»Priez Madame la baronne, s'il vous plaît, à venir ici«, sagte Gerald, der die Erfahrung gemacht hatte, daß Matthieu auf sein schlechtes Französisch bedeutend besser reagierte als auf das makelloseste Englisch.

Matthieu antwortete mit einem »Oui, Monsieur« und bewegte sich bereitwillig auf die Treppe zu. Doch in diesem Augenblick erschien Lady Brassborough selbst in all ihrem beeindruckenden Glanz aus rotem Brokat, Straußenfedern und riesigen Smaragden und blickte vom Ende der Treppe auf die merkwürdige kleine Versammlung hinab.

»Hortense! Hortense!« rief sie ihrer Zofe gebieterisch zu. Das alte kleine Jüngferchen trottete heran. »Bringen Sie mir meine Lorgnette. Meine Augen sind offenbar nicht mehr das, was sie waren. Ist dieser junge Mann in Handschellen, Hortense?«

»Oui, Madame«, bestätigte ihr die Zofe und kniff die Augen zusammen, um die Gruppe unten besser sehen zu können.

»Un-möglich!« zischte Lady Brassborough in einem Ton, der in ihrer Rolle als Lady Macbeth soviel Eindruck auf ihr Publikum gemacht hatte. Sie begann nun langsam und drohend die Treppe hinabzuschreiten. Mr. Baker und Mr. Cartwright machten einen ziemlich verängstigten Eindruck, während Richard ihr beifällig und amüsiert entgegenblickte. Lady Brassborough, das war gewiß, würde ihre Rolle in der vortrefflichsten Weise spielen, um ihre zwei Schützlinge zu entlasten.
»Was«, fragte sie, als sie mit größtmöglichem Effekt das Hinabschreiten beendet hatte und sich nun vor dem hochroten Mr. Baker aufpflanzte, »was, wenn ich bitten darf, soll das bedeuten, mein lieber Mann?«
Richard und Gerald schwiegen schadenfroh, so daß Mr. Baker die Frage selbst beantworten mußte.
»Wenn ich bitten darf, Mylady –«, begann er mit unglücklicher Stimme.
»Warten Sie!« befahl Lady Brassborough und hielt eine Hand mit dramatischer Gebärde hoch.
Die kleine Zofe, die inzwischen auch die Treppe hinabgehuscht war, reichte ihr die Lorgnette, die Lady Brassborough nun an die Augen hielt, um damit Mr. Baker und seinen Kollegen mit erbarmungsloser Eindringlichkeit zu mustern. Sie senkte sie dann langsam und sagte noch gebieterischer als zuvor: »Fahren Sie fort!«
Mr. Baker schluckte, und sein Adamsapfel bewegte sich konvulsivisch.
»Ja, Mylady«, sagte er gehorsam. »Nun, sehen Sie, Mylady, es war so. In Ausübung unseres Amtes haben wir einen Burschen – einen Gentleman – ergriffen, den wir für Gerald Liddiard halten, gesucht wegen Mordes und Raubüberfalls –«
»Sie haben den falschen Mann«, erwiderte Lady Brassborough prompt.
»Den falschen Mann?« Mr. Bakers Augen bewegten sich triumphierend zu Richard hin, und er machte unwillkürlich einen Schritt in seine Richtung.
»Den falschen Mann«, wiederholte Lady Brassborough streng. »Der Mann, den Sie hätten verhaften sollen, mein lieber Idiot, ist Captain Will MacGoff. Er wird sehr bald hier erscheinen, und dann können Sie, wie Sie es nennen, ihr Amt ausüben und ihn verhaften.«
»Hier erscheinen!« riefen Richard und Gerald gleichzeitig aus,

und dann fügte Gerald in ungläubigem Staunen hinzu: »Wollen Sie damit sagen, daß Sie ihn gefunden haben, Lady B.? Bei Gott, Sie sind ja phantastisch!«

»Natürlich habe ich ihn gefunden«, sagte Lady Brassborough selbstgefällig. »Und es war noch nicht einmal schwierig. Ich habe nichts anderes getan, als in der Nachbarschaft verlauten zu lassen, daß ich danach schmachte, ihn wiederzusehen, und natürlich ist er in die Falle gegangen, der törichte Tropf! Wir haben Briefchen ausgetauscht, und er wird innerhalb einer halben Stunde hier sein.«

Wie sie es allerdings angefangen hatte, dies »verlauten zu lassen«, sagte sie nicht. Denn das wäre auf einige Schwierigkeiten gestoßen, da in Dower House keine Gäste empfangen worden waren, seit die beiden jungen Leute ankamen, und da sie selbst auch nicht ausgegangen war.

Doch es wurden ja immer irgendwelche Dinge geliefert, und wenn ein Schlachterjunge das Gerücht in der Gegend herumerzählte, würde es sehr schnell bis in den letzten Winkel bekannt werden.

Weder Richard noch Gerald zeigten gegenwärtig jedoch die Neigung, sich damit zu befassen, welcher Methoden sie sich bedient hatte, und die beiden Polizisten waren damit beschäftigt, einander bange Blicke zuzuwerfen, die andeuteten, daß sie ihre Tat verdammten, Gerald Liddiard überhaupt gefangengenommen zu haben. Denn es würde der Weisheit eines Salomo bedürfen, um herauszufinden, wer von beiden nun wirklich Gerald Liddiard war, und außerdem war es ja nun vielleicht gar nicht Gerald Liddiard, nach dem sie sich umzusehen hatten.

»In der Zwischenzeit«, wandte sich Lady Brassborough mit ihrer gebieterischen Stimme an Mr. Baker, »wollen Sie bitte diese scheußlichen Instrumente von den Händen dieses Gentleman entfernen, und dann werden wir uns hinsetzen und unsere Pläne machen. Denn ich glaube, wir sollten einen Plan haben, obwohl sich andererseits, wenn man den Dingen ihren Lauf läßt, oft alles auf die erstaunlichste Weise von selbst ergibt. Los, beeilen Sie sich ein bißchen, guter Mann!« fügte sie streng hinzu, als Mr. Baker sie nur wie benebelt anstarrte. »MacGoff wird nämlich sehr bald hiersein!«

Mr. Baker, der die Stimme der Autorität erkannte, gab auf und öffnete die Handschellen.

»Gut!« sagte Lady Brassborough. »Und nun kommen Sie mit mir.«
Sie ging voran in den Salon, wo Mr. Cartwright, der von dieser Pracht aus Rot und Gold völlig benommen war, sich aus Versehen auf Wellingtons Sessel zu setzen versuchte, was ihm sofort einen wütenden Biß eintrug, der jedoch glücklicherweise nicht ins Fleisch ging.
»Und nun«, sagte Lady Brassborough, die Wellington auf den Arm nahm und sich auf einen Fauteuil setzte wie eine Königin auf den Thron, »kommen wir bitte gleich zur Sache. Ich nehme an, daß die beiden Herren«, und sie richtete ihre schönen, glänzenden Augen auf Baker und Cartwright, »daran interessiert sind, den Mann zu ergreifen, der Lord Barnstaples Kutscher anläßlich eines Raubüberfalls an der Bath Road tötete. Doch zuerst müssen wir natürlich den Beweis erbringen, daß er es getan hat, und daher bin ich dabei, einen Plan zu machen. Ich habe mir zu dem Thema einiges ausgedacht, denn wenn man in so vielen Stücken gespielt hat wie ich, ist man um geeignete Handlungen nicht verlegen. Und das beste scheint mir – da Sie ja nun dank der Gunst des Schicksals als Vertreter des Gesetzes anwesend sind –, daß wir uns für die Handlung des »Betrogenen Betrügers« entscheiden. Ist Ihnen dieses Stück bekannt? Nein? Dann werde ich es Ihnen genau schildern.«
Zur größten Verwunderung ihrer Zuhörer begann sie nun die höchst komplizierte Geschichte einer Intrige aus der vornehmen Welt zu erzählen, wobei es ihr besonders auf eine Szene ankam, bei der sich verschiedene Personen – einzeln und in Gruppen – hinter einer großen Stellwand versteckt hatten und in den unpassendsten Momenten hervorlugten, um geheime Machenschaften, meist amouröser Art, zu beobachten.
»Natürlich haben wir es hier nicht mit Verliebten zu tun«, sagte Lady Brassborough, wobei sie die beiden Polizisten streng anblickte, damit diese nicht etwa auf komische Gedanken kämen, »obgleich MacGoff so etwas sicher vortäuschen wird, da er wahrscheinlich immer noch nicht die Hoffnung aufgegeben hat, mich zur Ehe verleiten zu können. Doch der springende Punkt ist, daß wir eine Stellwand zur Verfügung haben« – und sie deutete triumphierend auf einen prachtvollen chinesischen Paravent, der mit höflichen Mandarinen und schlitzäugigen Damen bemalt war. »Dahinter können Sie sich alle verstecken, während ich aus MacGoff ein Bekenntnis herauslocke, das ihn

überführen wird. Ich bin außerordentlich gut im Verlocken«, sagte Mylady nicht ohne Stolz, »doch habe ich es bisher allerdings noch nie in einem Kriminalfall getan. Und dann können Sie im geeigneten Moment erscheinen und Ihr ›Amt ausüben‹, wie Sie es nennen. Und nach der Verhaftung brauchen Sie dann den armen Gerald nicht weiter zu belästigen.«
Die Polizisten blickten sich hilflos an. Offenbar hatten sie nicht ganz verstanden, was Lady Brassborough mit ihrem »Plan« meinte, und argwöhnten, zu Mitspielern eines Theaterstücks gemacht zu werden, das Lady B. zu ihrem eigenen Spaß aufführte.
Doch selbst wenn sie gegen das höchst merkwürdige Programm einiges einzuwenden gehabt hätten, wäre aller Protest nutzlos gewesen, denn in diesem Moment klopfte es sehr vernehmlich an der Eingangstüre.
»Da ist er schon!« rief Lady Brassborough und sprang mit einer Vehemenz auf, die ihrem Alter alle Ehre machte. »Schnell, schnell, hinter den Paravent – alle zusammen!«
Die beiden Polizisten fühlten sich zu ihrem großen Verdruß hinter den breiten chinesischen Paravent gedrängt, gefolgt von Gerald und Richard, die sich dicht neben sie stellten.
»Und bitte nicht das geringste Geräusch«, ermahnte Lady Brassborough sie, »denn sonst verderben Sie alles. Wellington, mein Schatz, nein, nein, nein!« Diese letzten Worte waren an den Mops gerichtet, der gerade dabei war, Mr. Cartwrights Stiefel zu attackieren, da er offenbar das Gefühl hatte, dieser wolle sich aus dem Staub machen, ohne vorher gehörig für sein Eindringen bestraft worden zu sein. »Der nette Mann wird uns eine große Hilfe sein«, sagte Lady Brassborough tadelnd und nahm den Hund hoch, »den darfst du nicht beißen. Du kannst aber Captain MacGoff beißen, wenn du willst, weil er – oh, da ist er ja schon!« Sie blickte hoch und strahlte, als ein großer, kräftiger und ziemlich derb aussehender Mann um die Vierzig hereinkam und Matthieu, der Anstalten machte, ihn förmlich anzumelden, grob beiseite schob. »Will MacGoff«, sagte sie und blickte ihn verführerisch an, als er ihr mit breitem Lächeln entgegenkam. »Ich habe gerade Wellington erzählt, daß er Sie beißen darf, wenn er will, weil Sie sich so lange nicht bei mir blicken ließen! Und nun setzen Sie sich und erzählen Sie mir alles, was Sie getan haben. Sie schlimmer, schlimmer Mann!«

Sie nahm einladend auf einem rotseidenen Tête-à-Tête-Sofa Platz.
Der Captain, der mit gierigen Augen auf ihr riesiges Smaragdgehänge blickte, das sich über ihre Vorderfront ergoß, setzte sich bereitwillig neben sie.

15

Für die vier Lauscher, die dicht aneinandergedrängt hinter dem chinesischen Paravent standen, war die nächste halbe Stunde eine ebenso außergewöhnliche wie entnervende Erfahrung. Es bot sich ihnen die seltene Möglichkeit, Beobachter – oder wenigstens Zuhörer, denn sie konnten ja nicht über den Paravent blicken – einer amourösen Szene zu sein, die sich zwischen einem vollblütigen Offizier zweifelhaften Rufes und einer erfahrenen Dame reifen Alters abspielte. Zunächst waren alle vier außerordentlich verwirrt. Die beiden Polizisten blickten starr vor sich hin und vermieden es, einander anzublicken, Gerald grinste leicht verlegen, und Richard machte mehr denn je einen uninteressierten Eindruck.

Doch die menschliche Natur hat ihre eigenen Gesetze, und als der Captain sich immer leidenschaftlicher gebärdete und die Lady immer zimperlicher, wurden vier Paar Ohren immer kühner, befreiten sich von den Skrupeln der Konvention und konzentrierten sich mit größtem Interesse auf die zu vernehmenden Geräusche: Scharren von Schuhen, heftiges Klopfen des Fächers, gelegentliches schweres Atmen (der Captain) und tiefes, glucksendes Lachen (Lady Brassborough).

»Nein, nein, nein, Sie böser, schlimmer Mensch!« Das war Lady Brassborough mit ihrer dramatischsten Stimme. »Sie vergessen sich, Sir! Ich habe nichts versprochen!«

»Ah, aber Ihr Brief, meine allerliebste Lady – Ihr reizender Brief!« Das war natürlich der Captain in leidenschaftlich schmeichelndem Irisch. »Ich habe ihn hier!« Er war ein Ausruf, der gefolgt wurde von einem Klopfen, offenbar auf seine mächtige Brust, um zu bedeuten, daß er das fragliche Dokument bei sich trug. »Haben Sie mir nicht selbst geschrieben, daß ich kommen soll, und haben Sie mir nicht selbst gesagt, daß es zu meinem Vorteil sein könnte? Und haben Sie nicht auch gesagt, daß es auch zu Ihrem Vorteil sein könnte? Was

kann denn mehr zu unser beider Vorteil sein, als wenn wir uns zusammentun! Sie haben einen feinen, starken, hübschen Mann, und ich habe etwas Warmes für eine kalte Nacht –«
An dieser Stelle ertönte ein scharfer, doch nicht sehr heftiger Schlag, und die faszinierten Zuhörer vernahmen ein lautes, zufriedenes Lachen. Dann hörte man die Stimme des Captains sagen: »Ah, Sie sind eine mutige Frau, Lady B.!«
»Das bin ich«, ertönte Lady Brassboroughs Stimme, die nun das unverfälschte Irisch der kleinen Meg Morvin sprach. »Und ich werde einen mutigen Mann heiraten, Will MacGoff, nicht eine armselige Kreatur, die nur mehr soviel Mark in den Knochen hat, um müde am Kamin zu sitzen. Ah, mein armer Brassborough – das war ein ganzer Kerl! Ganz Paris haben wir zusammen auf den Kopf gestellt, bevor dieser schreckliche Krieg anfing – ja, und Lissabon und Wien auch –«
»Und könnten wir es nicht ebenso tun, wir beide ganz allein?« fragte der Captain. »Denn ich werde Sie auf den Kontinent bringen, meine Liebe, sobald wir verheiratet sind. Ich habe nämlich genug von England, wenn Sie es wissen wollen – kein Platz für einen Mann meiner Talente. Jetzt hören Sie zu, hören Sie mir gut zu.« Die Stimme des Captains wurde tief und drängend. »Ich habe mir die Jacht eines Freundes geliehen – ein feines Schiff, Mannschaft und alles, was dazugehört –, und sie wird mich am Freitag nach Antwerpen bringen. Sie brauchen nur ja zu sagen, und wir fahren zusammen. Wir können heiraten, sowie wir angekommen sind –«
»Mein lieber Junge, das geht mir wirklich zu schnell«, hörte man jetzt Lady Brassboroughs Stimme, begleitet von einer Serie kurzer, wütender Beller von Wellington, der offenbar ihre Ansicht teilte. Der Captain fluchte. »Shocking!« sagte Lady Brassborough tadelnd. »Vor Damen oder wenigstens einer Dame – denn ich bin eine Dame, wie Sie wissen, dank der Liebenswürdigkeit des armen Brassborough.«
»Das Biest hat mich gebissen«, brummte der Captain mißgestimmt.
»Hat er das?« sagte Lady Brassborough gemütlich. »Das Tier hat wirklich mehr Vernunft als ein Mensch. Natürlich mag er es nicht, wenn Sie sich so auf mich stürzen, als wollten Sie mich auffressen! Hier – nehmen Sie mein Taschentuch.«
Dann vernahm man das Geräusch von klirrenden Juwelen, begleitet von einem heftigen Rascheln, was andeutete, daß Lady

Brassborough in der Fülle ihrer Stoffhüllen nach ihrem Ridikül suchte.
»Nun«, fuhr sie fort, »das ist jetzt schon viel, viel besser, nicht wahr? Wegen so einer kleinen Schramme so ein Geschrei zu machen! Und das von einem Soldaten! Wurden Sie denn nie verwundet in all den großen Schlachten, die Sie mitgemacht haben?«
Gerald, der den Captain gut kannte, wußte, daß nun mindestens eine Viertelstunde lang eine farbenreiche Beschreibung aller Heldentaten, die dieser Gentleman im Laufe seiner Karriere begangen zu haben behauptete, folgen würde. Und er stöhnte – wenn auch nur im Geiste – bei der Vorstellung, es in diesem heißen Versteck noch so lange aushalten zu müssen, bis der Captain endlich mit seinem Schwadronieren zu Ende war. Mr. Baker und Mr. Cartwright hatten sich offenbar zum Mittagessen eine reichliche Portion Zwiebeln gegönnt, Richards Ellbogen bohrte sich ihm ins Kreuz, und darüber hinaus mußte er das heftige Bedürfnis unterdrücken zu niesen, das sich wahrscheinlich nur regte, weil er genau wußte, wie fatal es sich auf ihre Pläne auswirken würde.
»Gott segne Sie, Lady Brassborough!« dachte er dankerfüllt, als diese mit Entschlossenheit den phantasievollen militärischen Erinnerungen ein Ende machte und MacGoff erklärte, dies sei alles schön und gut, doch habe es sich in seiner Jugendzeit abgespielt, und sicherlich täte er jetzt nichts lieber, als am Kamin zu sitzen und Lügenmärchen seiner einstigen Taten aufzutischen.
»Während Brassborough, mein lieber Mann«, sagte sie, »niemals seinen Elan verlor, wenn Sie überhaupt wissen, was das bedeutet. Können Sie sich vorstellen, was er ein Jahr vor seinem Tod getan hat, als wir in St. Petersburg waren? Der liebe Himmel weiß warum, ich meine, warum wir in St. Petersburg waren, denn es war so kalt, wie es in der Hölle wäre, wenn man dort die Temperatur nach der andern Richtung herumstellen würde. Nun, es ereignete sich, daß er sich mit einem dieser russischen Prinzen in ein Spiel einließ – nein, es war nicht Pontowski, und überdies unterlassen Sie es bitte, meine Smaragde so gierig zu beäugen –, und da hat es mit den Karten nicht ganz seine Richtigkeit gehabt. Nichts, was Brassborough hätte beweisen können, doch er war entschlossen, sein Geld zurückzubekommen. Sobald dann sein russischer Freund dumm genug

war, in der Nacht abzureisen, legte er sich auf die Lauer – mit Maske und allem Drum und Dran, wie ein englischer Straßenräuber – und hat ihm genug abgenommen, um für seinen Verlust entschädigt zu sein –« Hinter dem Paravent lauschten Richard und Gerald atemlos, denn diese kühne Version der eigenen Aktivitäten des Captains mußte ihn ja herausfordern. Wenn er nur in die Falle gehen würde!

Der Captain ging in die Falle.

»Verdamm mich, wenn ich nicht vor einem Monat das gleiche getan habe«, begann er zu prahlen. »Als dieser gemeine Barnstaple die Karten gezinkt hatte, bei einem ganz freundschaftlichen Spiel! Hat versucht, mich zu betrügen, der Schurke, doch ist er da an den Falschen geraten. Ich habe ihn an der Bath Road gestellt – Maske und Pistolen, genau wie Sie sagen – und habe mit ihm abgerechnet.«

»Barnstaple? An der Bath Road?« sagte Lady Brassborough mit bewundernswert ruhiger Stimme. »Sie haben also hinter dieser Geschichte gesteckt! Doch da haben Sie Brassborough ja sogar noch übertroffen, glaube ich. Ist nicht bei der Gelegenheit ein Mensch getötet worden? Sie sind ein gefährlicher Mann, Will MacGoff!«

Der Captain erklärte selbstgefällig, daß er das allerdings sei. »Ein richtiger Mann schert sich nicht um ein bißchen Blut«, sagte er, »wenn er so viele Schlachten geschlagen hat wie ich, meine Liebe. Natürlich hatte ich nicht die Absicht, so weit zu gehen – ist ja schließlich kein Krieg und kein Duell, nicht wahr! Und wenn dieser Tölpel von einem Kutscher nicht mein Pferd erschreckt hätte und ganz durch Zufall meine Pistole losgegangen wäre. – Nicht, daß ich nicht beim Duell in Paddington Green so manchem Kerl eine Kugel durch den Kopf gejagt hätte, auf zwanzig Schritt Entfernung – o nein, Sie heiraten keinen Schwächling, meine Liebe, darauf können Sie sich wirklich verlassen!«

Doch an dieser Stelle wurde seinen Prahlereien energisch Einhalt geboten. Mr. Baker und Mr. Cartwright hatten für ihren Zweck genug gehört, und so trat der erstere mit gezogener Pistole aus seinem Versteck hervor, gab sich zu erkennen und erklärte dem Captain, daß er verhaftet sei.

Der Captain, der beim Anblick des Polizisten einen gehörigen Schreck bekam, wurde blaß und fluchte, doch da er trotz all seiner Prahlerei ein vorsichtiger Mann war, blieb er auf dem

Sofa neben Lady Brassborough sitzen und rührte sich nicht. Als dann Gerald und Richard auftauchten, wurde er noch blasser, starrte Gerald an und starrte dann noch entsetzter Richard an, bis es ihm schließlich gelang, in drohendem Ton zu Mr. Baker zu sagen: »Stecken Sie die Pistole weg, Mann! Wie kommen Sie dazu, in den Salon einer Dame einzubrechen und mit Waffen herumzuhantieren. Sie sind wohl betrunken oder nicht ganz bei Sinnen?«

»O nein, er ist nicht betrunken – oder von Sinnen«, sagte Lady Brassborough und erhob sich in aller Ruhe von ihrem Sofa, als gehöre es zu ihren täglichen Obliegenheiten, Gäste an die Polizei auszuliefern. »Und er ist auch keineswegs in meinen Salon eingebrochen. Ich habe ihn nämlich selber gebeten, sich hinter diesen Paravent zu stellen, damit er sich anhören konnte, was Sie ihm gerade gesagt haben. Sie sind ein großer Tor, Will MacGoff. Sie haben sich gerade mit ihrer eigenen einfältigen Zunge selbst gehängt – obwohl dies schließlich wohl doch nicht eintreffen wird«, fügte sie nachdenklich hinzu, »denn ich habe immer gefunden, daß Männer Ihrer Sorte so viele Leben haben wie eine K-a-t-z-e. Ich kann das Wort leider nicht richtig aussprechen, weil Wellington sie absolut nicht leiden kann und genau merkt, wenn man von ihnen spricht, sogar auf französisch, während er es nicht merkt, wenn ich dies Wort buchstabiere.«

Während dieses interessanten Monologs war notgedrungen jede Aktion unterblieben, obwohl Gerald offensichtlich darauf brannte, MacGoff eine Lektion bezüglich der Machenschaften zu erteilen, die ihn dazu gezwungen hatten, sich während der vergangenen Wochen versteckt zu halten. Und auch Mr. Baker schien begierig, seinem Gefangenen die offizielle Amtsformel vorzubeten. Es zeigte sich jedoch, daß keiner von ihnen in der Lage war, sein Vorhaben auszuführen, auch nicht nach Lady Brassboroughs Rede, denn in diesem Augenblick ertönte auf einmal laut vernehmlich eine andere Stimme.

»Alles so stehenbleiben!« erklärte die Stimme, die aus der Richtung eines der Terrassenfenster kam, »und herunter mit der Pistole, oder ich werde ein Loch durch die Lady jagen!« Die letzten Worte waren an Mr. Baker gerichtet, der wie alle anderen Anwesenden völlig verdutzt auf einen stämmigen jungen Mann mit einem breitkrempigen, schmierigen Hut und zerfransten Mantel starrte, der direkt vor dem offenen Fenster

stand und eine sehr brauchbar wirkende Pistole auf die Gruppe richtete. »Herunter damit, habe ich gesagt!« wiederholte er und unterstrich diesmal seine Worte, indem er seine Pistole mit ohrenbetäubendem Knall agieren ließ.
Die Kugel zertrümmerte eine kunstvolle Lampe, die dicht neben Lady Brassboroughs Ellbogen stand, so daß Mr. Baker vernünftigerweise seine Pistole senkte.
»Gute Arbeit, Joe!« sagte Captain MacGoff, der nun seinen breiten Mund zu einem anerkennenden Grinsen verzog. »Verdammt, ich hab' doch recht gehabt, es war eine Falle.« Er machte sich sofort daran, die Pistole aufzuheben, die Mr. Baker fallen ließ, dann holte er eine ähnliche aus Mr. Cartwrights Jackentasche. »Komm jetzt herein und halt diese Leute in Schach, während ich mir die Juwelen hole«, befahl er dem jungen Mann, den er Joe nannte und den Gerald als Burschen des Captains gut kannte. Der junge Mann tat, wie ihm befohlen war, und MacGoff grinste Lady Brassborough unverschämt an. »Wenn ich Sie und Ihr Vermögen nicht haben kann, meine Liebe«, sagte er, »muß ich mich offenbar mit all dem prächtigen Glitzerkram begnügen, den Sie gesammelt haben. Wir werden mit den Smaragden beginnen und mit diesen großen Diamanten an Ihren Fingern – ich kann sie nämlich sehr gut gebrauchen, da ich auf dem Kontinent ein komfortables Leben führen möchte. Und dann wäre ich Ihnen dankbar, wenn Sie mir den Schlüssel Ihres Schmuckkastens überlassen würden –«
Lady Brassborough reckte sich, so daß sie in ihrer ganzen imponierenden Größe dastand.
»Ich werde nichts dergleichen tun –«, begann sie mit drohender Stimme, doch Richard unterbrach sie und flüsterte beschwörend: »Tun Sie lieber, was er sagt, Lady Brassborough. Er ist entschlossen, sie sich zu holen. Wahrscheinlich war das der wirkliche Grund, weswegen er heute nachmittag hierhergekommen ist –«
»Nun, wer immer Sie auch sind, Sie haben recht«, stimmte ihm der Captain zu. »Nicht Gerry Liddiard – das ist mir klar, so ähnlich Sie ihm auch sehen, denn der hat in seinem ganzen Leben noch nicht so etwas Vernünftiges gesagt.«
»Sie verdammter Schurke!« sagte Gerald zornig.
»Bis jetzt haben Sie Glück gehabt. Aber glauben Sie ja nicht, daß Sie diesmal ungeschoren davonkommen. Verdammt

nochmal, Mensch, wissen Sie denn nicht, daß dieses Haus voller Dienstleute steckt? Die müssen doch den Schuß gehört haben, und ich wette, daß sie schon irgendwo Hilfe geholt haben.«
»Ja, ja, und bis sie jemanden gefunden haben, bin ich längst davon«, sagte der Captain seelenruhig, »denn die sind alle nahe an Neunzig und bewegen sich mit der Schnelligkeit von Schildkröten. Und jetzt, Lady B.«, wandte er sich an seine wütende Gastgeberin, »würden Sie bitte diese Smaragde herausgeben, oder soll ich sie mir selbst holen?«
Lady Brassborough blickte ihn haßerfüllt an, löste das Smaragdgehänge von ihrem Hals und legte es in seine ausgestreckte Hand.
»Warum stehen Sie so da und tun nichts, Sie Trottel?« fuhr sie den hilflosen Mr. Baker an. »Ich nehme an, dafür zahlen wir Steuern – um bei hellem Tageslicht unserer Juwelen beraubt zu werden, in Gegenwart von zwei Polizisten aus der Bow Street! Nur nicht so hastig!«
Diese letzte Ermahnung galt Captain MacGoff, der, nachdem er die Smaragde eilig in seine Tasche gesteckt hatte, sich ihres Ridiküls bemächtigte und fieberhaft nach dem Schlüssel suchte. Sie entriß ihm den Beutel, wobei sich der ganze Inhalt auf den Boden ergoß, was ein lustiges Durcheinander von Riechfläschchen, Taschentüchern, Stickseiden, Scheren und anderen Kleinigkeiten ergab.
Der Captain fluchte und ging auf die Knie, um seine Suche fortzusetzen. Währenddessen nützte Lady Brassborough die Gelegenheit, zog einige ihrer großen Diamantringe von den Fingern und steckte sie schnell in den Mund.
Unglücklicherweise wurde dieser Trick von dem schmierigen Jungen mit der Pistole bemerkt, der prompt dem Captain einen Wink gab. Dieser befahl ihr, die Ringe sofort wieder ans Tageslicht zu bringen, und da sie ihm keine entsprechende Antwort geben konnte, letztlich jedoch lieber auf ihre Juwelen verzichtete als auf die Betätigung ihres Mundwerks, folgte sie seiner Aufforderung. Diese Handlung begleitete sie mit den unvorteilhaftesten Bemerkungen über die Vorfahren und persönlichen Eigenschaften des Captains, die sogar Mr. Baker und Mr. Cartwright dazu veranlaßten, sie voller Bewunderung anzustarren.
Der Captain jedoch war nicht zu erschüttern. Er ließ die Ringe

in seine Tasche gleiten, in der sich bereits die Smaragde befanden, und als er aus dem Inhalt ihres Ridiküls einige Schlüssel herausgefischt hatte, fragte er sie, welcher denn nun den Schmuckkasten öffnete.
»Das werde ich Ihnen nicht sagen, Sie flegelhafter, dämlicher, feiger Kerl«, erklärte Lady Brassborough unumwunden. »Das können Sie selbst herausfinden.«
Der Captain erklärte, daß er das auch tun werde, ging zur Tür hinüber und öffnete sie, mußte jedoch feststellen, daß sich draußen einige von Lady Brassboroughs alten Angestellten versammelt hatten, die aufgeregt miteinander schwatzten. Als er mit gezogener Pistole vor ihnen stand, wichen sie erschrokken zur Seite, und da er schnell zur Treppe lief, hatte er in dem Durcheinander nicht bemerkt, daß inmitten der Dienerschaft eine junge Dame im modischen Kleid aus rosa Kambrik und einem breitkrempigen Hut stand – kurz und gut, es war Miß Eugenia Liddiard.
Ihre Anwesenheit in der Halle war der Tatsache zu verdanken, daß sie und Muffet beschlossen hatten, auf dem Weg zurück ins Gutshaus in Dower House anzuhalten, damit Eugenia Richard die gute Nachricht überbringen konnte, die sie in der Pfarrei bekommen hatte. Die Kutsche hatte gerade vor der Eingangstüre gehalten, als die Insassen durch den Schuß erschreckt wurden, den der Bursche des Captains abgegeben hatte.
Der Kutscher, ein vorsichtiger Mann, hatte sofort seine Pferde angetrieben, damit man aus der Nähe der Schießerei fortkäme. Muffet, die selbst sehr erschrocken war, hatte nichts getan, um ihn daran zu hindern, und erst als Eugenia drohte, aus dem Wagen zu springen, falls er nicht anhielte, hatte er nachgegeben und seine Pferde zum Stehen gebracht.
Eugenia hatte dann mit Bestimmtheit erklärt, daß sie hineingehen würde, und war trotz aller Beschwörungen von Muffet und dem Kutscher vom Wagen gestiegen. Doch bevor sie die Gelegenheit hatte zu klopfen, wurde sie von dem aufgeregten Matthieu eingelassen.
Was dann mit Muffet und dem Wagen geschah, konnte sie nicht wissen, denn sie wurde sofort von einer Gruppe erschrockener Angestellter empfangen, die alle nicht wußten, was zu tun war, und die die Verantwortung nur zu gern auf die Schultern von Eugenia luden.

Und bis der Captain an der Türe des Salons erschien, hatte Eugenia von ihnen erfahren, daß zuvor einer der jungen Männer, die Lady Brassborough zu Besuch hatte, von zwei merkwürdig aussehenden Fremden – »hommes sans importance«, wie Matthieu sich audrückte, in Handschellen ins Haus gebracht worden war und daß die ganze Gesellschaft zusammen mit Lady Brassborough und dem andern jungen Mann in den Salon gegangen sei, wohin ihnen nach einer Weile Captain MacGoff folgte. Wer dann auf wen geschossen hatte und warum, konnten sie jedoch nicht sagen, aber Matthieu hatte sofort aus seinem Zimmer eine sehr große und reichverzierte französische Pistole geholt, die so aussah, als stamme sie noch aus dem Dreißigjährigen Krieg, und hatte sie der erstaunten Eugenia gereicht.

»Ist sie geladen?« fragte sie und blickte die Waffe zweifelnd an.

»Mais oui, Mademoiselle, oui!« versicherte ihr Matthieu enthusiastisch.

Eugenia, die immer noch sehr skeptisch schien, untersuchte das altertümliche Objekt, von dem sie annahm, es würde sofort explodieren, wenn sie es nur anrührte. Doch da sie den Captain hörte, wie er oben wütend auf der Suche nach dem Schmuckkasten herumtrampelte, beschloß sie, sofort zu handeln, um ihre Freunde aus ihrer mißlichen Lage zu befreien. Sie holte tief Atem, ging auf die Tür des Salons zu, stieß sie auf und hielt die schwere Pistole so ruhig in der Hand, wie sie es vermochte.

Was dann geschah, konnte hinterher niemand mehr genau sagen, denn es ging alles viel zu schnell. Der schmierige Bursche, der an der Tür plötzlich eine junge Dame mit geladener Pistole sah, hob schnell seine eigene Waffe. Lady Brassborough stieß einen markerschütternden Schrei aus, und Richard schrie: »Eugenia, nein!« Dann stürzte er sich in kühnem Hechtsprung auf den Burschen, schlug ihm die Pistole aus der Hand, worauf sie losging und die Kugel den Kristallüster traf, der klirrend zerbrach. Die beiden Polizisten stürzten sich nun ihrerseits auf den Burschen, Wellington benutzte die Gelegenheit, um Cartwright zu beißen, und Lady Brassborough fiel ohnmächtig in die Arme des erstaunten Gerald.

Natürlich bestand kein Zweifel darüber, daß der Kampf zwischen den beiden Beamten und dem Burschen zugunsten der

ersteren ausgehen mußte, sobald man ihm die Pistole aus der Hand geschlagen hatte, und im Nu trug er die Handschellen, die zuvor Gerald abgenommen worden waren.
Inzwischen entriß Richard Eugenia die Pistole, da ihm klar war, daß der Captain den Schuß oben gehört haben mußte, schob sie hinter das Sofa, auf dem Lady Brassborough und der Captain ihr Liebesgeplänkel absolviert hatten, und erklärte ihr streng, daß sie sich dahinter zu verbergen habe. Dann bewegte er sich schnell auf die Türe zu, begleitet von Mr. Baker, der sich der Pistole des Burschen bemächtigt hatte, während Gerald sich bemühte, die schlaffe und nicht gerade leichte Lady Brassborough auf einem anderen Sofa zu deponieren.
Sobald Richard und Mr. Baker an der Türe des Salons angekommen waren, hörten sie schon die Schritte des Captains, der eilig die Treppe herabkam. Er erreichte gemeinsam mit ihnen die Halle, erfaßte sofort die Situation und rannte zur Eingangstüre hinaus, nachdem er die alten Diener, die wie aufgeregte Hühner herumliefen, auseinandergejagt hatte.
Mr. Baker, der seine Pistole nicht abfeuern konnte, da er Angst haben mußte, einen der Diener zu treffen, machte sich an die Verfolgung. Obwohl Richard ihm half, hatten sie keinen Erfolg, denn der Captain war bereits in seine Karriole gesprungen, die vor der Eingangstüre stand. Er entriß dem alten Reitknecht, der sie beaufsichtigte, die Zügel, gab seinen Pferden die Peitsche und rollte davon. Eine Kugel, die Mr. Baker ihm noch schnell hinterherschickte, verfehlte ihr Ziel. Mr. Baker fluchte.
»He – Sie!« wandte er sich eilig an den Reitknecht. »Ich brauche ein Pferd –«
»Mais non, non!« ertönte die stolze Stimme des alten Matthieu auf einmal hinter ihm. »Monsieur verra, tout s'arrangera.«
Richard drehte sich um. Der alte Mann war hinter ihnen herausgekommen und sagte nun noch etwas auf französisch zu Richard, der seine Brauen hob, grinste und ungläubig fragte: »Assurément?«
»Assurément, Monsieur«, sagte Matthieu und nickte begeistert.
»Was schwatzt er da?« fragte Mr. Baker eilig. »Verstehen Sie denn nicht, ich brauche ein Pferd –«
Plötzlich ertönte ein lauter Krach und das erschrockene Wiehern von Pferden aus der Richtung des Fahrwegs.

»Es ist alles in Ordnung«, sagte Richard und klopfte dem alten Matthieu herzlich auf die Schulter. »Er sagt, wir sollten uns nicht aufregen, weil er dem Reitknecht die Anweisung gab, die Räder der Karriole ein bißchen zu bearbeiten. Ich nehme an, sie – oder wenigstens eines von ihnen – sind bereits losgegangen. Wollen wir nicht einmal nachsehen?«

16

Der Friede eines warmen, goldenen Spätsommernachmittags umgab Dower House. Mr. Baker, der den übel zugerichteten Captain MacGoff aus den Trümmern seiner Karriole gerettet hatte, war mit ihm, Mr. Cartwright und dem schmierigen Burschen davongezogen, nicht ohne sich jedoch zuvor bei Lady Brassborough und Gerald für alle Unannehmlichkeiten entschuldigt zu haben, die sie ihnen bereitet hatten. Lady Brassborough, die sich von ihrer Ohnmacht erholt hatte und auf dem Sofa saß, auf dem Gerald sie placiert hatte, ließ sich einen französischen Cognac schmecken und war glücklicherweise wieder im Besitz ihrer sämtlichen Juwelen. Trotzdem war sie nicht mit sich zufrieden, da sie es sich nicht verzeihen konnte, so schwach gewesen zu sein, in den aufregendsten Minuten des Nachmittags dahinzuschwinden.

»Es ist wirklich eine Schande«, sagte sie. »Noch nie in meinem Leben war ich so töricht, nicht einmal damals, als Brassborough und ich in einer venezianischen Gondel von drei bewaffneten Männern überfallen wurden und ich den einen in den Kanal schmiß und er die beiden anderen mit seinem Schwert erledigte.«

Gerald sagte, daß dies sicher noch viel aufregender gewesen sei als das kleine Handgemenge an diesem Nachmittag, und dann ergingen sich Richard und er in Lobpreisungen über ihre Überlistung des Captains, so daß sie einigermaßen getröstet war.

Inzwischen konnte sich Eugenia – die sich auch zu einem Cognac hatte überreden lassen – kaum noch zurückhalten, weil sie Richard so gerne berichtet hätte, was sie in St. Aldwyns erfahren konnte. Doch noch bevor es ihr gelang, alles zu berichten, hörte man draußen das Hufgeklapper eines galoppierenden Pferdes, gefolgt von einem heftigen Klopfen an der Türe und einem Stimmengewirr in der Halle.

Lady Brassborough hob verwundert die Brauen. »Was soll denn das bedeuten?« fragte sie resigniert. »Ich hoffe, es sind nicht wieder diese schrecklichen Polizisten, die zurückkommen, weil sie ihre Gefangenen verloren haben.«
Doch es waren nicht Mr. Baker und Mr. Cartwright, die in den Salon eindrangen, sondern zum Erstaunen von Lady Brassborough und ihren Gästen erschienen der Squire Rowntree, Tom und der Kutscher der Rowntrees auf der Bildfläche, alle bewaffnet mit Vogelflinten, von denen sie offenbar Gebrauch zu machen gedachten. Beim Anblick von Lady Brassborough, die gemütlich im Beisein von Eugenia, Richard und Gerald ihren Cognac trank, blieb der Squire verdutzt an der Tür stehen.
»Aber – aber«, stammelte er. Und auf einmal wurde er hochrot und wandte sich wütend an seinen Kutscher. »Sie verdammter Dummkopf!« rief er. »Was haben Sie sich denn dabei gedacht, sollte das vielleicht ein Scherz sein?«
Eugenia sprang schnell auf. »Oh!« sagte sie, da sie zu begreifen schien. »Der Schuß! Sie sind gekommen, um uns zu retten! Wie nett von Ihnen, Squire! Doch Sie sind zu spät gekommen – ich meine, es ist jetzt alles vorbei, und wir sind wirklich ganz in Sicherheit.«
Lady Brassborough erhob sich vom Sofa und bewegte sich auf die verstörten Eindringlinge zu.
»Mr. Rowntree, nicht wahr? Und der junge Master Tom«, sagte sie und schenkte ihnen ihr berühmtes Lächeln. »Wollen Sie nicht Platz nehmen – natürlich, sobald Matthieu Ihnen diese bedrohlichen Waffen abgenommen hat – und sich eine Erfrischung gönnen? Es ist ja ein so warmer Tag. Matthieu hat sicher einen Humpen mit Ale in der Küche und« – sie wandte sich an den alten Butler, der sich im Hintergrund beschäftigte – »den Manzanilla für die Herren, glaube ich, Matthieu. Ein ganz ausgezeichneter Sherry –«
Sie hielt inne, weil sie bemerkte, daß der Squire ihr nicht zuhörte, sondern statt dessen Gerald und Richard anstarrte, die aufgestanden waren, wobei der erstere ihn freundlich anlachte und der letztere mit seiner gewohnten lässigen Zurückhaltung auf ihn blickte.
»Du lieber Gott!« sagte der Squire ungläubig. »Es gibt ja tatsächlich zwei von den beiden, genau wie diese verdammten Polizisten gesagt haben.«
»Ja, es gibt zwei«, beeilte sich Eugenia zu erklären. »Richard ist

nämlich der Sohn von Charles Liddiard. Ich habe erst heute nachmittag herausbekommen, daß Onkel Charles tatsächlich Susan Justis geheiratet hat – das ist Richards Mutter gewesen, Mr. Childrey in St. Aldwyns hat bestätigt, daß er die Trauung selbst vollzogen hat.« Sie wandte sich an Richard, der auf einmal blaß geworden war und sie mit einem ungläubigen Stirnrunzeln anblickte. »Nein, es ist wirklich wahr«, sagte sie. »Ich kenne nämlich Perry Walford, den Neffen von Mr. Childrey. Er ist gerade zu Besuch im Pfarrhaus und ist herübergeritten, um Muffet und mich zu einer Erdbeerparty einzuladen, und während ich dort war, habe ich Mr. Childrey gefragt, ob er Charles Liddiard und Susan Justis getraut hat, und er hat gesagt, daß er es getan hat. Muffet und ich haben in der ganzen Nachbarschaft die Pfarrer gefragt, doch niemand wußte etwas über Onkel Charles, bis ich Mr. Childrey gefragt habe. Er hat sich genau daran erinnert und mir das Kirchenbuch gezeigt mit den Unterschriften. Es ist alles ganz legal, und daher sind Sie Richard Liddiard, und Coverts wird Ihnen gehören und nicht Onkel Cedric«, beendete sie ziemlich atemlos ihre Erzählung.
Sie hätte es vorgezogen, das alles nicht vor so vielen Leuten sagen zu müssen, doch nun war es schon geschehen, und sie freute sich, als der Squire, der ihren Worten aufmerksam gefolgt war, auf Richard zuging und ihm herzlich die Hand schüttelte.
»So, so«, sagte er, »dann sind Sie also Charles Liddiards Sohn! Ich habe Ihren Vater gut gekannt, denn wir waren fast gleich alt. Jetzt werden Sie also nach Coverts ziehen, das wird für den Besitz sehr gut sein. Denn Cedric lebt ja in Canterbury und hat sich nie viel um das Land gekümmert. Doch als Walter noch lebte, hat er ein sehr schönes kleines Gestüt gehabt –«
»Setzen Sie sich doch bitte, Mr. Rowntree«, sagte Lady Brassborough und unterbrach den Squire mit einer energischen Gebärde, da er sonst wahrscheinlich kein Ende gefunden hätte. »Sie und Richard können dann soviel Sie wollen über Land und Pferde sprechen, doch wir haben alle einen sehr anstrengenden Nachmittag gehabt, so daß ich glaube, wir sollten uns besser im Sitzen über all dies unterhalten.«
Aber zur Überraschung aller beantwortete der Squire die Einladung mit einem Stirnrunzeln, blickte schnell auf Gerald und sagte mit rauher Stimme: »Nein, Mylady, ich danke Ihnen,

aber ich möchte mich nicht hinsetzen. Nicht in Gegenwart eines Mannes, der wegen Mordes gesucht wird –«
»Aber das stimmt doch nicht«, sagte Eugenia schnell. »Sie meinen natürlich Gerry, aber das ist jetzt alles vorbei, denn die Polizisten haben heute nachmittag hier den Mann verhaftet, der es wirklich getan hat. Deswegen hat es ja diese Schießerei gegeben. Es war Captain MacGoff, und Lady Brassborough hat ihn mit großer List hierhergelockt und ein Geständnis aus ihm herausgeholt. Er hat versucht, ihre Juwelen zu stehlen, und dann hat die Polizei ihn verhaftet. Daher ist Gerry jetzt völlig rehabilitiert –«
Der Squire, der ihr erstaunt zugehört hatte, bekundete größte Freude über diese Wendung der Ereignisse, entschuldigte sich bei Gerald und nahm schließlich die Einladung von Lady Brassborough an, sich zu setzen und am Sherry teilzuhaben, den Matthieu hereingebracht hatte.
Die ganze Gesellschaft erging sich dann in einer ergötzlichen Plauderei, die sich um die Ereignisse des Nachmittags drehte und woran der Squire, Gerald und Lady Brassborough sich am regsten beteiligten. Eugenia, die sich durch ihre lange Erzählung verausgabt hatte, beschäftigte sich vor allem damit, Richard zu beobachten, der still dasaß und trotz der freudigen Ereignisse und der für ihn glücklichen Wendung keinen besonders fröhlichen Eindruck machte. Sicher hatte sie keinen Dank erwartet, doch ein bißchen gekränkt war sie schon, daß er sich gar nicht dazu äußerte, zumal sie selbst ziemlich stolz darauf war, was sie an diesem Nachmittag geleistet hatte. Vielleicht war Richard auch verärgert, weil sie in aller Öffentlichkeit, vor dem Squire und Tom, über die Frage seiner Legitimität gesprochen hatte. Letztlich paßte es jedoch nicht zu ihm, so auf seiner Würde zu bestehen, und er mußte sich ja klarmachen, daß die Geschichte von Charles Liddiard und Susan Justis in dieser Gegend schon bekannt war. Sie blickte ihn etwas bang an und wünschte sich, daß sie Gelegenheit hätte, allein mit ihm zu sprechen. Während sie dies noch dachte, hörte man draußen das Geräusch von Wagenrädern, und wenig später erschien Matthieu unter der Tür und verkündete mit Stolz, da er nun endlich einen vornehmen Gast hineinzuführen hatte: »Mylady Chandross!«
Eugenia sprang entsetzt auf. Sie hatte nicht die geringste Ahnung gehabt, daß Lady Chandross in der Nähe war, doch als

sie – wie immer nach dem letzten modischen Chic gekleidet – im Salon erschien, ging ihr sehr schnell auf, was sie zu diesem Besuch veranlaßt haben konnte. Es bestand kein Zweifel darüber, daß Mr. Baker und Mr. Cartwright sich in der betreffenden Nacht nicht nach Tunbridge Wells begeben hatten, sondern nach London, um dort Lady Chandross über die verschwundenen beiden Lakaien zu befragen, welche die Kutsche der Chandross' nach Kent begleitet hatten. Und Lady Chandross, die ob des Auftauchens zweier ihr gänzlich unbekannter Lakaien verständlicherweise sehr beunruhigt sein mußte, hatte sich schleunigst nach Kent begeben, um der Wahrheit auf die Spur zu kommen.
Eugenia, die genau wußte, daß jetzt detaillierte Erklärungen von ihr erwartet wurden – immerhin war sie in Begleitung zweier junger Männer gereist, die nicht im Dienst der Familie Chandross standen, was an und für sich schon ungehörig war –, sah der Befragung mit einiger Beklemmung entgegen. Sie hoffte nur, daß Lady Chandross milder gestimmt würde, wenn sie erführe, daß Geralds Name nun nicht mehr im Zusammenhang mit dem Mord genannt werden konnte.
Lady Chandross, die trotz ihres gelassenen Auftretens in Wirklichkeit sehr ärgerlich war, hatte als Dame von Welt nicht die Absicht, ihr Mündel in Anwesenheit von Fremden zur Rede zu stellen. Sie begrüßte daher Lady Brassborough auf ihre übliche gelangweilte Art und Weise, entschuldigte sich für ihr plötzliches Erscheinen und erklärte, daß sie gerade vom Gutshaus käme, wo Mrs. Rowntree ihr einige beunruhigende Nachrichten bezüglich der Situation in Dower House mitgeteilt habe.
Lady Brassborough, die sich diebisch darüber freute, daß in ihrem Haus endlich einmal wieder Glanz zu spüren war, erklärte ihr, daß es keinen Grund zur Beunruhigung gebe, reichte ihr ein Glas Sherry und begann, in blumiger Weitschweifigkeit von den Geschehnissen des Nachmittags zu erzählen. Lady Chandross war auch hier wieder ganz Dame von Welt, hörte sich alles gelangweilt an und zeigte wenig Erstaunen, als sie Gerald Liddiard in doppelter Ausfertigung erblickte. Sie ließ sich nur zu einem leichten Hochziehen ihrer Brauen herab, als sie vernahm, daß einer der beiden Geralds in Wirklichkeit der legitime Sohn von Charles Liddiard und als solcher rechtmäßiger Besitzer von Coverts sei. Sie erklärte Gerald, daß er ein

Schurke sei, weil er sie alle mit seiner neuesten Missetat wieder einmal ins Gespräch gebracht habe. Cecil werde aber wohl über die Wendung der Ereignisse so erleichtert sein, daß er wahrscheinlich etwas für ihn tun werde, vorausgesetzt, er führe in Zukunft ein vorbildliches Leben.

»Es scheint mir also, daß sich schließlich doch noch alles zum Besten gewendet hat – ganz wie bei diesen langweiligen Komödien, wo zum Schluß alle zur Tugend bekehrt sind, bevor der Vorhang fällt«, sagte sie und blickte dann zu Tom hinüber. »Eugenia hat mir natürlich von euren Plänen erzählt, mein lieber Junge«, sagte sie. »Ich hoffe, daß die Hochzeit bald stattfinden wird. Lange Verlobungen sind so trostlos, finden Sie nicht auch?«

Der Squire starrte sie an. »Lange Verlobungen«, rief er erstaunt aus, während Tom über und über rot wurde und Eugenia, die den dringenden Wunsch verspürte, der Boden möge sich öffnen und sie verschlingen, völlig versteinert dasaß und kein Wort sprechen konnte. »Wieso, was meinen Sie, Mylady?« fragte er und blickte Tom halb vorwurfsvoll und halb erfreut an. »Du alter Gauner, was hast du denn da hinter meinem Rükken getrieben?« wandte er sich an seinen Sohn. »Ihr einen Antrag gemacht, ja? Ohne mir ein einziges Wort zu sagen!«

So, dachte Eugenia entsetzt, jetzt ist es soweit, jetzt habe ich das auszulöffeln, was ich mir einbrockte. Tom würde leugnen, auch nur eine einzige Andeutung in dieser Richtung gemacht zu haben, und der Squire würde aufgebracht und empört sein. Und Gussie würde – und das stand ihr voll und ganz zu – noch ärgerlicher sein als je zuvor.

Doch als sie auf das Fallen des Henkersbeils wartete, hörte sie zu ihrem Erstaunen, wie Tom sagte: »Ja – ja, so ist es, Sir. Ich möchte Eugenia heiraten.« Sie blickte ihn entgeistert an. Sein Gesicht war immer noch hochrot, doch er sprach mit völlig ruhiger Stimme. Seine Aussage konnte also nicht, wie sie angenommen hatte, auf den Einfluß von Lady Brassboroughs Sherry zurückgeführt werden. »Wenn du nichts dagegen hast –«, fügte er mit einem etwas schüchternen Blick auf seinen Vater hinzu.

»Dagegen haben? Aber nicht das geringste! Ich bin erfreut, mein Junge, wirklich hocherfreut«, sagte der Squire, dessen breites, vergnügtes Gesicht bewies, daß er die Wahrheit sagte. »Das Beste, was du tun kannst – dir früh im Leben eine feine

junge Frau suchen und bald Kinder in die Welt setzen. Und es gibt kein besseres Blut für die Familie als das der Liddiards und kein hübscheres Mädchen als Miß Eugenia«, fügte er hinzu, plötzlich beunruhigend galant werdend. Dann setzte er sein Glas nieder, kam auf Eugenia zu und umarmte sie herzlich. Er küßte sie und sagte zur Verwunderung der Zuhörer, daß Tom ein glücklicher Hund sei und daß er, wenn er zwanzig Jahre jünger und nicht schon gebunden wäre, durchaus selbst versuchen würde, bei ihr sein Glück zu wagen.
Inzwischen wußte Eugenia überhaupt nicht mehr, wo sie hinblicken sollte. Es hatte sich alles so schnell entwickelt, daß sie nicht zu sagen wagte, was sie am liebsten gesagt hätte: daß Tom ihr gar keinen Antrag gemacht hatte und daß sie ihn auch gar nicht heiraten wolle, und daß er nur aus Ritterlichkeit so handle, um sie vor den Konsequenzen der Irreführung zu bewahren, die sie bei Lady Chandross praktiziert hatte. Man beglückwünschte sie und Tom nun von allen Seiten: Lady Brassborough, Gerald und – was ihr das Ärgste war – auch Richard, der seine Glückwünsche sehr höflich und comme il faut vorbrachte. Sie hatte das Gefühl, daß sie Tom nicht in aller Öffentlichkeit bloßstellen konnte, indem sie ihm sagte, daß sie ihn gar nicht heiraten wolle, und daß sein Opfer daher umsonst sei. Sie wartete besser, bis sie zurück im Gutshaus waren, wo sie ihm alles unter vier Augen sagen konnte.
Gussie würde natürlich wütend sein, aber das spielte jetzt keine Rolle mehr. Da ihr nun selbst klar war, was sie für Richard empfand, konnte sie es nicht zulassen, daß Gussie in London irgendeinen Mann heranschleppen würde, der willens war, sie zu heiraten.
»Ich werde also irgendwo Gouvernante werden müssen«, sagte sie sich und hoffte um Toms willen, daß sie nicht so unglücklich aussah, wie sie sich fühlte.
Doch Tom hatte im Augenblick keine Augen für sie, da er durch all die Aufmerksamkeit, die ihm entgegengebracht wurde, zu verwirrt war, um an irgend etwas anderes zu denken als an sich selbst.
Die Besucher aus dem Gutshaus und mit ihnen auch Lady Chandross, die Mrs. Rowntrees Einladung angenommen hatte, während ihres Aufenthalts in Kent bei ihr zu wohnen, erhoben sich jetzt, um sich zu verabschieden. Richard bedankte sich so ruhig und gelassen für ihre Hilfe, daß nicht ein-

mal Lady Chandross daran Anstoß nehmen konnte, obwohl sie ihm natürlich nicht verzieh, daß er sie in Mere getäuscht hatte und nun auch noch die Stirn besaß, als echter Verwandter anerkannt werden zu wollen.
Eugenia winkte ab und sagte in möglichst erwachsenem Ton: »Ach, das war doch gar nichts!« Sie fühlte sich nicht in der Lage, ihre eigene Dankbarkeit Richard gegenüber auszudrükken, der ihr immerhin das Leben rettete, als er sich auf den schußbereiten Burschen gestürzt hatte.
Dann gingen sie alle hinaus, wo die Kutsche der Rowntrees schon wartete und der Kutscher bereits auf dem Bock saß, froh darüber, der barbarischen Küche entkommen zu sein, in der nur Französisch gesprochen wurde.

17

In der Kutsche war Eugenia dann mit den drei Personen alleine, denen sie am liebsten die wahre Sachlage erklärt hätte. Das konnte sie jedoch nicht tun, da der Kutscher alles mitgehört hätte. Sie war daher gezwungen, schweigend dabeizusitzen, wie der Squire und Lady Chandross sich darüber stritten, wo die Hochzeit stattfinden solle. Der Squire war natürlich der Ansicht, daß die Hochzeit in der Dorfkirche stattzufinden habe, die Eugenia und Tom seit ihrer frühesten Jugendzeit besucht hatten, doch Lady Chandross bestand darauf, daß die Kirche St. George's am Hanover Square der angemessene Ort sei. Während der kurzen Fahrt blickte Tom sie auch einige Male kurz an, um herauszubekommen, wie sie sein kühnes Auftreten in Dower House aufgenommen habe, doch sie weigerte sich, in eine persönliche Unterhaltung gezogen zu werden, bis sie das Gutshaus erreicht hatten.

Sobald sie dort waren und Muffet sowie Mrs. Rowntree sich noch zu ihnen gesellt hatten, begann sie jedoch, ihre Erklärung abzugeben. Es werde, so sagte sie, keine Verlobung zwischen ihr und Tom stattfinden, denn es sei alles ein Irrtum gewesen. Tom habe nämlich nur aus Ritterlichkeit gehandelt, als er behauptete, er habe ihr einen Antrag gemacht.

»Aber das stimmt doch nicht«, wandte Tom zu ihrem Erstaunen ein. »Ich meine, ich habe nicht aus Ritterlichkeit so etwas gesagt. Sei doch nicht so dumm, Eugenia! Natürlich werden wir heiraten. Es gibt nichts, was ich lieber täte.«

Eugenia starrte ihn an. »Aber du hast doch genau das Gegenteil gesagt, als ich dich fragte –« begann sie, biß sich dann jedoch auf die Zunge, weil sie merkte, wohin sie sich verirrt hatte. Sie hatte jedoch genug gesagt, um die scharfsinnige Lady Chandross auf die richtige Fährte zu bringen.

»Du wirst uns doch nicht sagen wollen, daß du ihn gefragt hast, du unmögliches Kind«, sagte sie ungläubig.

»Nein, das hat sie nicht getan, ich war es«, sagte Muffet prompt und eilte der Freundin zu Hilfe. »Ich meine«, fuhr sie fort und begann unter Lady Chandross' eisigem Blick leicht zu stottern, »ich meine – ich dachte, es sei ein guter Gedanke, wenn Tom Eugenia heiraten würde –«
Mrs. Rowntree blickte sie empört an und sagte, sie hätte es nie für möglich gehalten, daß ihre Tochter so wenig Delikatesse besitzen könne.
»Delikatesse, verdammt noch mal!« sagte der Squire, der jetzt genug von dem Gerede hatte und in seiner üblichen Art kurz und bündig reagierte. »Was spielt das alles für eine Rolle, wer wen gefragt hat, solange die Sache klar ist? Wenn Tom nicht den Mumm hatte, selbst zu fragen, dann ist es doch nicht schlimm, wenn seine Schwester es für ihn getan hat.«
»Sie hat es nicht getan!« sagte Tom entrüstet, worauf sich eine kurze und heftige Debatte zwischen Bruder und Schwester entwickelte, die so fatal an ihre Kindertage erinnerte, daß die Eltern erklärten, sie würden jetzt genug haben und nicht mehr mitmachen.
Eugenia, der nur zu bewußt war, daß sie an all dieser Konfusion die Schuld trug und daß sie der Sache ein Ende machen könnte, indem sie erklärte, Tom heiraten zu wollen, wußte nicht mehr aus noch ein. Sie wünschte, sie hätte es sagen können, doch sie konnte es nicht. Wenn sie Richard nicht heiraten konnte, wollte sie überhaupt nicht heiraten. In ihrer Verzweiflung äußerte sie schließlich, daß sie Gouvernante werden wolle, was jedoch von Lady Chandross mit kaltem Zorn, von Tom mit Widerwillen und von Mrs. Rowntree mit sanftem Entsetzen aufgenommen wurde. Was den Squire betraf, so hatte er sich wütend in seinen Arbeitsraum begeben und erklärt, daß er die modernen jungen Leute nicht verstehen könne und es auch niemals tun würde.
»Du bist eine große Närrin, mein Kind«, sagte Lady Chandross, die vor lauter Entsetzen vergaß, ihren gelangweilten Ton anzustimmen und sich statt dessen deutlich ausdrückte. »Ausgerechnet eine Gouvernante! Was meinst du denn, was Cecil dazu sagen würde? Wenn du Tom Rowntree nicht heiraten willst, dann mußt du den jungen Perry Walford nehmen. Sicher kannst du den jederzeit haben, wenn du nach ihm pfeifst.«
»Nein, das kann ich nicht«, sagte Eugenia, die nun wirklich am

Rande der Verzeiflung war. »Der hat mir schon einen Antrag gemacht, und ich habe ihn abgelehnt.«
Sie floh hinauf in ihr Schlafzimmer, was jedoch auch nicht die richtige Lösung war, denn Muffet folgte ihr unter dem Vorwand, ihr zu helfen, und versuchte ihr klarzumachen, wie wunderbar es für alle wäre, wenn sie sich dazu entschließen könnte, Tom zu heiraten.
»Ich weiß wirklich nicht, weshalb du es nicht willst«, wiederholte sie, und Eugenia machte schließlich den fatalen Fehler, ihr zu sagen, daß sie es nicht könne, weil sie schon jemand andern liebe.
»Jemand anderen? Aber wen denn?« fragte Muffet mit weit aufgerissenen Augen. Dann begann sie Eugenia so mit ihren Fragen zu quälen, daß diese sich am liebsten ins Bett gelegt und die Decke über sich gezogen hätte und in Frieden gestorben wäre.
Sie hatte sich früher niemals viel Gedanken über das Verliebtsein gemacht, da sie keine romantische Neigungen besaß und nur wenige der Romane gelesen hatte, über die die anderen jungen Damen bei Miß Bascom genüßlich Tränen vergossen. Doch offenbar, so dachte sie sich, als sie am Ende des Tages schließlich ins Bett ging, war es wirklich eine so ungemütliche Angelegenheit, wie diese dicken Bände es beschrieben. Jeder war mit ihr böse. Lady Chandross hatte ihr mit strengen Worten erklärt, daß sie am nächsten Tag nach London gebracht würde, wo man von ihr erwarte, daß sie sich wie ein Mündel des Earl of Chandross benehme und nicht wie irgendein dahergelaufenes Mädchen ohne Adel, das es nötig hatte, sein eigenes Geld zu verdienen. Und Richard – Richard hatte sich so höflich und formell bei ihr dafür bedankt, Mr. Childrey gefunden zu haben, als ob sie niemals zusammen im »King's Head« in Thatchham einen geheimen Plan geschmiedet und in Old Nans Cottage gebutterten Toast gegessen hätten.
Bei dem Gedanken, daß jene glücklichen Tage niemals wiederkommen würden, zog sie die Decke über den Kopf und begann bitterlich zu weinen – ebenso bitterlich wie all die Heldinnen, deren Drangsal ihre Mitschülerinnen bei Miß Bascom so erschüttert hatte.
Am nächsten Morgen erschien ihr – ganz anders als sonst – die Lage auch nicht viel besser. Sie würde mit Lady Chandross zusammen nach London aufbrechen müssen, sobald diese vor-

nehme Dame gefrühstückt hatte und von ihrer Zofe für die Reise angezogen worden war. Doch dies würde sicher erst am späten Vormittag sein, und so lange müßte sie die gesamte Familie Rowntree über sich ergehen lassen und sich alles anhören, was sie zu sagen hatten. Nein, sie konnte einfach nicht in ihrem Schlafzimmer bleiben, weil Muffet und Mrs. Rowntree und vielleicht auch Tom sie dort sicher besuchen würden. Daher zog sie ihr Reitkleid an und erklärte, daß sie zu einem kurzen Ritt aufbrechen wolle, bevor sie nach London fahren müsse.

Es gelang ihr, aus dem Haus zu kommen, bevor Muffet und Tom, die sie sicher gern begleitet hätten, entdecken konnten, was sie vorhatte. Nach kurzem Ritt befand sie sich – wie durch einen seltsamen Zufall – in der Nähe der Eingangstore von Dower House.

Nun, da sie sich in diese Gegend verirrt hatte, erschien es ihr nur angemessen, Lady Brassborough auf Wiedersehen zu sagen und ebenfalls Gerald und Richard, falls diese noch dort sein sollten. Sie lenkte also ihre Stute auf den Kastanienweg und wurde an der Tür von Matthieu empfangen, der trotz der Aufregungen des vergangenen Tages völlig gelassen war und ihr mitteilte, daß Lady Brassborough sich im Frühstückssalon aufhalte.

»Oh, und – und Mr. Liddiard? Ich meine, die beiden Mr. Liddiard?« fragte Eugenia und hoffte, daß ihre Stimme ruhig klingen möge, denn sie fühlte auf einmal, wie ihr Herz rasend klopfte.

Matthieu sagte, daß einer der jeunes messieurs bereits ausgegangen und der andere noch nicht aufgestanden sei, konnte ihr jedoch nicht sagen, welcher was getan hatte. Und da sie Richard – ob nun im Bett oder bereits ausgegangen – doch nicht erreichen konnte, folgte sie Matthieu gehorsam und untröstlich in den Frühstückssalon.

Hier fand sie Lady Brassborough in einem außergewöhnlichen Negligé aus lila Seide und Brüsseler Spitze vor und wurde sofort herzlich begrüßt und eingeladen, an Schokolade und Kuchen teilzunehmen.

»Nein, vielen Dank«, sagte Eugenia, was Lady Brassborough, die wußte, welch guten Appetit das Mädchen sonst hatte, dazu veranlaßte, sie prüfend anzublicken und ihre Brauen hochzuziehen. »Ich bin nur gekommen, um mich zu verabschieden,

Ihnen für alles zu danken und Ihnen zu sagen, wie wunderbar Sie gestern waren«, sagte Eugenia. »Gussie wird mich nämlich heute nach London zurückbringen.«
Lady Brassboroughs sehr ausdrucksvolle Brauen gingen noch einmal hoch.
»Schon so bald?« sagte sie. »Ich verstehe. Lady Chandross scheint keine besonders romantische Dame zu sein. Ich meine, weil sie die Turteltauben einfach auseinanderreißt. Ist der junge Master Tom nicht sehr traurig?«
Eugenia, die eifrig ein Meißener Salznäpfchen in der Hand herumdrehte, als wolle sie es von jeder Seite betrachten, erklärte, daß sie keineswegs Turteltauben seien und daß es Tom wahrscheinlich ganz gutgehe, wenn er auch sicher etwas böse auf sie sei, weil sie ihn nicht heiraten wolle.
»Denn ich will es nicht«, fuhr sie fort, indem sie das Salznäpfchen immer noch begutachtete. »Ich habe es einmal gedacht, und es ist meine Schuld, daß er mir den Antrag gemacht hat, denn ich habe Gussie gesagt, daß er es tun würde, damit sie mich nach Kent reisen ließ. Und natürlich hat sie gestern gedacht, daß er es schon getan hat, und er hat es auch bejaht, weil er wirklich ein sehr netter Mensch ist, und ich glaube, er hätte eigentlich nicht viel dagegen, mit mir verheiratet zu sein. Doch er ist überhaupt nicht in mich verliebt, und ich –«
Sie unterbrach sich.
»Und du bist auch nicht in ihn verliebt«, beendete Lady Brassborough ihren Satz.
»Ja«, sagte Eugenia leise. »Ich meine, nein. Das heißt, ich bin nicht –«
Lady Brassborough schenkte sich noch eine Tasse Schokolade aus der Silberkanne ein und beobachtete dabei ihren Gast mit klugen, wachsamen Augen.
»In Wirklichkeit«, fuhr sie nach einer Weile ruhig fort, »bist du nicht nur nicht in den jungen Master Tom verliebt, sondern liebst einen anderen. Liebes Kind, soll ich raten, wer es ist?«
»Nein!« sagte Eugenia schnell und blickte Lady Brassborough erschrocken an. Sie wurde auf einmal feuerrot im Gesicht. »Das heißt, ich – ich liebe gar niemanden«, leugnete sie hastig. »Ich habe mich dazu entschlossen, nie zu heiraten. Ich werde Gouvernante werden.«
»Ach, tatsächlich?« sagte Lady Brassborough amüsiert. »Eine sehr schätzenswerte Beschäftigung, liebes Kind, doch ich

fürchte, entsetzlich langweilig. Ich glaube, wenn du wirklich für keinen anderen Mann etwas empfindest, wärst du bedeutend besser dran, Master Tom zu heiraten –«

»Nein!« sagte Eugenia noch heftiger als zuvor.

»Ich verstehe«, sagte Lady Brassborough ruhig.

Eugenia hätte ihr am liebsten bedeutet, daß sie es überhaupt nicht verstünde, doch sie hatte das schreckliche Gefühl, sofort weinen zu müssen, wenn sie etwas sagte, und daher begann sie von neuem, das Salznäpfchen zu untersuchen. Lady Brassborough widmete sich weiter ihrem Frühstück.

Nach kurzer Zeit bemerkte sie betont beiläufig, nicht ohne jedoch Eugenias Gesicht prüfend zu beobachten: »Ich nehme an, Gerry ist noch nicht aufgewacht. Soll ich ihn nicht wecken lassen, damit du dich auch von ihm verabschieden kannst?«

»O nein«, sagte Eugenia. Sie hatte sich jetzt ganz unter Kontrolle und sagte es ziemlich traurig, da ihr traurig zumute war.

Die ausdrucksvollen Brauen von Lady Brassborough gingen wieder in die Höhe. »Ich habe gedacht«, sagte sie nach einer Weile sehr langsam und abwägend, »da jetzt alles so erfreulich aufgeklärt ist, werde ich wieder für eine Weile ins Ausland gehen und Gerry als eine Art Kurier mitnehmen.«

Eugenia sagte, immer noch mit der traurigen, geistesabwesenden Stimme, daß Gerry das sicher sehr gern tun würde.

»Er braucht nämlich eine Frau«, fuhr Lady Brassborough fort. »Keine Engländerin, stelle ich mir vor, sondern eine junge Frau mit viel Geld und einer entsprechenden Erziehung, die weiß, wie sie mit seiner Verschwendungssucht und seiner Untreue fertig werden kann. Er ist ein schlimmer Junge, hat aber viel Charme, und ich glaube, wenn er die richtige Frau findet, wird er sich nicht ganz ruinieren.«

Sie machte eine Pause. Eugenia, der es im Augenblick völlig gleich war, ob Gerald sich ruinierte oder nicht, erklärte nach einer Weile, daß Lady Brassborough sicher ganz recht habe.

»Ich freue mich, daß du auch meiner Meinung bist. Was nun aber Richard betrifft«, fuhr sie mit der gleichen Gelassenheit fort, »so wird der eine ganz andere Sorte Frau brauchen. Jemanden, der damit zufrieden ist, auf dem Land zu leben, und der sich mehr für Pferde und die Ländereien interessiert als für Bälle, Amüsement und elegante Kleider – und darüber hinaus auch jemanden, den er wirklich liebt –«

Eugenia stieß heftig ihren Stuhl zurück und sprang auf. Sie

wußte ja, daß Richard sie nicht liebte und niemals lieben würde, doch es war furchtbar, nun noch anhören zu müssen, wie jemand über seine Liebe und Ehe sprach.

»Ich – ich muß sofort zum Gutshaus zurück«, sagte sie. »Gussie will bald nach London aufbrechen –«

»Dann willst du also nicht warten, bis Richard zurückkommt?« fragte Lady Brassborough, die sich über die plötzliche Erregung ihres Gastes nicht zu wundern schien. »Er ist sehr früh fortgeritten, um in St. Aldwyns mit Mr. Childrey zu sprechen, doch ich glaube, er wird bald zurücksein.«

»Nein – nein, ich kann nicht warten«, sagte Eugenia hastig, da sie fürchtete, sofort in Tränen auszubrechen, wenn Richard hereinkäme. »Sagen Sie ihm – sagen Sie ihm, daß ich sehr froh bin, daß er Coverts bekommen wird, und – und daß ich hoffe, daß er sehr glücklich wird –«

Sie küßte Lady Brassborough und verließ schnell den Raum. Lady Brassborough nahm sich, sobald sie allein war, eine weitere Tasse Schokolade, seufzte, lächelte und klingelte nach Matthieu, um ihm zu sagen, daß sie Monsieur Richard sofort sehen wolle, wenn er zurückgekommen sei.

Sie brauchte nicht lange zu warten. Schon nach wenigen Minuten hörte sie Richards Schritte in der Halle, und kurz darauf kam er herein.

»Nun?« sagte Lady Brassborough und deutete auf einen Stuhl. Er setzte sich.

»Ich nehme an, es ist alles in Ordnung«, sagte er. Er war ernst und etwas schroff. »Ich habe Childrey gesehen – es scheinen bezüglich der Eheschließung keine Zweifel zu bestehen. Als nächstes werde ich mich wahrscheinlich mit Cedric Liddiard in Verbindung setzen müssen. Ich werde heute nachmittag nach Canterbury aufbrechen.«

»Sie machen«, sagte Lady Brassborough nachdenklich, »keinen besonders begeisterten Eindruck für jemanden, der gerade einen beträchtlichen Besitz geerbt hat.«

»Ach, wirklich?« sagte Richard, stand wieder auf, ging zum Fenster und blickte zu dem schönen Morgenhimmel hinauf. »Vielleicht bin ich auch nur ein bißchen überwältigt – das wird es sein.«

»Überwältigt – oder beschäftigen Sie sich in Gedanken mit etwas anderem?« fragte Lady Brassborough. »Das tut man ja oft, sogar in den unpassendsten Augenblicken. Ich erinnere mich, als Brassborough und ich geheiratet haben, konnte ich nur daran denken, ob Hortense auch meinen Chinchilla-Muff eingepackt hatte, was natürlich ganz albern war, denn es war Hochsommer, und ich hätte ihn niemals brauchen können. Eugenia kam hier angeritten, während Sie fort waren, um sich zu verabschieden«, fügte sie, ohne eine Pause zu machen, im gleichen Plauderton hinzu. »Es scheint, als würde sie Tom Rowntree nun doch nicht heiraten. Sie sagt, sie wolle eine Gouvernante werden.«

»Eine Gouvernante«, sagte Richard entsetzt und drehte sich abrupt um. »Warum um alles in der Welt will sie denn eine Gouvernante werden?«

»Das wollen sehr junge und unerfahrene Mädchen immer tun, wenn sie in der Liebe enttäuscht worden sind«, erklärte ihm Lady Brassborough freundlich. »Denn sie halten es nicht nur für passend, sondern auch für romantisch, was natürlich keineswegs der Fall ist.«

Richard blickte sie stirnrunzelnd an. »In der Liebe enttäuscht?« fragte er nach einem Moment unvermittelt. »Meinen Sie damit, daß der junge Rowntree sie nun doch nicht heiraten will?«

»Mein lieber Junge«, sagte Lady Brassborough besänftigend. »Ich nehme an, er wäre nur zu glücklich, denn Eugenia ist ja wirklich ein besonders hübsches Mädchen. Doch es gibt auch noch andere junge Männer in der Welt. Zum Beispiel Sie –«

»Mich?«

Richard blickte sie an, und sie hatte den Eindruck, daß er unter seiner gebräunten Haut blaß wurde.

»Ja«, sagte sie sanft. »Natürlich habe ich mir damals, als sie Sie und Gerry hierhergebracht hat, gedacht, daß sie in einen von euch verliebt sein muß, doch ich habe sie so wenig gesehen, daß ich erst heute morgen gemerkt habe, wer von euch es ist. Sie war nämlich völlig uninteressiert, als ich ihr erzählte, daß man Gerry verheiraten müsse, brach aber fast in Tränen aus und rannte aus dem Haus, als ich davon sprach, daß man eine Frau für Sie finden müsse –«

Sie machte eine Pause und blickte Richard erwartungsvoll an, der sich wieder ans Fenster gestellt hatte. Nach einigen Augenblicken sagte er mit rauher, aber fester Stimme: »Ich habe viel Respekt vor Ihrem Scharfsinn, Lady B., doch in diesem Fall glaube ich, daß Sie sich irren. Eugenia hat mir nie eine Andeutung gemacht –«

»Ihnen nie eine Andeutung gemacht, daß sie Sie liebt? Mein lieber Junge, reden Sie doch nicht so einen Unsinn«, sagte Lady Brassborough energisch. »Ich wette, das Kind hat es selbst nicht gewußt, bis sie durch all dieses Heiratsgerede dazu gezwungen war, ihre Gefühle zu prüfen. Ich versichere Ihnen, daß sie sich im Augenblick irgendwo die Augen ausheult oder wünscht, daß sie die Möglichkeit dazu hätte, und wenn Sie nicht schnell etwas unternehmen, wird sie davonlaufen und irgendwo Gouvernante oder Kammerzofe oder etwas ähnlich Schreckliches spielen. Und schließlich wird Chandross alle Verantwortung ablehnen und sie völlig ruinieren.« Sie blickte Richard zum ersten Mal etwas ängstlich an. »Mein Gott!« sagte sie. »Ich kann mich doch nicht so irren, nicht wahr? Sie haben sie doch gern, oder? Sie haben gestern so wild ausgesehen, als Lady Chandross davon sprach, daß Eugenia Tom heiraten würde, und dann waren Sie auf einmal so erschreckend höflich, daß ich mir sicher war –«
Richards Gesicht helle sich auf einmal auf. »Nein, Sie haben sich nicht geirrt, Lady B.«, sagte er. »Ich habe sie wirklich sehr gern, sogar so sehr, daß Coverts mir überhaupt nichts bedeutet, wenn ich sie nicht dort haben kann. Wenn Sie glauben, daß ich eine Chance habe, werde ich mein Glück versuchen. Wenn sie mich nicht meinetwegen haben will, wird sie mich vielleicht wegen Coverts –«
»Richard, Richard, sagen Sie ihr das bitte nicht!« warnte ihn Lady Brassborough, doch Richard hatte bereits den Raum verlassen.
»Männer!« sagte Lady Brassborough erzürnt und blickte ihre leere Tasse mit ihren dunklen, skeptischen Augen an. »Wenn sie eine Liebesszene nicht auf die eine Weise verpfuschen, gelingt es ihnen auf eine andere.«
Dann schenkte sie sich eine weitere Tasse Schokolade ein.

18

Als Richard eine Viertelstunde später im Gutshaus ankam, erwartete er, daß Eugenia gerade dabei wäre, mit Lady Chandross nach London aufzubrechen, doch dies war nicht der Fall. Schon an der Eingangstüre, als er sich beim Butler nach ihr erkundigen wollte, merkte er, daß etwas nicht in Ordnung war, denn Mrs. Rowntree und Muffet erschienen plötzlich in der Halle und schienen sehr enttäuscht, als sie ihn dort sahen.

»Oh – Sie sind es nur, Richard«, sagte Muffet, als sie ihn erblickte. »Haben Sie Eugenia gesehen? Wir sind in der schrecklichsten –«

Ein warnender Blick ihrer Mutter ließ sie innehalten. Sie schaute ungeduldig auf den alten Butler, der natürlich alles wußte, was vorging, jedoch so tat, als ob er nicht nur blind und taub, sondern auch völlig uninteressiert sei, und drängte Richard schnell ins Wohnzimmer.

»Haben Sie Eugenia gesehen?« fragte sie noch einmal. »Wir sind ihretwegen in schrecklichster Aufregung. Sie ist heute morgen zu einem frühen Ritt aufgebrochen und noch nicht zurück, und Lady Chandross will sie nach London mitnehmen und glaubt, daß sie weggelaufen ist. Oh, Mama«, fuhr sie dann fort und wandte sich an ihre Mutter, die hinter ihnen in den Raum gekommen war und Richard verwirrt ansah. »Dies ist Richard Liddiard, von dem ich dir gesagt habe, daß er wie Gerry aussieht, und dem Coverts gehören wird.«

Richard begrüßte Mrs. Rowntree und sagte, daß Eugenia am Morgen in Dower House war, doch sei sie, soviel er wisse, zeitig genug aufgebrochen, um längst wieder hier zu sein.

»Das Dower House?« ächzte Mrs. Rowntree. Ihr molliges Gesicht verzog sich kummervoll wie bei einem Baby, das zu weinen anfängt.

»Ach, du lieber Gott, ach, du lieber Gott! Das ist es, was ich befürchtet habe«, jammerte sie. »Diese schreckliche Frau hat sie

dazu verleitet durchzubrennen – vielleicht will sie ihr sogar dabei helfen, auf die Bühne zu kommen. Dann wäre sie total ruiniert, und Tom kann sie nicht mehr heiraten, obwohl er natürlich darauf bestehen wird. Und ich weiß nicht, wie wir ihn davon zurückhalten sollen, denn selbst wenn er noch nicht mündig ist, wird er behaupten, es zu sein, und die Leute werden ihm glauben, weil er für sein Alter so groß und kräftig ist –«
Richard, der es für nötig hielt, ihren Redestrom aufzuhalten, unterbrach sie und sagte beschwichtigend, daß er mit Lady Brassborough gesprochen habe, nachdem Eugenia Dower House verlassen hatte, und daß auch sie nicht wisse, wohin sie gegangen sei. Dann fragte er Muffet, die von den beiden die Vernünftigere war, ob Eugenia an diesem Morgen keine Andeutung gemacht habe, wohin sie reiten wollte.
»Nein«, sagte Muffet. »Doch ich glaube, sie war in sehr schlechter Verfassung, weil wir sie alle dazu überreden wollten, Tom zu heiraten, was sie aber nicht will. Denn sie liebt einen anderen, müssen Sie wissen.«
»Hat sie Ihnen das gesagt?« fragte Richard, der auf einmal das Gefühl hatte, daß die Sonne besonders strahlend zu scheinen begann, was natürlich absurd war, denn sie hatte schon den ganzen Tag so hell wie nur möglich geleuchtet an diesem wolkenlosen Himmel.
»Ja«, sagte Muffet und blickte ihn neugierig an. »Aber sie wollte nicht sagen, wer es ist. Wissen Sie es denn?«
Richard sagte, daß er es nicht wisse, doch man könne ja immer die Hoffnung haben.
»Oh!« sagte Muffet mit aufgerissenen Augen. »Sind Sie –? Wollen Sie –?«
»Ja«, sagte Richard. »Ich bin und ich will. Und haben Sie keine Sorge, Mrs. Rowntree«, fuhr er, an die aufgeregte Dame gewandt, fort. »Ich werde sie finden, und wenn ich ganz Kent nach ihr durchstöbern müßte. Und ich werde sie nicht als Gouvernante weggehen lassen und auch nicht als Schauspielerin.« Dann fragte er Muffet: »Wo würde sie hingehen, wenn sie weinen will?«
»Weinen will?« Muffet blickte ihn zuerst erschrocken an, begann dann aber zu überlegen. »Ich nehme an, sie würde nach Coverts gehen«, sagte sie nach einer Weile. »Hier könnte sie nicht weinen, weil man versuchen würde, sie daran zu hindern, doch dort wohnt im Augenblick niemand –«

Richard war bereits zum Wohnzimmer hinaus und auf dem Weg zur Haustür.
Er hatte Coverts nie gesehen, doch Eugenia hatte es ihm so oft beschrieben und auch die Lage, daß er sein Pferd gleich in die richtige Richtung lenken konnte. Er war allerdings etwas zu sicher gewesen, denn nach kurzer Zeit befand er sich in einem verzwickten Netzwerk aus kleinen Pfaden und Viehwegen, die sich wie Tunnel durch die Wälder zogen, so daß er nicht mehr weiter wußte. Zum Glück entdeckte er einen kleinen Jungen, der eine Kuh vor sich hertrieb und der ihm den richtigen Weg zeigen konnte. So kam er bald, ohne viel Zeit zu verlieren, direkt vor dem Haus an.
Da stand es friedlich inmitten der Wiesen, als ob es ebenso wie diese aus der Erde herausgewachsen und von ihr ernährt worden war – das große, verschachtelte Gutshaus aus Sandstein, Ziegeln und altersblassem Holz, das aus dem ursprünglichen, viereckigen Tudorbau herausgewachsen war. Die Sonne spiegelte sich blendend in den bleigefaßten Fenstern. Eine Herde von Gänsen watschelte um eine Ecke, und die Tiere begannen sich in der brütenden Hitze das Gefieder zu putzen. Überall war nichts als Frieden und Stille. Richard hielt den Atem an.
Nach einer Weile stieg er ab, band sein Pferd an einen Baum und wollte gerade mit seiner Suche beginnen, als sein Pferd heftig wieherte und sofort aus der Richtung hinter dem Haus eine Antwort bekam. Richard ging ums Haus herum und sah Eugenia unter einer großen Silberpappel sitzen, an die sie ihre Stute gebunden hatte. Sie war so vertieft in ihre eigenen Gedanken, daß sie nicht hörte, wie er herankam, und so konnte er – bevor sie schließlich erschrocken zu ihm aufblickte – noch sehen, daß sie einen sehr bekümmerten Eindruck machte.
»Oh!« rief sie aus. »Sie sind es! Was machen Sie denn hier?«
Sie sprang so schnell auf, daß sie sich in dem weiten Rock ihres Reitkleides verfing und gestürzt wäre, hätte Richard sie nicht festgehalten.
»Ich habe Sie gesucht«, sagte Richard, der keine Eile hatte, sie loszulassen. »Und ich habe Sie gefunden. Haben Sie geweint?«
Eugenia, die in ihrer Tasche wütend nach einem Taschentuch suchte, was Richard dazu zwang, sie freizugeben, erklärte mit erstickter Stimme, daß sie natürlich nicht geweint habe. Sie nahm das große, saubere Taschentuch, das Richard ihr schwei-

gend gab, trocknete sich ihre verräterisch feuchten Augen und schneuzte sich trotzig die Nase.
»Der Grund, weswegen ich gefragt habe, ist«, sagte Richard, sobald dies beendet war, »falls das zufällig mit mir etwas zu tun haben sollte, ich meine, wie Sie sich fühlen, dann ist es nicht nötig –« was Lady Brassborough, wenn sie zufällig oben in den Zweigen der Pappel versteckt gewesen wäre, an dieser Stelle dazu bewegt hätte, verächtlich »Männer!« zu sagen, in demselben empörten Ton wie damals im Frühstückssalon des Dower House. »Ich meine«, fuhr Richard fort, der nun trotz seines mangelhaften männlichen Verständnisses für die Anforderungen einer Liebesszene zu merken begann, daß er alles verpfuschte, »ich würde mich schrecklich freuen, wenn Sie mich heiraten würden, um hier in Coverts mit mir zusammen zu leben –«
Eugenia schien dieses Angebot nicht besonders aufzuheitern, denn ihre Augen wurden wieder verdächtig feucht.
»Oh, Richard«, sagte sie. »Wie sehr – wie schrecklich freundlich von Ihnen! Doch ich kann unmöglich so ein Opfer annehmen.«
»Ein Opfer!« sagte Richard und blickte sie völlig entgeistert an. »Aber das ist doch kein Opfer. Wie können Sie nur so etwas Blödsinniges denken?«
Doch bevor Eugenia ihm eine Antwort geben konnte, wurden sie von Hufgeklapper unterbrochen, das aus der Richtung der Einfahrt ertönte, und um die Ecke des Hauses kam ein sehr langsam fahrender Einspänner, gelenkt von einem dicklichen, sehr gelehrt wirkenden Geistlichen. Dieser machte einen äußerst zerstreuten Eindruck und schien die Sorge um die einzuschlagende Richtung seinem Pferd zu überlassen, während er selbst sich erhabeneren Dingen widmete. Beim Anblick von Richard, Eugenia und deren Stute stoppte das Pferd, anstatt zum Stall zu traben, was wohl die Absicht des Fahrers gewesen war, falls er überhaupt eine gehabt hatte. Der Geistliche wachte aus seinen Meditationen auf und erblickte sie.
»Eugenia, meine Liebe! Und Gerald!« rief er freudig aus. Im gleichen Augenblick lief Eugenia auf ihn zu und rief ebenso freudig: »Onkel Cedric! Was machst du denn hier?«
»Einmal im Vierteljahr mache ich meine Inspektionsfahrt«, erklärte ihr Mr. Cedric Liddiard, kletterte von seinem Einspänner, ohne die geringste Vorsorge dafür zu treffen, daß sein

Pferd nicht seine eigenen Wege ging. Richard nahm ihm diese Aufgabe ab und band das Pferd an einen Baum. »Solch eine Bürde, meine Liebe«, fuhr Mr. Liddiard fort, »denn es fällt mir so schwer, Willcox zu folgen, wenn er die Gutsangelegenheiten mit mir bespricht. Sicher ein sehr schätzenswerter Mann, doch er kann wirklich nicht verlangen, daß ich etwas von Dränagen verstehe. Gerald, mein Junge«, fuhr er fort und wandte sich höflich Richard zu, »wie geht es dir? Du hast dich ja wieder einmal, soweit ich gehört habe, in Schwierigkeiten begeben?«

»Das ist nicht Gerald. Es ist Richard«, sagte Eugenia. »Er sieht genauso aus wie Gerry, doch er ist es nicht. Er ist der Sohn von Onkel Charles und Susan Justis, die in St. Aldwyns von Mr. Childrey getraut worden sind, und daher ist er dein Neffe und hat Anspruch auf Coverts.«

Mr. Liddiard blickte sie überrascht an.

»Ja, es ist wirklich wahr, Sir«, sagte Richard. »Ich könnte sagen, daß es mir leid tut, Sie des Besitzes zu berauben, aber es wäre eine Lüge. Ich hatte dieses Haus bis vor fünf Minuten noch nie gesehen, doch ich weiß jetzt schon, daß ich hierhingehöre.«

»Ja, ja, natürlich ist es so – wenn Sie der Sohn vom armen Charles sind«, sagte Mr. Liddiard zerstreut. »Mein Gott, mein Gott! Da werde ich mich erst daran gewöhnen müssen. Und doch können Sie sich nicht denken, wie erleichtert ich bin, mein lieber Junge! Ich verstehe nichts vom Land und habe es nie getan, und doch hatte ich die Verpflichtung – nein, wirklich, ich kann mein Glück immer noch nicht fassen! Werde ich wirklich nie mehr hierherkommen müssen?«

»Es sei denn, Eugenia und ich laden Sie ein – was wir hoffentlich sehr oft tun werden, Sir«, sagte Richard fröhlich. »Wir werden nämlich heiraten.«

»Nein, wirklich? Mein Gott, das ist tatsächlich ein Tag glücklicher Überraschungen!« sagte Mr. Liddiard und strahlte Eugenia an. »Wie herrlich für dich, mein Kind! Ich weiß doch, wie sehr du immer an Coverts gehangen hast! Und nun wirst du wieder hier zu Hause sein.«

»Doch ich werde nicht –«, begann Eugenia und blickte Richard entrüstet an, denn man konnte wirklich von keinem Mädchen verlangen, daß es seinen liebsten Herzenswunsch an einem Tag zweimal opferte. »Richard ist nur so freundlich –«

»Sie hat sich noch nicht ganz an die Vorstellung gewöhnt, wissen Sie, Sir«, sagte Richard milde. »Und da sie bei den Rowntrees zurückerwartet wird und ich ihr offenbar noch einiges zu erklären habe, werden Sie uns vielleicht für den Augenblick entschuldigen? Wenn ich sie zum Gut gebracht habe, kann ich zurückkommen, und wir können uns dann unterhalten, wenn Ihnen das paßt.«

»O ja! Ja, natürlich! Es paßt mir sehr gut«, sagte Mr. Liddiard freundlich. »Ich werde Willcox alles über Sie erzählen, und er wird Ihnen den Besitz sicher zeigen. Er wird sich sehr freuen, ganz bestimmt wird er sich freuen. Ich nehme an, Sie verstehen eine Menge von Dränagen und Wiesen und Kühen –«

Richard sagte, daß er nicht von allem etwas verstehe, doch er könne den Rest ja noch lernen. Dann machte er Mr. Liddiards Pferd vom Baum los und half dem glücklichen geistlichen Herrn in seinen Einspänner, der dann in Richtung auf den Stall davonrollte.

Sobald er verschwunden war, wandte sich Richard Eugenia zu, doch bevor er noch ein Wort sagen konnte, wich sie vor ihm zurück und streckte abwehrend ihre Hände aus.

»Nein, Richard, bitte!« sagte sie in verzweifeltem Ton. »Ich weiß, daß Sie es nur aus Freundlichkeit tun – und überhaupt nicht an sich selbst denken, genauso wie neulich, als Sie diesen schrecklichen jungen Mann davon abgehalten haben, in Dower House auf mich zu schießen –«

»So weit ist Richard davon entfernt, freundlich zu sein«, sagte er und nahm sie stürmisch in die Arme, trotz all ihrer Abwehrversuche, »daß er Sie vielleicht prügeln wird, wenn Sie noch weiter so dumm daherreden. Meine liebste, dumme kleine Närrin! Ist es dir denn noch nie aufgegangen, daß ich mich damals schon, als ich dich im ›King's Head‹ in Thatcham zum ersten Mal sah, in dich verliebt habe? Sonst hätte ich mich doch niemals zu diesem verrückten Abenteuer in Mere bereit erklärt!«

»Aber Sie haben nie – Sie haben nie«, begann Eugenia zu protestieren, was ihr jedoch wenig nützte, da er sie so fest in den Armen hielt, daß er sicher das wilde Klopfen ihres Herzens spüren konnte.

»Ich habe es dir nie gesagt?« beendete Richard für sie den Satz. »Ich wäre ja ein verdammter Schuft gewesen, wenn ich dich gebeten hätte, einen mittellosen Bastard zu heiraten, der dir noch nicht einmal einen Namen anzubieten hatte. Und als ich

dann erfahren habe, daß die Lage sich geändert hatte, warst du schon mit Tom Rowntree verlobt.«
»Das«, gab Eugenia zu und senkte den Kopf, »war ein Irrtum.«
»Das habe ich inzwischen erfahren.«
»Und«, fuhr sie dann fort, da ihr offenbar etwas eingefallen war, was sie interessant fand, »du kannst mir auch jetzt noch keinen anbieten, Richard. Ich meine, einen Namen – wenigstens keinen neuen, denn wenn ich dich heirate, werde ich immer noch Eugenia Liddiard sein. Oder wäre es dann Eugenia Liddiard-Liddiard?«
Richard sagte, daß sie, wenn es nach ihm gehe, Mrs. Richard Liddiard sein werde, und hier konnte er nun seine stürmischen Gefühle nicht mehr zurückhalten, so daß selbst Lady Brassborough, wenn sie von der Pappel auf sie herabgeblickt hätte, nichts mehr gegen ihn hätte einwenden können. Eugenia, die atemlos aus einer feurigen Umarmung (auch Lady Brassboroughs romantischster Hauptdarsteller hätte sie nicht besser ausführen können!) hervorging, blickte Richard strahlend an.
»Oh, Richard«, sagte sie. »Ich glaube – ich glaube wirklich, daß du mich vielleicht liebst.«
»Glaube!« sagte Richard. »Vielleicht! Du lieber Gott, Mädchen, was soll ich denn sonst noch machen, um es dir zu beweisen?«
Doch an dieser Stelle wäre Lady Brassborough, die unter Umständen sehr diskret sein konnte, aus ihrem Hochsitz in der Pappel weggeflogen und hätte bemerkt: »Ja, so ist es schon viel besser.« Und sie hätte das, was sich dort unten als außerordentlich befriedigende Liebesszene abzuspielen schien, sich selbst überlassen – in dem goldenen Glanz eines duftenden Junitages.